Also by Tetyana Butler

The Secrets of Daeya
Chronicles of Twierks, Book 2

For more information on the books from
series Chronicles of Twierks visit
http://www.Twierks.com

Chronicles of Twierks

Adventure Series

Book I

Dual Language   English Russian

Adventures of the Little Adoleeseet

A Novel

Tetyana Butler

Хроники Твиркса

Приключенческая серия

Книга I

English Русский

Приключения Маленького Адолисёнка

Роман

Татьяна Батлер

ISBN 978-1-948503-03-7

From the Author

I wrote the book "The Adventures of Little Adoleeseet" in two languages. As a child I had a dream: to find a bilingual book in which the texts with ambiguous translation would be clearly explained. The bilingual version of Adoleeseet is a tribute to my childhood dream. English and Russian texts are as honed as possible. Those phrases or collocations in which the word-to-word translation is impossible or possible but "does not sound well" are entirely explained.

От Автора

Я писала книгу "Приключения Маленького Адолисёнка" на двух языках. В детстве у меня была мечта — двуязычная книга, в которой места с неоднозначным переводом, полностью объяснены. Двуязычный вариант Адолисёнка — это дань моей детской мечте. Английский и русский тексты настолько близки, насколько это возможно. Те места, где точный перевод невозможен или возможен, но "не звучит", полностью объяснены.

Dedicated to the cherished memory of my dear parents,
good-hearted Eugenia Radzikhovskaya
and the kindest and smartest Yurii Radzikhovskiy.

Acknowledgements

I have been writing the Chronicles of Twierks for a long time. I thank my husband and my children for their patience. They were the ones who tested all the twists, turns and adventures that befell the heroes of the Chronicles.

And, of course, I express my gratitude to Brian Kaufman for his help in editing the manuscript.

Светлой памяти моих дорогих родителей
Свет Евгении Федоровны Радзиховской
и добрейшего и умнейшего
Юрия Андреевича Радзиховского
посвящается.

Благодарности

Я писала Хроники Твиркса в течение долгого времени. Я благодарна моему мужу и моим детям за их терпение. Именно на них проверялись все неожиданные повороты и приключения, выпавшие на долю героев Хроник.

И, конечно, я выражаю благодарность Брайану Кауфману (Brian Kaufman) за его помощь в редактировании английской версии книги.

What is Twierks? No one knows! One of the inhabitants of the mysterious Daeya, mentions that Twierks is the password to enter the world of the magic and sorcerers. How could he know that, since in Daeya, it is forbidden under a threat of death to mention Twierks out loud—to even think about Twierks!

Chapa and Davkaleon are boys from different worlds that become unexpected friends when they unite on an adventure in a mysterious world of dragons, monsters and magic.

Sorcerers? Magic? Does Twierks really exist?

Of course! In fact, a Twierks magician is sitting across from me, adamantly shaking his head and trying to assure everyone that there is no and cannot be such a thing as Twierks. All the talk about it is a fairy tale. I'll secretly add that this is not just a fairy tale, but a very plausible lore.

Who is Chronicles of Twierks for? For those who love adventures, mysteries and unexplained phenomena. For those who are ready to escape into a world of fantasy and adventure, who are interested in the latest scientific hypotheses that go far beyond any fantastic stories.

Что такое Твиркс? Этого никто не знает! Один из жителей таинственной Дэи обмолвился, что Твиркс это слово-пароль для входа в мир магов и колдунов. Но как он может это знать, если в Дэе под страхом смерти запрещено даже думать о Твирксе, не то, что произносить это слово вслух!

Чапа и Давкалеон - мальчики из разных миров. Они неожиданно сдружились во время совместных приключений в таинственном мире драконов, монстров и магии.

Колдуны? Магия? А существует ли Твиркс на самом деле?

Конечно! Сидящий напротив меня маг Твиркса усиленно кивает головой и пытается заверить всех, что Твиркса нет и быть не может, а все разговоры о нем это миф и сказки. Я по секрету добавлю, что это не просто сказка, а очень правдоподобная сказка.

Для кого серия Хроники Твиркса? Для тех, кто любит приключения, тайны и необъяснимые феномены. Для тех, кто готов окунуться в мир фантазии и приключений, для тех, кто увлекается последними научными гипотезами, по сравнению с которыми бледнеют любые фантастические сюжеты.

Contents

Содержание

Chapter 0. The Very Beginning. Or not the very. Or not the beginning.

Location: Unknown

Two mysterious participants of a clandestine meeting sat in comfortable armchairs.

Why clandestine? How else can you describe a meeting in a room without windows or doors? I don't mean that the doors were locked and the windows curtained off or boarded up – I mean that they were actually not there.

How did this couple get into the room? I assure you, they arrived in a quite unexpected way

"What shall we call each other?" one of them asked.

"You called yourself Ecktoral. Sounds good. I like it. As to me, call me Adamant."

"Well, Adamant, today I will show you a few participants who might possibly become our future protégés in Twierks. If they survive, of course."

Adamant stared as one of the walls became transparent, revealing a room behind it. Nearby, ten little Adoleeseets sat waiting.

"The Adolees's school is quite an effective educational institution," Ecktoral commented.

"What?! These are just kids!"

"Yes, they are. For *now*. But you know, kids have a habit of growing up. Ecktoral smiled and snapped his fingers. Drinks and snacks materialized on the table. Blue, red and yellow flames danced around their glasses.

"Treat yourself. Now you will have fun. I will show you how it is easy to solve irresolvable problems under the vigilant eye of protection—guarding, supervising, and inspecting, and all without attracting unwanted attention when dealing with kids. This may take time, but it will be interesting."

Глава 0. Самое начало. Или не самое. Или не начало.

Время неизвестно. Место тоже. Участники тем более.

В удобных креслах сидели два загадочных участника тайной встречи.

Почему тайной? А как ещё вы назовете встречу, происходящую в помещении без окон и дверей? Я имею в виду не то, что двери закрыты, а окна зашторены — заколочены. Я имею в виду, что их совсем нет.

Как эта пара попала в комнату? Уверяю вас, весьма неожиданным образом.

- Как мы будем называть друг друга? - поинтересовался один из них.
- Ты назвал себя Экторалем. Звучит хорошо. Мне нравится. Что касается меня, называй меня Адамантом.
- Отлично, Адамант, сегодня я покажу тебе нескольких участников, которые, возможно, станут нашими будущими протеже в Твирксе. Конечно, если они выживут.

Адамант увидел, как одна из стен стала прозрачной, за ней показалась комната.

Около десяти маленьких адолисят сидели в ожидании урока.

- Адолиситская школа — весьма эффективное учебное заведение - прокомментировал Эктораль.
- Что?! Это же дети!
- Да. Дети. *Пока.* Но знаешь, дети имеют обыкновение расти - улыбнулся Эктораль и щелкнул пальцами. На столике материализовались напитки и закуски. Синее, красное и желтое пламя плясало вокруг бокалов.
- Угощайся. Сейчас будет самое интересное. Я покажу тебе, как легко решаются неразрешимые задачи под бдительным оком защищающих, охраняющих, наблюдающих, проверяющих и прочих без привлечения нежелательного внимания, когда имеешь дело с детьми. Это будет чуть-чуть длинно, но интересно.

2

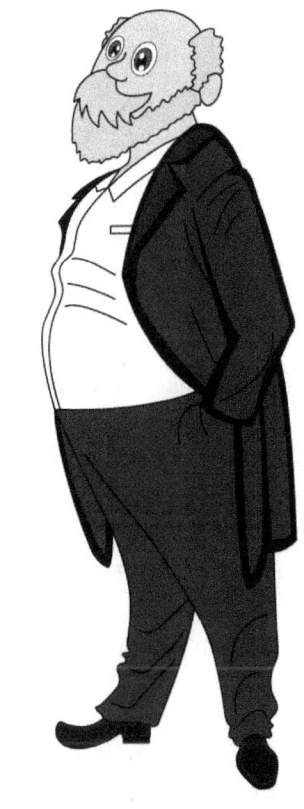

Chapter 1. Adolees's School

Location: Adolees

Transformation lessons began for the youngest students at the Adolees's school. Ten little Adoleeseets sat inside the classroom. They looked like normal little men, with two hands, two legs, a trunk and a head. However, a couple of the little Adoleeseets had slightly greenish skin, and several were slightly bluish. Some of the students had long, stout hands, and one was an obvious tadpole. Finally, two or three looked quite like little earthlings. One of these was a pretty girl with white skin and dark blue eyes. Another was a tiny Adoleeseet boy— very similar to the girl with dark blue eyes, only smaller. The tiny Adoleeseet's name was Chapa. His real name was ChapiusKloyAlfreyDon, but who is going to call little Chapa by such a long name? Chapa was the elder brother of the blue-eyed girl, and this was a problem. As a matter of fact, blue-eyed Beelda and her older sisters were embarrassed to call him brother. They were embarrassed because he was a bit slow, and Adoleeseets with slow reactions were called *phony-boloney*[1] Adoleeseets. If you have a phony-boloney Adoleeseet brother, you yourself are from a phony-boloney family. To understand what a slow reaction means in Adoleeseet's understanding, let us look at the lesson at hand...

The students stood in a row at arm's length, which is to say, the length of elongated limbs. A big Adoleeseet stood in front of them, commanding, "One, two; one, two." As he shouted, the little Adoleeseets changed their appearance. White skin, blue skin, again white, and again blue. The big Adoleeseet accelerated his rhythm. The little Adoleeseets began to change at a faster pace. But Chapa was not timely. The teacher, Uchilkius, stretched his extended limb out and grabbed the little laggard.

"You did not practice at home yesterday?" the big Adoleeseet growled.

"Master teacher, I did. My honest Adoleeseet's word upon it, I did," the small Adoleeseet squeaked.

Глава 1. Адолиситская школа

Место действия: Адолис

В адолиситской школе начался урок превращений для самых маленьких учеников. Десять адолисят находились внутри класса. Выглядели они, как нормальные человечки: две руки, две ноги, туловище и голова. Правда, у пары адолисят кожа была чуть-чуть зеленоватая, а у нескольких - слегка синеватая. У некоторых руки были слишком мощные и длинные, и один был явным головастиком. Но двое-трое выглядели совсем, как земные человечки. Одна из этих двоих была красивенькой девочкой с белоснежной кожей и синими глазами. Вторым был крошечный мальчик-адалисенок, очень похожий на девочку синеглазку, только меньше. Маленького адолисенка звали Чапа. Вообще-то его настоящее имя было ЧапиусКлойАлфрейДон, но кто же будет называть маленького Чапу таким длинным именем? Чапа был старшим братом синеглазки, и с этим была проблема. Дело в том, что синеглазка Бильда стеснялась называть его своим братом, как, впрочем, и старшие сестры. Стеснялись они потому, что у него была медленная реакция, а адолиситов с медленной реакцией называли ненастоящими[1] адолиситами. А раз у тебя брат - ненастоящий адолисит, значит и ты сама, из семьи ненастоящих. Чтобы понять, что такое медленная реакция в понимании адолиситов, давайте заглянем на урок.

Ученики стояли в ряд на расстоянии вытянутой руки, лучше сказать, вытянутой конечности. Большой адолисит стоял напротив и командовал. Раз-два, раз-два. По мере его команд маленькие адолисята изменяли свой внешний вид. Белая кожа, синяя кожа, опять белая, опять синяя. Большой адолисит ускорил счет. Маленькие адолисята стали видоизменяться быстрее, но Чапа не успевал. Учитель Училкиус протянул мгновенно удлинившуюся конечность и схватил маленького отстающего.

- Вчера не занимался?! – прорычал большой адолисит.

- Господин учитель, я занимался. Честное адолиситское слово, занимался – запищал маленький адолисенок.

His squeak did not produce a favorable impression on the teacher. Opening a window, Uchilkius threw the student out of the upper story classroom.

"Oh!" Chapa squeaked, letting out tiny wings. A moment later, the little Adoleeseet flew back in a window. He trembled and shook, and seemed surprised he'd let out his immature wings in a timely fashion.

"Who else is not managing in time? Are there others who shirk homework?" The teacher scowled at his students.

It seemed that additional laggards would not be found, so Uchilkius continued the lesson.

"Now we shall practice in triple transformations. To start, let us make everything in slow rhythm: one-two-three, one-two-three. Blue skin, white skin, green skin. Repeat again. And now with eyes! Brown eyes, blue eyes, green eyes."

Chapa was off rhythm again, and the teacher growled that his parents should come to the school tomorrow to discuss Chapa's poor performance.

Писк адолисенка не произвел на учителя никакого впечатления. Открыв окно, Училкиус швырнул ученика вниз.

- Ой – запищал Чапа и выпустил крылышки.

В следующую минуту адолисенок влетел назад в окно. Он весь дрожал и трясся, и, кажется, был сам удивлен, что в этот раз успел вовремя выпустить свои неокрепшие крылья.

- Кто тут еще не успевает? Есть такие, кто от домашних уроков увиливают? – учитель обвел грозным взглядом своих учеников.

Таких, кажется, не нашлось и Училкиус продолжил урок.

- Теперь поупражняемся в тройных простых превращениях. Для начала проделаем все в медленном темпе: Раз-два-три, раз-два-три. Синяя кожа, белая кожа, зеленая кожа. И опять повторить. А теперь с глазами: карие глаза, синие глаза, зеленые глаза.

Чапа опять не успевал и учитель прорычал, что бы его родители завтра же явились в школу.

After the lesson, Chapa trudged home. He knew that a big scolding awaited him at home, most likely turning into a thrashing. No, not from his parents—from his sisters! His parents usually felt sorry for him, but his sisters were convinced that he was a disgrace to the family.

The notion that a slow Adoleeseet is not a real Adoleeseet was wrong. Many Adoleeseets changed their appearance, but did so very slowly. However, what could one do if the description of any well-paid job requires a "high ratio of transformations"? Both Chapa's mom and dad could transform rapidly. However, both had ancestors who transformed slowly, and this was considered bad form. Both Chapa's parents and his sisters carefully concealed the family history.

The truth was, the ratio of transformation for Chapa's sisters was not the highest, but they compensated by spending hours of training in front of a mirror. Blue eyes and a snub nose? No, black eyes and an aquiline nose was better. Now, try green eyes and a straight nose.

When Chapa's older sister Dveena learned that she was to transform into a dragon, she sat the whole weekend in front of the mirror, achieving the desired golden hue, matching with green and turquoise skin patterns. After that, she, of course, received the highest ratio for her dragon. And her transformation seemed so naturally fast...

Chapa, however, was all boy. You cannot expect a boy to spend hours sitting in front of a mirror, selecting the coloration for his wings, and training (let wings out, let wings hide, let them out again). Chapa practiced—for about half an hour. Not that he wasn't concerned. He knew his teacher Uchilkius very well. A year earlier, Uchilkius had torn off a negligent student's wing. But to sit for hours in front of the mirror, training as sisters did? No, Chapa would not do this. But going home, facing punishment, Chapa sighed bitterly.

Upon entering the house, Chapa slipped into his room. Silence meant Beelda had not returned yet.

После урока Чапа уныло поплелся домой. Он знал, что дома его ждет большая взбучка, скорее всего, переходящая в колотушку. Нет, не от родителей, а от сестер. Родители обычно жалели его, а сестры были глубоко убеждены, что он - позор семьи.

Утверждение, что медленный адолисит это не настоящий адолисит, неверно. Многие адолиситы, хотя и могут изменять свой внешний вид, но делают это медленно. Но если в описании любой хорошо оплачиваемой работы стоит требование «высокий коэффициент превращений», то, что вы хотите? И у мамы и у папы Чапы с коэффициентом превращений был полный порядок. Но оба родителя имели предков, с низким коэффициентом превращений, а это в Адолисе считается плохим тоном. И сами родители, и сестры Чапы тщательно скрывали семейную историю.

Честно говоря, у сестер Чапы природный коэффициент был не самым высоким, но они это компенсировали часами тренировок перед зеркалом. Синие глазки и вздернутый носик, нет лучше черные глазки и носик с горбинкой. А теперь попробуем зеленые глаза с прямым носом.

Когда старшей сестре Двине задали превращение в дракона, она просидела все выходные перед зеркалом, добиваясь нужного оттенка золотистого, сочетающегося с зеленым и бирюзовым. После этого она, конечно, получила высший коэффициент за своего дракона. И её трансформация казалась такой мгновенной и естественной. Но Чапа же мальчик. Вы не можете ожидать, что мальчик будет просиживать часами перед зеркалом, подбирая расцветку для своих крылышек, и заодно тренируясь, каждый раз их выпускать, убирать, опять выпускать. Пол часика Чапа, конечно, потренировался. А как иначе, он же хорошо знал своего учителя господина Училкиуса. Вон, в прошлом году Училкиус нерадивому ученику крыло оторвал. Но сидеть по несколько часов перед зеркалом, тренируясь, как делали сестры... Нет уж, увольте, этого Чапа не делал. Правда, сейчас, идя домой и, ожидая наказаний, Чапа горько вздыхал. Войдя в дом, Чапа прошмыгнул в свою комнату. Было тихо, значит, Бильда еще не вернулась.

Alas, Chapa did not enjoy the quiet for a long. The entrance door slammed, and Beelda's heart-breaking cry rang out.

"This *cretin*, my slow brother, once again was not in-time!"

Dad tried to quietly close the door to his room and pretend that he was very busy. He had the day off, and dreamed of enjoying a little peace and quiet. Alas, it was not to be. Beelda shouted so loud that you could hear her from any part of the city. The eldest sister Dveena rushed in the room and hissed "Shut up! Do not proclaim our family business to the entire street!"

Beelda managed to whisper, explaining what had happened. Mother, who'd jumped from the kitchen at the sound of Beelda's shouts, learned that she would need to go to school in the morning to talk with Uchilkius. The family needed to decide a strategy in advance, so Mom pulled Dad from his room.

"Let him pretend to be sick and remain in the second year," Beelda suggested.

"That is impossible," mom answered. "That's what we did *last* year, and as a result, he is in the same class as you."

"Well then, let him remain for the third year," Beelda demanded.

"Are you nuts or only pretending to be nuts?" Dveena cried. "Only a complete cretin is left behind for a third year."

"He *is* a complete cretin," Beelda hissed in response. "Who cares, as long as nobody knows about it?"

"If a family history has records that your brother was left in the third year, how could you get a decent job?" Dad mused.

While his sisters and parents discussed what to do with him, Chapa crept to the refrigerator. He knew that long hours of negotiation would follow, and he was hungry *now*. Chapa opened the door of the fridge and saw a delicious meat roll. There was a saucepan with porridge on the stove. From experience, Chapa knew that mom would give everybody a lot of porridge and a little bit of meat roll for dinner. Chapa wanted a lot of the meat roll. As for porridge—it did not appeal to him. He pinched off a piece from the roll, and then more and more. Then, he pulled out the whole roll. Any minute, they would start in on him, maybe even beat him, so what was the difference between a punishment for underachievement or for underachievement *and* a meet roll?

Увы, Чапа наслаждался тишиной недолго. Хлопнула входная дверь, и раздался душераздирающий вопль Бильды.

- Этот кретин, мой отсталый братец опять не успевал!

Папа постарался тихонько прикрыть дверь в свою комнату и сделать вид, что он очень занят. У него был сегодня выходной, и он мечтал насладиться тишиной и покоем. Увы, у него это не получилось. Бильда кричала так, что слышно было в самом дальнем закутке. Урезонила ее старшая сестра. Влетев в комнату, Двина зашипела: Замолчи, на всю улицу растрезвонишь. Бильда перешла на шепот и рассказала, что произошло. Выбежавшая из кухни мама выяснила, что завтра надо идти в школу объясняться с Училкиусом. Стратегию разговора с учителем надо было обговорить заранее, и мама вытащила папу из комнаты.

- Пусть притворится больным и останется на второй год – предложила Бильда.

- Нельзя – ответила мама – Мы сделали это в прошлом году, в итоге он теперь в одном классе с тобой.

- Пусть останется на третий год – потребовала Бильда.

- Ты идиотка или притворяешься? – взвилась Двина – на третий год оставляют только полных кретинов.

- Он и есть полный кретин – зашипела в ответ Бильда.

- Какая разница, если об этом никто не знает? Но если в истории семьи появится запись, что твой брат был оставлен на третий год, кто тебя возьмет на приличную работу?

Пока сестры обсуждали с родителями, что с ним делать, Чапа юркнул к холодильнику. Он знал, что дальше последуют долгие многочасовые нотации, а он был голодным. Открыв дверку холодильника, Чапа увидел восхитительный мясной рулет. На плите стояла кастрюля с кашей. Чапа по опыту знал, что мама на обед даст всем много каши и чуть-чуть рулета. Рулета Чапе хотелось, а каша его мало прельщала. Он отщипнул кусочек от рулета, потом еще и еще. А потом вытащил весь рулет. Все равно его с минуты на минуту начнут воспитывать, может даже колотить, так не все ли равно будут его наказывать только за неуспеваемость или за неуспеваемость и рулет?

Chapa sat down near the window and swallowed up the roll. Then he overheard Dveena's suggestion.

"Transfer him tomorrow to Lansbergius's school and end with it," his sister proposed.

Chapa was petrified. He knew he was not his sisters' favorite. Still, he did not expect to hear anyone suggest transferring him to Lansbergius's school.

The diploma from Lansbergius's school was highly coveted. All graduates had high scores and high ratios of transformation. But only a third of the students reached graduation. *The rest simply disappeared.* Lansbergius himself was very brief in his explanation. "Students perish during the study."

"Yes, to Lansbergius," Beelda agreed.

"You yourself go to Lansbergius! And we will see how your time in front of the mirror helps you," came the indignant voice of middle-sister Mlava.

Chapa smiled warmly and broke off a piece of meat roll for Mlava. Thinking again, he also broke off a piece for Mom and Dad. Beelda and Dveena could go without roll.

Mom's voice rang out from the room. She tried to calm down her daughters. "He is your only brother, how can you—"

"Mom, you and Dad do a great song and dance about him[2] because he is a boy. If he was a girl, at least he would be interested in his appearance. And in playing with his appearance, he would train. No girl would accept being the smallest in the class! She would learn to change her height! How many times have I told him to increase his height and build his muscles? And his only response is that it's *hard* for him to maintain an artificial appearance throughout the whole day."

"But it *is* really hard, Beelda. He is too little," Mom said.

"Wow, little? He is a whole year older than I am. By the way, it is *not* that hard. I manage without any problem."

Чапа пристроился у окна и с удовольствием принялся поглощать рулет, когда до него донеслось предложение Двины.

- Переведите его завтра же в школу Лансбергиуса и дело с концом – предлагала сестра.

Чапа остолбенел. То, что он не являлся любимцем сестер, он знал. Но услышать от Двины предложение о переводе его в школу Лансбергиуса он все же не ожидал. Диплом школы Лансбергиуса котировался высоко. Все выпускники имели высокие баллы и высокие коэффициенты превращения. Проблема была в том, что до окончания школы обычно дотягивала только треть учеников. Остальные просто исчезали. Сам Лансбергиус был очень краток в своих комментариях: ученики погибли во время учебы.

- Да, к Лансбергиусу – поддержала сестру Бильда.

- Саму тебя к Лансбергиусу! И посмотрим, как тебе там помогут твои выкрутасы перед зеркалом - раздался возмущенный голос средней сестры Млавы.

Чапа тепло улыбнулся и отломал кусок рулета для Млавы. Подумав, он так же отломал для мамы и папы, а Бильда с Двиной перебьются.

Из комнаты раздался голос мамы, пытающейся утихомирить сестер. "Он же ваш единственный брат, как вы можете ...". мама не договорила, потому что ее перебила Бильда.

- Мама, это вы с папой с ним носитесь, как с писаной торбой², только потому, что он мальчик. Был бы он девочкой, по крайней мере, своей бы внешностью интересовался. А интересуясь, заодно и тренировался бы. Ни одна девочка не согласилась бы быть самой маленькой в классе! Она давно бы научилась свой рост изменять. Сколько раз я ему говорила, чтобы рост себе добавил и мускул нарастил? А он в ответ только и знает, что бормотать насчет того, что ему тяжело поддерживать неестественную внешность в течение целого дня.

- Бильда, но это действительно тяжело. Он же маленький – опять вступилась за Чапу мама.

- Ничего себе маленький. На целый год старше меня. И совсем не тяжело. Я же поддерживаю.

"You manage, Beelda, because if you didn't, everybody would be frightened to death by your ugliness," Mlava quipped. "And by the way, you copied *his* appearance to seem beautiful."

"Go to your rooms," Dad said.

Left alone, Mom and Dad began discussing what do with their son. Public school was free. However, his parents could not keep Chapa in school any longer without harm to the family—a catastrophic lowering of the status of the family in the Adoleeseet society. On the other hand, he would not likely survive in Lansbergius's school. Perhaps they could send him to a private school? Lansbergius's school was free, too. Lansbergius did not take money for training. Instead, he demanded a written statement from the parents that they would not interfere, either in the learning process, or in a process of future employment. Lansbergius received his money from those future employers. Chapa, however, would not survive a single day in this school.

The idea of sending their son to a private school would be fine if only the family had enough money, but they did not.

With no apparent answer to their dilemma, Chapa's parents faced the meeting with Uchilkius, consumed with gloomy thoughts.

- Ты, Бильда, поддерживаешь потому, что иначе всех до смерти перепугаешь своим уродством – съехидничала средняя Млава – а так у него же и скопировала его внешность.

- Идите к себе в комнаты – вмешался отец.

Оставшись вдвоем, мама с папой начали обсуждать, что же все-таки делать с сыном. Чапа учился в бесплатной государственной школе. Но оставлять его дольше в этой школе без вреда для семьи родители не могли. Иначе всех ждало катастрофическое понижение статуса семьи в адолиситском сообществе. В школе Лансбергиуса он не выживет. Может, отправить его в частную школу? Школа Лансбергиуса тоже была частной, но Лансбергиус не брал денег за обучение. Вместо денег он брал подписку с родителей, что они не будут вмешиваться ни в процесс обучения, ни в процесс будущего трудоустройства. Свои деньги Лансбергиус получал с будущих работодателей. Но в этой школе Чапа не протянет и дня.

Идея отправить сына в частную школу была бы неплохой, если бы у семьи было достаточно денег, но их не было. Не найдя приемлемого решения, родители Чапы отправились на следующий день на встречу с Училкиусом с невеселыми мыслями.

Chapter 2. Chvan-Kee's School

To Chapa's surprise, his most hated teacher, Uchilkius, suggested the solution.

"Send him to Chvan-Kee's school," he said. "It is a private school. The school allows visiting during selected lessons. Your son has a big problem with transformations. Not that he is an exemplary student at other lessons, but, he is not the worst student. In a dangerous situation, he always manages to survive and transform in time. Yesterday, I threw him out of the window, and he immediately released his wings and flew back to the window. If he always reacted so quickly, I would not have any problem with him. Chvan-Kee can help someone like your son."

Chapa's parents could afford to pay for one course at Chvan-Kee's school. Chapa began going to the public school in the morning, and attending transformation lesson in the private school in the afternoon.

Chvan-Kee really seemed to help Chapa. At first, he connected Chapa to few devices and took measurements while Chapa carried out different transformations. Blue color, white color, green color. The routine was similar to Uchilkius's class, but without the constant fear of being thrown out of the window from the third floor, or appearing in the hospital with a torn wing or a broken limb. Chapa lay quietly on the couch, while the device requested a transformation to blue or green at a comfortable speed, while murmuring gently, *don't worry*. Chapa did not object to such lessons. They even seemed interesting. For the first time in his life, nobody shouted or threatened him, and no one called him a disgrace.

In a few days, Chvan-Kee announced his verdict to Chapa's parents. Their son had a problem, not with the transformation, but with the inability to store energy and spend it properly.

"Transformations require a great energy consumption," Chvan-Kee explained. "If the subject does not have enough energy, the transformation will not turn out, even if you know how to do it."

Reluctantly, Chapa's parents agreed to more private lessons for their son.

Глава 2. Школа Чван-Ки

К полному удивлению Чапы именно ненавистный учитель превращений Училкиус предложил выход.

- Отправьте его в школу Чван-Ки – сказал он. Это частная школа, в ней можно посещать только выбранные уроки. У вашего сына большие проблемы только с уроком превращений. Не то, что бы он был образцовым учеником на других уроках, но он и не самый худший. В опасной ситуации он всегда умудряется выживать, и превращаться вовремя. Вчера я его вышвырнул в окно, так он мгновенно и крылья выпустил, и назад в окно влетел. Если бы он всегда так на уроках реагировал, у меня бы не было к нему никаких претензий. Таким, как ваш сын, Чван-Ки может помочь. Оплачивать только один урок в школе Чван-Ки родители Чапы были в состоянии. Вот так Чапа начал утром ходить в государственную школу, а после уроков посещать урок превращений в частной тьюторской школе. Оказалось, что Чван-Ки действительно помог Чапе. Прежде всего, он подключил его к каким-то приборам и что-то измерял, пока Чапа выполнял разные превращения. Синий цвет, белый цвет, зеленый цвет. Все, как у Училкиуса, только без опасения быть выброшенным в окно с третьего этажа или оказаться в больнице с оторванным крылом или переломанной конечностью. Лежишь себе тихонько на кушетке, прибор ласково журчит, чтобы ты не волновался и не перенапрягался, и просит посинеть или позеленеть с той скоростью, которая тебе удобна. Против такого урока превращений Чапа совсем не возражал, это было даже интересно. Впервые на него никто не кричал, не угрожал и не называл позорищем. Через несколько дней Чван-Ки объявил родителям Чапы свой вердикт: у их сына была проблема не с превращением, а с неумением запасать энергию и правильно ее расходовать. Превращения требуют больших расходов энергии – объяснял Чван-Ки. Если энергии не хватает, то превращение не получится, даже если знаешь, как это делать. Скрепя сердце родители Чапы согласились еще на один частный предмет для сына.

One can get energy from many places—from the sun, the wind, the rain, plants, animals, and even from the neighbors! But an especially large amount of energy may be obtained during disputes or arguments. One can stand quietly aside, not far away from the wranglers, suck a lollipop, and recharge without being noticed. Chapa had not realized that it was so easy to obtain energy at home—his sisters *loved to argue with each other!*

Once, Dveena and Mlava clashed because of a scarf. The scarf was Mlava's, but it was perfectly matched to Dveena's sweater, and Dveena's boyfriend Brndvig-Torez was coming for a visit. Dveena spent two hours in front of the mirror, correcting the length of her nose and the whiteness of the teeth, and arguing with Mlava about the prized accessory. Chapa relaxed on the couch near his sisters, and filled himself with energy. He even began to purr from the sheer pleasure.

"Why am I so tired?" asked Mlava, leaving the debate over the scarf unfinished.

"I have nothing to do with it. I am tired too," replied Dveena.

The sisters looked around. Chapa froze, but they did not pay the slightest attention to him. At that moment, Beelda came into the room.

"You!" the sisters shouted in one voice. Dveena attacked Beelda, while Chapa again purred on the couch with pleasure and continued recharging.

"Stop, it is not her." Mlava yelled looking at Chapa with surprise.

Chapa huddled up on the couch, and an angry Dveena froze in disbelief, not trusting her eyes. She did not have enough energy to support her beautiful image. She shook with anger. Her nose lengthened, teeth grew out, and the beautiful Dveena became an ugly freak. Then the bell rang, and Dveena's boyfriend Brndvig-Torez entered the room. Seeing Dveena in such a state, he gasped in surprise and took a step back.

Chapa made a smacking sound and then shut up his mouth, but it was too late. A furious Dveena turned into a dragon and ran at Chapa. Caught in a family dispute, her boyfriend jumped aside. Dveena's transformation into a dragon was very fast and spectacular.

Оказывается, энергию можно получать отовсюду: от солнца, от ветра, от дождя, от растений, от животных, и даже от соседей. Но особенно много ее можно получать во время чьих то споров. Стоишь себе тихонько в сторонке, недалеко от спорящих, леденец сосешь, никто на тебя не обращает внимание, а ты в это время подзаряжаешься, подзаряжаешься. Чапа не ожидал, что энергию так легко получать дома, его же сестры постоянно выясняли отношения друг с другом. Однажды Двина с Млавой сцепились из-за какого-то шарфика. Вообще-то это был шарфик Млавы, но он чудно подходил к свитеру Двины, а к Двине сегодня должен был прийти ее бойфренд Брндвиг-Торез. Двина целых два часа провела перед зеркалом, корректируя длину носа и белизну зубов, и, заодно, споря с Млавой по поводу бесценного аксессуара. Чапа пристроился рядышком на диванчике и наполнял себя энергией. Он даже заурчал от удовольствия.

- Почему я такая уставшая? – спросила Млава, оставляя незаконченным спор о шарфике.

- Я тут не причем. Я тоже устала – отозвалась Двина.

Сестры огляделись. Чапа затаился, но они не обратили на него ни малейшего внимания. В комнату вошла Бильда.

- Ты! – в один голос закричали сестры, и Двина набросилась на Бильду, а Чапа опять от удовольствия замурлыкал на диване, и начал подзаряжаться.

- Прекрати, это не она – закричала Млава, с удивлением глядя на Чапу.

Чапа съежился на диване, а разъяренная Двина замерла, не веря своим глазам. От недостатка энергии у нее не хватало сил поддерживать свой красивый образ. От злости ее всю трясло. Нос удлинился, зубы выросли, красавица Двина превратилась в уродину. Раздался звонок и в комнату вошел бойфренд Двины Брндвиг-Торез. Увидев Двину в подобном образе, он от неожиданности ойкнул и сделал шаг назад.

- Чмок – зачем то сказал Чапа и зажал себе рот. Но было поздно. Разъяренная Двина превратилась в дракона и налетела на Чапу. Бойфренд, глядя на семейные разборки, отскочил в сторону. Превращение Двины в дракона было быстрым и эффектным.

No wonder—she spent several weekends in front of the mirror practicing.

Chapa jumped from the couch in horror and rushed around the room. He ran to the open window and jumped out, making a transformation of his own. It was his first transformation into a dragon. Until now, he'd only dreamed that he would transform as quickly as Dveena. Of course, his little dragon-whelp did not compare to her proud majestic dragon, and Chapa did not work for hours on the precise color shades. However, his little dragon was quite able to fly. If Dveena had had enough energy, Chapa would not have escaped. He would have returned home significantly injured. However, Dveena had no energy.

Having flown some tens meters after Chapa, she dropped down and landed under a tree. Chapa flew to his room, closed the window and the door, and hid under the covers.

Недаром она несколько выходных провела перед зеркалом.

Чапа в ужасе спрыгнул с дивана и заметался по комнате. Он метнулся к открытому окну и прыгнул вниз. Это было его первое превращение в дракона. До сих пор он только мечтал, что будет это делать так же быстро, как Двина. Конечно, он в образе дракона был не настолько эффектен, как его сестра. Его маленький дракончик до гордого слова дракон не дотягивал, и над оттенками своих цветов, Чапа не работал часами напролет. Но, тем не менее, его дракончик был вполне дееспособен, и умел летать. Будь у Двины достаточно энергии, Чапе было бы не спастись, он вернулся бы домой изрядно покалеченным. Но энергии у Двины не было. Пролетев несколько десятков метров за Чапой, она приземлилась под деревом. Чапа влетел к себе в комнату, закрыл окно и двери, и забился под одеяло.

Chapter 3. Chapa's Dream

If Chapa had known that Dveena lay weeping bitterly under the tree, waiting for a breakup with her boyfriend, he would have felt very sorry for her. And he probably would not have dreamed. However, Chapa did not know, and awaited the return of his sister with great fear. When he dozed, it seemed to him that he was talking to the teacher of transformations. Uchilkius told that Chapa had two choices. He could either be expelled or begin attending still another school in the evenings—the School of Trickery and Nuisances. Uchilkius himself taught at this school.

At the first lesson, Uchilkius explained that trickery was divided into small, medium and large, and proposed to start with the small ones.

"At home, fill cups with water and place them on the high shelf in the kitchen," Uchilkius explained.

"No, that water would soak my Mom," Chapa whispered. "Better, I will hide the cups with water under Dveena's and Beelda's hats in their closets. Let them take their hats from the upper shelves and get a morning shower." Chapa imagined his sisters, sopping wet, and smiled in his sleep.

Uchilkius kept talking about small dirty tricks, and Chapa gladly imagined Dveena with Beelda as victims of each joke. In his sleep, he ran away from Dveena, when she turned into a dragon and almost overtook him. Chapa thrashed in his bed and hid under the blanket. Dveena, in the form of the dragon, flew in through the window and sat down on the Chapa's bed. Chapa did not move, but this did not help. Dveena pestered him and then dragged him out from under the blanket. Chapa closed his eyes with fear and waited, but nothing happened. Then he opened one eye.

Crossing her legs and tenderly waving her green tail, Dveena sat watching him. She bent her dragon's muzzle and gently licked him with her tongue.

"Brndvig-Torez's father has a restaurant—the *Dragon Kosherat*," she said. "He invited me to work as a dancer. Brndvig-Torez told him how I'm able to transform into a dragon, and his

Глава 3. Сон Чапы

Если бы Чапа знал, что, приземлившись под деревом, Двина горько плакала, ожидая разрыв со своим бойфрендом, он бы ее, конечно, пожалел. И этот сон ему бы, наверное, не приснился. Но Чапа этого не знал, и со страхом ожидал возвращения сестры. Во сне ему показалось, что он беседует с учителем превращений Училкиусом, и тот ему говорит, что у Чапы есть два выхода: либо быть отчисленным за неуспеваемость, либо начать посещать еще одну школу по вечерам под названием «Школа Пакостей и Неприятностей». Преподавал в этой школе сам Училкиус. На первом уроке он рассказал, что пакости разделяются на мелкие, средние и большие, и предложил начать с мелких.

- Наполните дома чашки водой и поставьте их в кухне высоко на полку – объяснил Училкиус.

- Нет – подумал Чапа – так вода прольется на маму. Лучше я спрячу чашки с водой под шляпы Двины и Бильды в их шкафу. Пусть достают свои шляпки с верхних полок и получают утренний душ. Чапа во сне улыбнулся, представив себе мокрых сестер перед выходом в школу.

Училкиус продолжал вещать про разные мелкие пакости, а Чапа с удовольствием представлял Двину с Бильдой на месте жертв розыгрышей.

Он как раз удирал во сне от Двины, когда та, превратившись в дракона, почти настигла его. Чапа запрыгнул к себе в кровать и спрятался под одеяло. Двина в образе дракона влетела в окно и присела к Чапе на кровать. Чапа не шевелился, но это не помогло. Двина затормошила его, а потом выволокла из-под одеяла. Чапа зажмурился от страха и ждал, но ничего не происходило. Чапа приоткрыл один глаз. Закинув ногу за ногу, Двина в образе дракона внимательно смотрела на него, ласково помахивая зеленым хвостом. Увидев, что он открыл глаза, Двина наклонила к нему драконью морду и нежно лизнула языком.

- Отец Брндвига-Тореза держит ресторан *Драконий Кашират* - сказала она - Он предложил мне работу танцовщицы. Брндвиг-Торез рассказал ему, как я умею

father offered a very decent payment for me and our sisters Mlava and Beelda. You can come with us. They promised a free steak for you."

Chapa blinked incredulously. Free steak was good, but why had Dveena suddenly become so kind? Mlava and an enlarged Beelda entered the room.

"So, will you go with us?" Dveena asked.

Chapa rose from the bed and took a place closer to Mlava. It seemed safer near her.

A cheerful song sounded near the entrance to the restaurant:

Come to Dragon Kosherat.
Food and fun is where it's at.
You'll forget about steak,
Salad, sauce and tasty cake.
Dancing dragons will delight you.
Entertain, amaze and charm you.
Come relax, have fun with crew.
Come without more ado.

They went into *Dragon Kosherat* and Chapa sat down at the far table. The restaurant offered dinners with a show. Customers sat down at the tables. Lights flashed and Chapa's sisters fluttered on the stage. We should say that they danced well.

Waiters carried appetizers. After a short break, the sisters continued dancing, and waiters delivered the main dish—well done steak. Waiting for his, Chapa inhaled the enticing smell with pleasure. Almost all customers had received their steaks when Dveena, Mlava and Beelda suddenly transformed into the dragons and burned the crowd. Survivors jumped up from their seats and rushed to the exit.

"Collect the steaks from the tables and seat the next round of visitors," the owner of restaurant told the waiters.

The sisters returned to their normal appearance and began eating delicious steaks as they sat on the stage.

превращаться в дракона, и его отец предложил хорошую оплату мне и сёстрам Млаве и Бильде. Ты можешь пойти с нами, тебя обещали бесплатно покормить стэйком.

Чапа недоверчиво заморгал. Бесплатный стэйк - это хорошо, но с чего бы это Двина стала такой заботливой? В комнату вошли Млава и сильно подросшая Бильда.

- Так ты идешь с нами? – спросила Двина.

Чапа поднялся с кровати и пристроился поближе к Млаве, около нее казалось безопасней.

Возле входа в ресторан звучала весёлая песенка.

Приглашаем всех подряд
Мы в Драконий Кашират.
Там дракончики летают
И такое вытворяют.
Вы забудете про стэйки,
Про салаты и тефтельки.
Три дракончика станцуют,
Обогреют, очаруют.
Все в веселый Кашират
К трем дракончикам спешат.

Они вошли в *Драконий Кашират* и Чапа присел за дальний столик. Ресторан предлагал ужин вместе с представлением. Посетители усаживались за столиками. На сцене вспыхнули огни, и сестры Чапы выпорхнули на сцену. Надо отдать им должное, они танцевали хорошо.

Официанты разносили легкие закуски. После небольшого перерыва сестры продолжили выступление, а официанты начали разносить главное блюдо – хорошо поджаренный стэйк. Чапа с удовольствием вдыхал соблазнительный запах, дожидаясь, когда и ему принесут стэйк. Уже почти все посетители получили свой стэйк, когда Двина, Млава и Бильда мгновенно превратившись в драконов, опалили всех горячим пламенем. Вскочив с мест, посетители бросились к выходу.

- Соберите со столов стэйки и запускайте следующих посетителей - приказал хозяин ресторана официантам.

Сестры приняли свой обычный вид и отдыхали на сцене, поедая вкусные стэйки.

"They could give me one, too," Chapa whispered.

"There is a shortage of steaks," one of the waiters said.

The owner of the restaurant stood behind Chapa. He reached out and seized Chapa, saying "Make steak out of this one."

Chapa tore away and screamed.

"Why do you shout as if somebody cut you?" Chapa heard Dveena's voice.

Chapa, frightened out of his wits, opened his eyes. He was in his bedroom. The restaurant had disappeared—he'd been dreaming. This did not make Chapa feel any better. Dveena was sitting on his bed and gazing at him as if seeing him for the first time.

"So, you learned how to steal energy at Chvan-Kee school?" his sister asked.

Chapa nodded.

"Are you also able to pass energy?"

"No, I cannot pass. No one has taught me how to pass."

"It's okay. It is more important that you are able to steal. Brndvig-Torez has offered you a cool job," Dveena continued.

"In *Dragon Kosherat*?" Chapa asked suspiciously.

"In Dragon what?" Dveena did not know what Chapa had been dreaming.

Chapa calmed down a little bit. It would be great to get a cool job.

"You will have to steal energy from the players of the opposing team during the Hiding Prize Game." Dveena explained. "Just a little, so you are not caught."

"Why doesn't he do it himself?" Chapa asked.

"Because the stadium's guards watch the adults. But nobody will pay attention to *you*. Sit quietly in the first row, suck a lollipop and enjoy the game. And at the same time, take a little energy from the players and earn some money."

"Will I really be sitting in the first row?" Chapa could not believe his luck.

"Maybe in the second. Anyway, close. So, do you agree?"

Why not? No one had ever proposed paid work to Chapa before. What Dveena had described seemed so simple. To help the enemy's team lose seemed like patriotism to little Chapa.

- Могли бы и мне дать – подумал Чапа.

- Для следующих не хватает стэйков – сообщил один из официантов.

Хозяин ресторана стоял позади Чапы. Протянув руку, он схватил Чапу и проговорил: "Приготовь из этого".

Чапа рванулся и закричал.

- И чего так кричать, будто тебя режут? – раздался голос Двины.

Чапа испугался еще больше и открыл глаза. Он был в своей спальне. Ресторан исчез. Кажется, он ему приснился. Но Чапе от этого легче не стало. Двина сидела на его кровати, и внимательно его разглядывала, будто видела в первый раз.

- Это тебя в школе Чван-Ки научили так хорошо воровать энергию? – спросила сестра.

Чапа кивнул.

- А передавать энергию ты тоже можешь?

- Передавать не могу. Меня не учили – ответил Чапа.

- Это ничего. Главное, что ты воровать можешь. Брндвиг-Торез предлагает тебе классную работу – продолжала Двина.

- В *Драконьем Каширате*? – с подозрением спросил Чапа.

- В Драконьем чем? – Двина, не знала о Чапином сне.

Чапа слегка успокоился. Получить классную работу было хорошо.

- Тебе надо будет незаметно воровать энергию у игроков вражеской команды во время розыгрыша кубка. Чуть-чуть, чтобы не поймали – уточнила Двина.

- Почему он сам не хочет это делать? – удивился Чапа.

- Охрана на стадионе будут следить за взрослыми. А на тебя никто внимания обращать не будет. Сиди себе тихонько в первом ряду, соси леденец и наслаждайся игрой. А заодно тихонько подзаряжайся от игроков и зарабатывай деньги.

- Я буду сидеть в первом ряду? – не поверил Чапа.

- Или во втором. В общем, близко. Так ты согласен?

А почему бы и нет? Никто никогда не предлагал Чапе оплачиваемую работу. То, что описала Двина, казалось простым. А помочь вражеской команде проиграть казалось маленькому Чапе верхом патриотизма.

Chapter 4. Hiding Prize Game

"Is that your real height?" Clumsybug [3] asked, eyeing Chapa.

"Yes." Chapa nodded.

They met in the darkened basement of an abandoned building. Chapa had flown here with Dveena to meet her boyfriend, Brndvig-Torez. Chapa was very proud. For the first time, he deliberately turned into a dragon (more precisely, into a little dragon-whelp) and flew through the whole city.

"Give me my finder's fee," Brndvig-Torez demanded.

Clumsybug shook his head. "Wait. It is necessary to see what he can do." Clumsybug turned on a device, and Chapa felt energy spread from the device.

"Steal as much as you can," Clumsybug suggested.

Chapa did not like a word *steal*. Chvan-Kee used the euphemism *recharge*, but why argue with his employer?

Looking at the reading of the device, Clumsybug nodded. Then, he seemed to become suspicious and demanded that Dveena leave the basement with Brndvig-Torez. Having checked the device once again, he announced that Chapa's ability was satisfactory and explained that if Chapa was caught stealing energy, he should say that he was still small and simply didn't know how to manage energy. Nobody would punish a little Adoleeseet. If he was caught, they would surely let him go.

Clumsybug added that in the stadium, there would be those who would collect energy from Chapa and transmit it to the players. Then, Dveena and Brndvig-Torez reappeared and received their finder's fees. They even gave a little bit to Chapa.

In a few days, the competition for the Grand Prize of the *Adolees Hiding Prize Game* would be held. The Hiding Prize Game was a favorite game for all Adoleeseets. The rules of the game were very simple. The Prize keeper brought the Prize. Releasing his wings, the keeper raised the Prize high above the stadium and threw it down. The team who found the prize won.

Глава 4. Розыгрыш Кубка Адолиса

- Это твой настоящий рост? – спросил верзила,[3] разглядывая Чапу.

- Да – кивнул Чапа.

Они были в полутемном подвале какого-то заброшенного здания. Чапа прилетел сюда вместе с Двиной и встретился у входа с ее бой френдом Брндвигом-Торезом. Чапа был очень горд, впервые он осознанно превратился в дракона, точнее в дракончика и летел через весь город.

- Давай комиссионные – потребовал Брндвиг-Торез у верзилы.

- Подожди. Надо посмотреть, что он умеет.

Верзила включил какой-то прибор, Чапа почувствовал, как энергия распространяется от прибора.

- Своруй, сколько сможешь – предложил верзила.

Чапе не нравилось слово *воровать*. Чван-Ки употреблял гораздо более благозвучное слово *подзаряжаться*, но с работодателем не спорят.

Глядя на показания прибора, верзила удовлетворенно кивал. Потом, судя по всему, у него возникли подозрения, и он потребовал, чтобы Двина с Брндвигом-Торезом вышли из подвала. Проверив еще раз прибор, он объявил, что способности Чапы его устраивают и объяснил, что если, вдруг, Чапу поймают на воровстве энергии, Чапа должен сказать, что даже не замечал, что ворует, что он еще маленький и просто не умеет регулировать свою энергию. После такого объяснения никто не будет наказывать маленького адолисенка, и его отпустят. Верзила еще сказал, что на стадионе будут те, кто будет забирать энергию у Чапы и передавать ее игрокам. Потом появились Двина с Брндвигом-Торезом и получили свои комиссионные. Они даже дали чуть-чуть Чапе.

Через несколько дней был розыгрыш кубка Большого Приза Адолиса. Большой Приз это любимая игра всех адолиситов. Правила игры очень простые. Хранитель Приза вносит Приз. Выпустив крылья, хранитель поднимает Приз высоко над стадионом и бросает вниз. Выигрывает та команда, которая находит приз.

Sounds simple, right? The instant changing of terrain of the arena complicated the game significantly. Players could appear in a desert or in an ocean, in a fire or in a dungeon, as well as in any other unexpected place, all of which might appear—thanks to the wild fantasies of the game-writers. Waterfalls and volcanoes, blizzards and hurricanes would appear and disappear in front of the admiring crowd. The Prize itself could run away, hide and mask itself. Players could transform into dragons, fish, bugs or whatever they needed, given the setting. However, each transformation required energy, and it was forbidden to fill up with additional energy during the game. To bring a weapon was also forbidden. However, players were allowed to grow any weapon by using their own energy. New settings followed one another quickly, and players had to transform often and fast. The winner of the game was often the one who managed to save energy until the decisive moment.

Transfer of energy during the game was carefully traced. For those caught stealing energy during the game, jail would be the best outcome! At worst, the energy thief might end up in the hands of the fans of the team from whom he had been stealing. Only a little Adoleeseet could elude detection by the diligent guards.

On the day of Grand Prize, Dveena gave a ticket to Chapa— not for the first row, but close enough. Chapa was surprised. He did not expect such a wonderful seat. He could see everything!

Chapa's employer took a seat next to Chapa and whispered that energy should be pulled from the green team. Soon, the teams appeared in the stadium. Having looked at the coat of arms of the different teams, Chapa was stunned to discover that the *local team was dressed in green uniforms*. He was playing into hands of the rival team! This was a shock for little Chapa. He did not expect to be party to a betrayal. He turned to his employer to say that it was a mistake, that this was not the arrangement, that he would not do this thing. Alas, his employer had disappeared. The Keeper brought the Prize. Releasing wings, the he flew into the sky, raising the Prize high above the stadium. There was a whistle, and the game began. The landscape at the stadium instantly changed. Green grass disappeared, and the stadium was filled with water. Huge waves rose up.

Игру значительно усложняют мгновенные изменения мест поиска приза. Игроки могут оказываться в пустыне или в океане, в огне или в подземелье, а так же в любом другом неожиданном месте, появившемся благодаря буйной фантазии создателей игрового сценария. Водопады и вулканы, метели и ураганы появляются и исчезают прямо на глазах восхищенных зрителей. Сам приз так же может убегать, прятаться или маскироваться. Игроки могут превращаться в дракона, рыбу, насекомое или во что-либо другое. Но каждое превращение требует энергии, и пополнять свою энергию во время игры запрещено. Запрещено также приносить с собой оружие, но отрастить его на себе и применить во время игры разрешается. Места действий сменяют друг друга быстро, и игрокам приходится делать много превращений. Выигрывает тот, кто сумел сохранить энергию до решающего момента. Во время игры передача энергии тщательно отслеживается. За попытку воровства энергии во время игры взрослый адолисит в лучшем случае окажется за решеткой, а в худшем случае окажется в руках болельщиков той команды, у которой воровал энергию. В случае обнаружения выжить мог разве что маленький адолисенок.

В день розыгрыша Двина вручила Чапе билет. Это не был первый ряд, но было достаточно близко. Чапа даже не ожидал, что у него будет такое чудесное место. Ему было видно всё! Рядом с Чапой присел его работодатель и шепнул, что тянуть энергию надо будет у команды зеленых. Вскоре команды появились на стадионе. Взглянув на герб команды, Чапа обнаружил, что *местная команда была одета в зеленую форму*. Ему предстояло подыгрывать команде соперников! Это был шок для маленького Чапы. Этого он не ожидал. Он повернулся к своему работодателю, чтобы сказать, что это ошибка, что они так не договаривались, что он не будет. Увы, его работодателя не было. Хранитель внёс Приз. Выпустив крылья, он взлетел вверх и, подняв Приз высоко над стадионом, бросил вниз. Раздался свисток и игра началась. Ландшафт на стадионе мгновенно изменился. Зеленая трава исчезла, стадион оказался заполнен водой. Огромные волны вздымались вверх.

Something flashed on one of the waves and ducked down.

Players rushed to the place where the prize had been a moment earlier. The fanged muzzle of an underwater monster appeared out of the water instead of the prize. One of the players swung a sword that had instantly appeared and struck the beast. Several players dove, but in vain. A shimmering orb jumped out of the water and flew up. However, the Prize did not stay in the form of an orb for a long. After a few seconds, it looked more like a colorful butterfly. The water in the stadium disappeared. A dense thicket of bushes stretched below instead. The wings of the butterfly flashed several times and disappeared between the bushes. A few small birds rushed after the butterfly. Suddenly, fire appeared in place of the bushes! Several players jumped to the side. Some dragons flew up out of the flames. It seemed that the fire didn't bother them much, and the fire disappeared as suddenly as it appeared. A tiny bead sparkled in the sun and flew down. The players rushed after it. The bead rolled into a small crevice in a pile of boulders. The players surrounded the pile. A couple of players transformed into small lizards and tried to slip into the crevice to catch a prize. Opposing players threw them away, bouncing the poor little lizards into a nearby ravine. A few players turned into small bugs, but they were scooped up and flung away from the cleft as well.

A real battle erupted around the boulders. One of the players turned into a dragon and breathed fire, and another dragon responded the same way. A pair of salamanders tried to slip into the rock cleft. The audience went wild, shouting and cheering for their teams. Several Adoleeseets could not resist, and rushed into the stadium to help. The guards immediately brought them back to their seats. Chapa shouted, supporting his team.

A food cart with different drinks and snacks was passing between the rows.

"What are you waiting for? Get started," the vendor said, passing by Chapa.

Poor Chapa shrank in his place, not knowing what to do. In a few moments, he felt somebody begin to pull the energy from him. Chapa quietly focused on energy flows, selecting one especially aggressive player of the rival team.

На одной из волн что-то блеснуло и нырнуло вниз. Игроки рванулись к тому месту, где только что был приз. Вместо приза из воды показалась клыкастая морда подводного чудища. Один из игроков размахнулся мгновенно появившимся мечом и ударил зверя. Несколько игроков нырнули вниз. Напрасно. Из воды подпрыгнул переливающийся шар и полетел вверх. Впрочем, шаром приз оставался недолго. Через несколько секунд он больше напоминал разноцветную бабочку. Вода на стадионе исчезла, Внизу простирались заросли густого кустарника, между ними несколько раз мелькнули крылья бабочки и исчезли. За бабочкой устремились несколько небольших птиц. Огонь на месте кустарника появился внезапно. Несколько игроков отскочили в сторону. Из охваченного пламенем кустарника поднялись вверх несколько драконов. Кажется, огонь не сильно их беспокоил. Огонь исчез так же внезапно, как и появился. Крошечная бусинка сверкнула на солнце и полетела вниз. Игроки устремились за ней. Бусинка вкатилась в небольшую расщелину в груде валунов. Игроки окружили груду. Пара игроков тут же превратились в небольших ящериц и попытались юркнуть в расщелину за убегающим призом. Игроки противников отбросили их прочь. Возле валунов появилась пара небольших букашек, впрочем, их тоже отшвырнули от расщелины.

Вокруг валунов шло настоящее сражение. Один из игроков, превратившись в дракона, выдохнул огнем, другой дракон ответил тем же. Пара саламандр пыталась проскользнуть внутрь расщелины. Зрители неистовствовали и криками подбадривали свои команды. Несколько адолиситов на трибунах не выдержали и бросились на помощь. Стражи порядка тут же вернули их на место. Чапа громко закричал, поддерживая свою команду. Между рядами прокатили тележку с разными напитками и закусками.

- Приступай – проговорил продавец, проезжая мимо Чапы. Бедный Чапа вжался в свое место, не зная, что делать. Вскоре он почувствовал, что из него начинают тянуть энергию. Чапа тихонько пристроился к потокам энергии, окутавшим одного, особо агрессивного игрока команды противников.

In the beginning, nobody noticed anything. Chapa pulled energy from the player—someone he didn't know. Somebody pulled the energy from him. Soon, the food cart with drinks and snacks returned.

"What are you doing, rat breed?" the vendor hissed, passing Chapa.

He stopped tapping the enemy player just as somebody began to pull out his energy with such force that Chapa became completely exhausted. If things continued this way, he would not survive until the end of the game! He would be completely drained! Chapa had no choice but to attach again to the enemy player. A few minutes later, Chapa felt somebody's hand squeezing his throat. His employer had returned, and while appearing to embrace him, he was choking him! Chapa twitched in his seat. Clumsybug bent to him and hissed, "I shall kill you!"

Chapa remembered that he could become a dragon. He had just enough strength left for it. Clumsybug's hand slipped off Chapa's neck and a little dragon-whelp soared into the sky.

"Stop!" The voice of a guard rumbled, and a dozen[4] policemen rushed after the violator who dared to turn into a dragon in the stadium during the game.

The little dragon flew over the stadium, dodging the police. The tiny bead rolled out of the crevice. The players didn't notice in the heat of the ongoing fight. The bead rose up, increasing in size. The beautiful multicolored ball attracted the attention of the fighters, and they rushed after it. The little dragon raced into space, trying to dodge the cops. One of the officers almost caught the little dragon, but it jumped and sidestepped.

Chapa attempted to fly out of the stadium, but the guards were close behind and surrounded him on all sides. Chapa was caught in the center of the game. Spectators jumped up from their seats. Chapa flew straight up, above the stadium. He was in the middle of the game's scenario. An unfamiliar setting stretched beneath. Chapa slipped into a small alley, then in another one, and another.

"Is he still alive?" Chapa heard a series of voices below him.

В начале никто ничего не замечал. Чапа тянул энергию из игрока, кто-то неведомый в свою очередь, тянул энергию из Чапы. Вскоре между рядами опять прокатили тележку с напитками и закусками.

- Ты что же, крысеныш, делаешь? - прошипел продавец, проходя мимо Чапы.

Чапа приостановился, но из него стали тянуть энергию с такой силой, что он совсем обессилил. Если так будет продолжаться, то он до конца игры не дотянет. Он будет совершенно истощён! У Чапы не было выбора, и он опять пристроился к вражескому игроку. Через несколько минут Чапа почувствовал, что чья-то рука сжимает его горло. Рядом опять сидел его работодатель и, якобы дружески обняв его, сжимал ему горло. Чапа забился на своем месте. Верзила – работодатель наклонился к нему и прошипел: «Убью».

Чапа вспомнил, что он же может стать драконом. На это сил у него хватило, рука верзилы соскочила с мгновенно увеличившейся шеи Чапы, и дракончик взмыл в небо.

- Прекратить! – пророкотал голос стража порядка, и десятки[4] полицейских устремились за нарушителем, посмевшим превратиться в дракона на стадионе во время игры.

Дракончик метался над стадионом, изворачиваясь от полицейских. Крошечная бусинка выкатилась из расщелины. В пылу драки игроки не сразу это заметили. Бусинка поднималась вверх, увеличиваясь в размерах. Красивый разноцветный шар, наконец, привлек внимание дерущихся, и они кинулись за ним. Тут же метался дракончик, пытаясь из последних сил, увернуться от полицейских. Один из полицейских почти схватил дракончика, но тот отскочил. Чапа попытался вылететь за пределы стадиона, но стражи порядка не отставали и окружили его со всех сторон. Чапа оказался в самом центре игры, зрители вскочили со своих мест. Чапа метался над стадионом. Он был посреди сценария в неведомом месте. Под ним простирался какой-то незнакомый город. Чапа юркнул в небольшой проулок, потом еще в один, и еще.

- Он, что, до сих пор жив? – послышался чей-то голос.

"Yes. In the guild they said that he was weak and useless, and look! He had enough strength to turn into a dragon."

"Create a whirlwind, or he will escape."

"No, he will not. I'll transport him to Daeya, and from there, he will *not* return alive."

A strong wind whirled, and a black haze wrapped Chapa up on all sides. Chapa twisted with such force that he almost lost consciousness. Or perhaps he lost consciousness—not from the wind, or spinning, but from the lack of strength. Transformation into dragon and escaping from the police had depleted all of his remaining energy. Chapa fell on the lawn, but he did not see it. His eyes were closed. He did not have strength to move. From somewhere far away, he heard voices, and then they sounded closer.

"Look, a dead Adoleeseet." Someone kicked Chapa hard with his foot. Chapa was thrown upwards, and then he fell to the lawn again.

"Maybe he is alive. Kick him harder." Chapa was struck again.

"Let us roll him down the hill," somebody suggested.

Chapa prepared for the impact that was sure to come—a blow that would be the last in his life. To his surprise, the blow was much weaker than the previous ones. Actually, it was more of a tap. Chapa was rolled down the hill. Then he was lifted and carried away.

"Lie still," said a voice, and everything sank into silence.

Chapa looked around. He was in a small cave, and it seemed that nobody else was there.

"Davkaleon, where did you throw the Adoleeseet?" The voice came from not far away from the cave.

"Kicked him down the hill," answered the voice of the one who had told Chapa to lie still. Apparently, the people speaking were too lazy to go down the hill after Chapa, and the voices ceased.

With nothing else to do, Chapa slept. He only awoke because someone shook his shoulder and asked, "Are you hungry?"

Chapa opened one eye. In front of him, a boy squatted and handed him some food.

"I am Davkaleon," the boy said. "I hid you in the cave. How did you appear in Daeya?"

- Да. Странно. В гильдии говорили, что он слаб и никчемен, а у него хватило сил в дракона превратиться – услышал Чапа.

- Усиль вихрь, а то он вырвется.

- Не вырвется. Я его сейчас в Дэю закину, оттуда ему живым не вернуться.

Сильный ветер закружил его, черная мгла окутала со всех сторон. Чапу крутило с такой силой, что он почти потерял сознание. А может, он потерял сознание ни от ветра или кручения, а от недостатка сил. Превращение в дракона и бегство от полицейских поглотило всю энергию. Чапа упал на лужайку, но он этого не видел, глаза его были закрыты. Сил шевелиться не было. Где-то вдали послышались голоса, потом они раздались ближе.

- Ты смотри, дохлый адолисит – услышал Чапа и почувствовал, как кто-то ударил его изо всех сил ногой. Чапу подбросило вверх и он опять упал на лужайку.

- Может, он жив? Ударь сильнее.

Чапу опять ударили.

- Давай скатим его с пригорка – предложил кто-то.

Чапа приготовился к тому, что удар, который он получит, будет последним в его жизни. К его удивлению, удар был намного слабее, чем предыдущие. Это был даже не удар. Чапа чувствовал, что его катят по пригорку вниз. Затем его подняли и куда-то переложили.

- Лежи тихо – раздался голос и все смолкло.

Чапа осмотрелся, он был в небольшой пещере, кругом никого не было.

- Давкалеон, куда ты адолисита закинул? – раздался голос недалеко от пещеры.

- Скинул вниз – ответил тот, кто сказал Чапе лежать тихо.

Видимо, компании было лень спускаться вниз, голоса смолкли. Чапа уснул. Проснулся он от того, что кто-то тряс его за плечо и спрашивал: «Есть хочешь?»

Чапа приоткрыл один глаз. Перед ним на корточках сидел мальчик и протягивал ему какую-то еду.

- Я Давкалеон – сказал мальчик – это я спрятал тебя в пещере. Ты как оказался в Дэе?

Chapter 5. Davkaleon
Location: Daeya

Davkaleon's father was one of the highest priests of Daeya, so the boy grew up knowing abundance. His father owned a huge estate near the Assa, the main city of Daeya. The castle on the estate's territory belonged to the system of fortresses protecting Daeya. The towers of the fortress rose up so high they seemed to be touching the clouds. Powerful cannons were ready to repel an attack from the Adolees' dragons at any moment. Daeyats called Adolees's dragons *Adolgons* to distinguish them from Daeya's dragons. In addition to guns, there were also water cannons on the tower. Water for the cannons came from the inner lake of the manor. Guns and water cannons were mounted on each tower rising around the perimeter of the estate. If Adolgons appeared and started spewing fire, guns would hit them, and the water would extinguish the flame. Daeya's native dragons also caused a lot of damage. They say Adoleeseets could turn themselves into dragons. But this, of course, was a fairy tale. Who would believe such a thing?

Davkaleon got used to the fact that the fighting dragons were always near, and that guards watched over the castle all day and night long. The boy could not imagine that it could be otherwise. Of course, constantly being in the close proximity of dragons is not always a blessing. Now and then, there were complaints that a dragon from Daeya had attacked somebody. But that was still better than being *without* dragons during the Adolgons' attack. The fighting dragons allowed Daeyats to be their riders. However, it was necessary to raise a dragon and feed him from childhood in order to tame them. Dragons didn't allow strangers to approach them.

Davkaleon had many siblings. Paradion, Kvorts and Malay were all the same age as Davkaleon and they often played together. Then there was his brother Elfid. Davkaleon was most attached to Elfid, but he knew that it was better not to show this affection. Elfid's mother was a Llill's sorceress. Not a witch, mind you. Llill's sorceresses never called themselves witches, and they were very offended when somebody called them witches.

Глава 5. Давкалеон
Место Действия: Дэя

Отец Давкалеона был одним из высших жрецов Дэи, так что мальчик рос в достатке. У отца было огромное поместье рядом с Ассой, главным городом Дэи. Замок на территории поместья входил в систему крепостей, защищающих Дэю. Башни крепости поднимались так высоко, что, казалось, доставали до облаков, мощные орудия готовы были в любой момент отразить атаку адолиситских драконов. Дэйцы называли их адолконами, чтобы отличать от дэйских драконов. Кроме орудий, на башне стояли водометы. Вода поступала из внутреннего озера поместья. Орудия и водометы были установлены на каждой из башен, возвышающихся по периметру вокруг поместья. Если появятся адолконы и начнут извергать пламя, орудия ударят по ним, а вода потушит пламя. Дикие дэйские драконы тоже причиняли много вреда. А еще, говорят, адолиситы могли сами превращаться в драконов. Но, это, конечно, сказки. Кто же в это поверит?

Давкалеон привык к тому, что боевые драконы всегда рядом, а охрана днем и ночью охраняла замок. Мальчик даже не представлял, как может быть иначе. Конечно, постоянно иметь по соседству драконов - не подарок. То и дело возникали жалобы, что какой-то дракон на кого-то напал. Но все же это лучше, чем быть без драконов во время атаки адолконов. Боевые драконы позволяли дэйцам быть их наездниками. Правда, для этого надо вырастить дракона и вскормить его с детства. Чужого дракон к себе не подпустит.

У Давкалеона было много братьев и сестер. Парадион, Кворц и Малай были сверстниками Давкалеона. Они часто играли вместе. Был еще Эльфид. К Эльфиду Давкалеон был особенно привязан, но это лучше не показывать. Мать Эльфида была ллилльской колдуньей. Не вздумайте назвать её ведьмой. Ллилльские колдуньи никогда не называли себя ведьмами, и очень обижались, когда их так называли другие.

But priests referred to them witches and only witches. Why the debate over a name?

Well, sorceresses can be good and kind, but have you ever seen a good witch? A witch is considered a witch in any place in the world. Priests thought that the word "witch" should be associated with an old evil crone, which brought only pain and suffering to the good people of Daeya. Of course, there is a problem with that. Sorceresses from Llill were beautiful. Even though Daeyats do not say so out loud, many of men wouldn't mind marrying them. Look at Davkaleon's father, a respected priest Gerklat. He had married Dallilla. Elfid looked different from other Daeyats—he was thin and tiny. How could he survive in Daeya? Strong winds blew in Daeya every day. There were frequent extreme hurricanes. During the hurricanes, Elfid had to stay indoors, lest he would be carried away like a little feather. Elfid was also well advised to avoid Daeya's fauna, and its flora too! When Elfid was four years old, he was nearly swallowed by a *lazy poppy*. When someone comes close enough, the lazy poppy shoots sturdy stems and draws in its prey. Davkaleon barely rescued Elfid when a lazy poppy was ready to have dinner. Father joked that Elfid had a chance to survive in Daeya as long as he didn't leave the house or meet any of Daeya's inhabitants!

Davkaleon, by comparison, was strong, tall, and muscular—a true Daeyat. Once he saved Elfid from a dragon! After that, the two brothers became very good friends. Davkaleon enjoyed watching all of Elfid's experiments. Shooting and war games didn't interest Elfid. Instead of the usual Daeya's pastimes, Elfid liked to dig into the ancient manuscripts—and father had plenty of them. He also had the runes of Llill's sorceresses in his possession. Elfid's mother Dallilla also favored Davkaleon, so she was grateful for the rescue of her son. Davkaleon liked to listen to Elfid's explanation of Daeya's mysteries, which sounded so fantastic and interesting, but incredibly complicated. The explanations of priests were easier, as the gods wished.

Но жрецы настаивали, что колдуньи связаны с темными силами, и поэтому называли их ведьмами и никак иначе. В чём разница, спросите Вы.

Колдуньи могут быть хорошими и добрыми. Что касается ведьм ... Вы когда-нибудь видели добрую ведьму? Ведьма, она и есть ведьма. В представлении жрецов слово ведьма должно было создать у дэйцев образ злой старухи, насылающей несчастья на доверчивых дэйцев. С этим, правда, тоже была проблема. Ллилльские колдуньи были красивы. Хотя вслух никто этого не признавал, но многие дэйцы были не прочь на них жениться. Вот и отец Давкалеона, уважаемый жрец Герклат женился на Даллилле. Их сын Эльфид отличался от других дэйцев. Он был худенький и невысокий. Как он мог выжить в Дэе? Сильные ветры дуют в Дэе каждый день. Ураганы случаются постоянно. Если Эльфид выйдет из дома во время урагана, его унесет, как пушинку. С дэйской фауной Эльфиду тоже не стоит встречаться. Впрочем, с флорой тоже. Когда Эльфиду было годика четыре, когда его чуть не проглотил *ленивый мак* – тот, который стелется по земле и ждет, чтобы к нему приблизились. Когда кто-то оказывается рядом, мак выпускает крепкие стебли и притягивает добычу. Давкалеон спас Эльфида, когда ленивый мак уже приготовился поужинать. Отец шутил, что у Эльфида есть шансы выжить в Дэе только в том случае, если он не будет выходить из дома, и не будет встречаться ни с кем из обитателей Дэи.

Давкалеон, наоборот, был крепкий, высокий, мускулистый, в общем, настоящий дэец. Однажды Давкалеон спас Эльфида от дракона. С тех пор братья были очень дружны. Давкалеон любит наблюдать за всякими штуками и экспериментами Эльфида. Шумные игры и военные стрельбища Эльфида не привлекали. Вместо обычных забав дэйских мальчиков Эльфид любил копаться в древних рукописях, благо у отца их достаточно. Еще в его распоряжении были руны ллилльских колдуний. Мать Эльфида Даллилла тоже благоволила к Давкалеону, она была благодарна за спасение сына. Давкалеон с удовольствием слушал, как Эльфид объяснял разные Дэйские тайны. Это звучало фантастично, интересно и очень сложно. У жрецов объяснения были проще – так пожелали боги.

You do not have to ponder why gods wished so and not otherwise. So wished, and that was that. Gods have nothing to explain.

For now, Davkaleon and his brothers studied at their father's estate. But soon, they all would go to study at schools in Assa. Father decided that Paradion would go to the school of the highest priests. Davkaleon's mother Arara wanted her son to go to that school too, but father said that Davkaleon was too trusting to be a priest. Davkaleon was not upset by this. He wanted to study at the military school. Shooting, competitions and flying on dragons had always attracted him. His strong constitution indicated a strong future warrior. But his father was skeptical.

"It is so easy to deceive you, son. If someone slipped to you an Adolees's dragon pretending to be dead, you would pity him and start to treat and heal the creature."

"So what? When I'm finished with him, I will own an Adolgon, fully trained."

"But I'm telling you about an Adolees dragon pretending to be dead!" Father tried to direct his son's attention to the word *pretending.*

"Why does he have to be pretending? Maybe he is really dying!" Davkaleon objected.

Father shook his head and waved his hand hopelessly. He had intended to send Kvorts and Malay to the military school. They were slightly smaller than Davkaleon, and did not shoot as accurately as Davkaleon did. And they wouldn't have won a battle with the dragon. But they definitely wouldn't be fooled by a dying Adolgon.

Davkaleon's father had a reason to consider his son too trusting, but Davkaleon didn't like to talk about it. His faithful dragon Aleurh was the only living creature with whom Davkaleon discussed what had happened that fateful night, and only because Aleurh was a participant in those events, and he was deceived as well! When they were alone, Davkaleon and Aleurh talked about

the past often. The first few days, they generally couldn't talk about anything else. It had all started innocently. The chief guard Kvinsit persuaded Davkaleon's father to let his son take part in an upcoming battle with the *Svargs.*

И не надо голову ломать, почему боги пожелали так, а не иначе. Пожелали, и все. На то они и боги, чтобы никому ничего не объяснять.

Пока что Давкалеон и его братья учились в поместье отца. Но скоро все они отправятся на учебу в Ассу. Отец решил, что Парадион будет учиться в школе высших жрецов. Мать Давкалеона Арара хотела, чтобы ее сын тоже учился в этой школе, но отец сказал, что Давкалеон слишком доверчив, чтобы быть жрецом. Давкалеон совсем не расстроился. Он хотел учиться в военной школе. Стрельба, соревнования, полеты на драконах его всегда привлекали. А могучее сложение говорило, что из него получится сильный воин. Но отец был настроен скептически:

- Тебя так легко обмануть, сынок. Подбрось тебе, притворившегося умирающим адолкона, и ты пожалеешь его и кинешься лечить.

- Ну и что? Зато, когда я его вылечу, у меня будет собственный адолкон – пробовал спорить Давкалеон.

- Так я же говорю тебе об адолиситском драконе, который притворился умирающим – отец попробовал обратить внимание сына на слово *притворился*.

- Почему обязательно 'притворился'? Может, он действительно умирает? – возразил Давкалеон.

Отец покачал головой и безнадежно махнул рукой. Он хотел отправить Кворца и Малая в военную школу. Они чуть меньше Давкалеона, и не так метко стреляют. И схватки с драконом не выиграют, но умирающим адолконом их не проведешь.

Честно говоря, у отца Давкалеона была причина считать сына излишне доверчивым, но Давкалеон об этом рассказывать не любил. Его верный дракон Алеурх был единственным живым существом, с которым Давкалеон обсуждал происшедшее, да и то, только потому, что Алеурх был участником тех событий, и так же, как и Давкалеон, поддался на обман. Между собой Давкалеон и Алеурх говорили о событиях той ночи часто. Первые несколько дней они не могли говорить ни о чем другом. Начиналось все хорошо. Начальник стражи Квинсит уговорил отца Давкалеона отпустить сына с военным отрядом принять участие в предстоящем бое со *сваргами*.

The father resisted at first, believing that it was too early for the boy to move from training to real military battles with a military squad, but Kvinsit insisted that in military school, the students became scouts almost from the first day.

Very often, scouting duty became a real fight. Kvinsit was a graduate of this school, so he knew what he was talking about. And in the upcoming battle with the Svargs, Kvinsit would look after Davkaleon and keep him away from the most dangerous places.

"The boy will get the experience," the chief guard persuaded. "Moreover, it is problematic for a native not from a hereditary military family to get to the High Military School of Daeya, even if the family belongs to the distinguished kin of the priests. Participation in military events will change the picture in his favor."

Kvinsit had personally coached Davkaleon, starting from the age of seven, and he was very proud of his student.

"I trained a lot of apprentices in my life. Davkaleon is the best of the best."

The priest Gerklat agreed. Davkaleon's mother Arara clutched her chest upon hearing about the upcoming participation in the battle with the Svargs, but Kvinsit personally assured her that nothing bad would happen to her boy.

"Davkaleon will be in the military school in a couple of months anyway, so let him gain some valuable experience."

The huge mother-dragon Pandra reluctantly let her son Aleurh go to the first military campaign as well. Davkaleon and Aleurh joyfully made plans for a great battle in which their side would win, thanks to their courage and ingenuity.

In the beginning, the fighters of Daeya seemed to have the battle won. But then, the Svargs poured in from all sides. Where did they come from, if the battle took place in an open area? Kvinsit, of course, did not send Davkaleon with Aleurh to the most dangerous places, but even here, where the boy was fighting, there were enough Svargs that no one could say it was a safe walk. Then the Svargs retreated, and the first fight was won.

Отец в начале считал, что мальчику рано переходить от учебных тренировок к настоящим военным схваткам, но Квинсит объяснил, что в военной школе принято принимать участие в боевых дежурствах чуть ли не с первого учебного дня.

Очень часто боевые дежурства превращались в настоящие бои. Квинсит был выпускником этой школы, так что знал, о чем говорил. А в предстоящем бою со сваргами Квинсит присмотрит, чтобы Давкалеон не оказался в самых опасных местах.

- Мальчик получит опыт – уговаривал начальник стражи - Кроме того, попасть в Высшую Военную Школу Дэи выходцу не из потомственной военной семьи весьма проблематично, даже при условии, что это семья принадлежит к уважаемому жреческому роду. Участие в военных событиях сразу же изменит картину в его пользу.

Квинсит лично тренировал Давкалеона, начиная с семилетнего возраста, и очень гордился своим учеником.

- Я за свою жизнь тренировал многих. Давкалеон - лучший из моих учеников – убеждал Квинсит.

И жрец Герклат сдался. Мать Давкалеона Арара схватилась за сердце, услышав о предстоящем участии сына в бою со сваргами, но Квинсит лично заверил её, что с её обожаемым сыном ничего плохого не случится.

- Давкалеон через пару месяцев все равно окажется в военной школе, так пусть наберется опыта - успокаивал он Арару.

Огромная дракониха Пандра тоже скрепя сердце отпустила своего сына Алеурха в первый военный поход. Давкалеон с Алеурхом на радостях строили планы великого сражения, в котором отряд одерживал победу исключительно благодаря их смелости и сообразительности.

В начале дэйцы считали, что выиграли. Но потом сварги посыпались со всех сторон. Откуда они взялись, если бой проходил на открытой местности? Квинсит, конечно, не посылал Давкалеона с Алеурхом в самые опасные места, но и там, где они сражались, сваргов хватало, так что о безопасной прогулке речь не шла. Потом сварги отошли, и первый бой дэйцы выиграли.

The Svargs had not retreated far, so it was too early to claim a victory. Everyone took turns on watch duty at night. For those two hours, Davkaleon and Aleurh watched these miniatures in disbelief. If they raised the alarm, the fighters of Daeya would laugh at them, but the figures were moving in the direction of the sleeping military camp. Aleurh descended even more. Suddenly one of the figures jumped high and threw its sting to Davkaleon. Aleurh exhaled fire, and Davkaleon raised the alarm. All of the figures straightened instantly, and Davkaleon and Aleurh were surrounded by full-grown Svargs! Aleurh exhaled fire and soared up. The soldiers of Daeya woke up and grabbed their weapons. Davkaleon and Aleurh fought as adult fighters—Kvinsit could not protect them this time.

After the battle, Kvinsit called them in and demanded a report. Perhaps if they had said nothing about the tiny figures, all would have gone smoothly. Everyone in Daeya knew well about the ability of Svargs to appear out of nowhere. But Davkaleon spoke honestly about tiny figurines, which turned into full-grown enemies, and Kvinsit asked skeptically, "Did you oversleep?" Davkaleon and Aleurh swore they'd told the truth, but Kvinsit did not believe them. Then, Kvinsit told Davkaleon's father about what had happened, and having considered that Davkaleon and Aleurh had overslept, father decided that a military career was not very suitable for his son. Father hesitated between several schools, none of which interested Davkaleon.

One evening, Elfid's mother Dallilla whispered Davkaleon to visit her in secret. She asked him not to tell anybody about the chat they were to have.

"You want to go to military school," Dallilla said, "and your father intends to send you to another school. I asked Isida to help you."

Сварги отошли недалеко, так что возвращаться с победой было рано. Ночью дежурили по очереди. В те два часа, которые им выпали, Давкалеон с Алеурхом не сомкнули глаз. Осматривая все кругом, они и на землю-то почти не приземлялись. Они заметили крошечные движущиеся фигурки и спустились ниже рассмотреть, кто это. Фигурки были в несколько раз меньше самого крошечного новорожденного детеныша сварга.

Давкалеон с Алеурхом в недоумении смотрели на миниатюрные фигурки. Если поднять тревогу, то дэйцы их засмеют. Но фигурки двигались по направлению к спящим в военном лагере дэйцам. Алеурх спустился еще ниже. Вдруг одна из фигурок высоко подпрыгнула, и швырнула жало в Давкалеона. Алеурх выдохнул огнем, а Давкалеон поднял тревогу. Фигурки мгновенно распрямились, и Давкалеона с Алеурхом оказались в окружении сваргов. Алеурх опять выдохнул огнем и взмыл вверх. Дэйцы проснулись и схватились за оружие. Давкалеон с Алеурхом сражались наравне со взрослыми, Квинситу в этот раз некогда было их оберегать.

После боя Квинсит вызвал их к себе и потребовал отчет. Наверное, если бы они промолчали о крошечных фигурках, то все прошло бы гладко. В Дэе хорошо знали об умение сваргов появляться из ниоткуда. Но Давкалеон честно рассказали о миниатюрных фигурках, мгновенно превратившихся во врагов, и Квинсит прямо спросил: "Проспали?" Давкалеон с Алеурхом клялись и божились, что рассказывают правду, но Квинсит им не поверил. А потом Квинсит рассказал о происшедшем отцу Давкалеона, и тот, посчитав, что Давкалеон с Алеурхом заснули во время дежурства, решил, что военная карьера не слишком подходит его сыну. Отец колебался между несколькими школами, ни одна из которых не привлекала Давкалеона.

В один из вечеров мать Эльфида Даллилла шепнула Давкалеону, чтобы он зашел к ней. Она просила, чтобы он никому об этом не говорил.

- Ты хочешь в военную школу – сказала Даллилла – а отец намеревается отправить тебя в другую школ. Я просила Айсайду помочь тебе.

"Who is Isida? Is she a Llill's witch—I'm sorry—sorceress, like you?" Davkaleon asked.

"Isida is much more than the most powerful Llill's sorceress. It's a great luck to have her on your side."

Dallilla measured Davkaleon and looked for something in her wooden chests. She pulled out and spread on the floor a dragon's skin in the form of pentacle. It seemed to be the skin of an Adolgon. Where had Dallilla gotten it? Llill's witches were said to be friends with Adoleeseets.

"Lie down and put your head, hands and feet at the five points of the pentacle," Dallilla said.

The dimensions of the pentacle were just perfect for Davkaleon. Dallilla placed the signs of the three moons of Daeya—Lluna, Fetta and Lell—near the three rays of the pentacle. At the fourth beam, there was the symbol of Daeya. Dallilla wrote the name of Davkaleon near the fifth ray. At the end of five rays, Dallilla placed five mirrors and covered them with the skin of a serpent. She put a candle at the bottom of each mirror. Dallilla used another candle for drawing the contour of the pentacle. The edges of the pentacle flashed, and fire leapt up, with Davkaleon lying inside! The fire did not touch him, but it was very hot.

Dallilla started to sing something in the language of the Llill's sorceresses. Davkaleon could not make out what it was. From one of the rays, fire rose to the ceiling and then receded. Fire crept up to the mirror, ran along the frame, serpent's skin flared up and disappeared, and a burning sign appeared at the mirror. Dallilla continued singing. From the other beam, fire leapt and receded, then climbed up to the mirror, swallowed the skin and left a fire sign. The same thing happened with the other rays. Then, the fire was gone. Dallilla stopped singing. The symbols in the mirrors flickered out. Dallilla placed a large mirror on the table and lit seven candles in front of it.

"You should ask Isida to help you. Tell her about yourself. Start with telling your name," Dallilla said as she lit a candle.

"I am Davkaleon, the son of Daeya's priest, Arlan Gerklat. I ask you to help me persuade my father to send me to the military school to become a commander of an army to protect Daeya, when I grow up."

- Кто такая Айсайда? Ллилльская ведьма, извини, колдунья, как ты? – спросил Давкалеон.

- Айсайда намного выше самой могущественной ллилльской колдуньи. Иметь ее на своей стороне - большая удача.

Даллилла измерила Давкалеона и поискала что-то в сундуках. Она достала и расстелила на полу шкуру дракона в форме пятиугольного пентакля. Кажется, это была шкура адолкона. Где Даллилла могла ее достать? Про ллилльских ведьм говорили, что они дружат с адолиситами.

- Ложись – сказала колдунья - Помести голову, руки и ноги в лучи пентакля.

Размеры пентакля идеально подходили Давкалеону. Даллилла поместила знаки трёх лун Дэи – Ллуны, Феты и Лелль возле трёх лучей пентакля. Возле четвёртого луча оказался символ Дэи. Даллилла написала имя Давкалеона возле пятого луча. На концах пяти лучей Даллилла поставила пять зеркал и накрыла их кожей серпентов. У подножия каждого зеркала Даллилла поставила свечу. Еще одной свечой она провела по контуру пентакля. Края пентакля вспыхнули, огонь взвился вверх. Давкалеон лежал внутри. Огонь его не касался, но было очень горячо.

Даллилла начала что-то петь на языке ллилльских колдуний, Давкалеон не мог разобрать, что именно. На одном из лучей огонь взвился до потолка и упал вниз. Огненной змеей огонь прополз до зеркала, обежал по раме, кожа серпента вспыхнула и исчезла, в зеркале появился горящий знак. Даллилла продолжала петь. На другом луче огонь взвился и упал, добрался до зеркала, поглотил кожу серпента и оставил огненный знак. То же самое произошло с остальными лучами. Огонь исчез. Даллилла перестала петь. Символы в зеркалах погасли. Даллилла поставила на стол большое зеркало и зажгла перед ним семь свечей.

- Ты должен попросить Айсайду помочь тебе. Расскажи о себе. Начни с того, что назови свое имя - объяснила Даллилла и зажгла свечу.

- Я - Давкалеон, сын жреца Арлана Герклата, прошу помочь уговорить отца отправить меня в военную школу, чтобы стать главнокомандующим Дэи и защищать Дэю, когда я вырасту.

The seven candles on the table flashed and then went out, and the same symbols that appeared in five mirrors now burned in the mirror.

"Now, I'll tell Isida that you were not afraid to fight with a dragon to save Elfid," Dallilla said.

Dallilla lit one more candle and held it up to the mirror. Davkaleon saw himself in the mirror at the age of seven years.

He was playing war games with his brothers. They had always played war games. This time, they played dragon's riders. They were not allowed to play with adult dragons. But their father didn't mind games with baby dragons. He even encouraged such fun, believing that it was good for the sons to grow up together with the dragons. Every Daeyats knows that dragons can be the most ruthless enemies, or the most faithful friends. The dragon you grew up with and took care of will never betray you. Davkaleon, Paradion, Kvorts and Malay sat on their dragons. This time Davkaleon and Paradion fought against Kvorts and Malay.

Elfid stood aloof from brothers. Suddenly, the air was filled with a shriek. A wild dragon's baby appeared from nowhere and jumped on Elfid. Picking up a small but well-sharpened spear, Davkaleon flew on his dragon Aleurh toward Elfid. He fought off the baby, but after the cub, his mother appeared. It was a mystery how the wild dragons could fly past the guards and go undetected. Davkaleon found himself with a short spear in front of an adult wild dragon! Davkaleon knew that the most dangerous thing in a battle with a dragon was falling under its fiery flame. However, dragons use this ability with caution. After a few blasts, their firestorm weakens. Davkaleon could fly away, but that would leave Elfid alone with the angry adult dragon. Davkaleon had thrown a spear into the dragon's mouth. He wanted to protect himself from the dragon's fire. Wounded in a mouth, a dragon will not be able to produce fire, and Davkaleon avoided the danger of being fried. Now, he had only a knife, which was not suitable for battle with an adult dragon. The dragon roared in pain and froze for a moment.

Семь свечей на столе вспыхнули и погасли, в зеркале появились изображения тех самые знаков, которые исчезли в пяти зеркалах.

- Теперь я расскажу Айсайде о том, как ты не побоялся вступить в бой с драконом, чтобы спасти Эльфида – сказала Даллилла.

Даллилла зажгла ещё одну свечу и поднесла ее к зеркалу. Давкалеон увидел в зеркале себя в возрасте семи лет.

Он играл с братьями в войну. Они всегда играли в войну. В этот раз они играли в наездников драконов. Играть со взрослыми драконами им не разрешали. Но против игр с детенышами драконов их отец не только не возражал, но даже поощрял подобные забавы, считая, что для сыновей хорошо взрослеть вместе с драконами. В Дэе всем известно, что драконы могут быть и самыми беспощадными врагами, и самыми преданными друзьями. Дракон, с которым ты вырос, и, о котором заботился с детства, тебя не предаст. Давкалеон, Парадион, Кворц и Малай сидели на своих дракончиках. В этот раз Давкалеон с Парадионом сражались против Кворца и Малая.

Эльфид стоял поодаль. Вдруг раздался крик. Неизвестно откуда взявшийся детеныш дикого дракона прыгнул на Эльфида. Подняв небольшое, но хорошо заточенное копье, Давкалеон на своем дракончике Алеурхе рванулся в сторону Эльфида. Брата он отбил, но вслед за детенышем появилась его мать. Как дикие драконы смогли незаметно пролететь мимо стражи, осталось загадкой. Давкалеон оказался с коротким копьем перед взрослым диким драконом. Мальчик знал, что самое опасное в бою с драконом - попасть под огненное пламя. Правда, драконы используют это средство осторожно. После нескольких раз огненный шквал ослабевает. Давкалеон мог отлететь в сторону, но тогда Эльфид оставался один перед взрослым разъяренным драконом. Давкалеон метнул копье в пасть дракона. Он хотел себя обезопасить от огня дракона. Израненная шкура не будет защищать дракона от его собственного огня, и Давкалеон избежит опасности быть изжаренным. Теперь у него оставался всего на всего один нож, совершенно не пригодный для сражения со взрослым драконом. Дракон взревел от боли и на мгновение замер.

Then, she rushed at Davkaleon. Davkaleon directed Aleurh to the labyrinth, the only place where Aleurh and he had an advantage over the wild dragon. Davkaleon played in the labyrinth almost every day. Having flown inside, he jumped off Aleurh and

commanded *Up!* The adult dragon hesitated for a moment. Of course, he could see that Aleurh had flown away. But the wild dragon wasn't interested in him. The dragon hadn't attacked her baby, and the dragon hadn't thrown a spear, cutting her mouth. The wild dragon rushed for Davkaleon.

In that moment of confusion there was enough time for Davkaleon to duck into a side passage, another one, and another. The wild dragon felt certain that the cocky boy was somewhere nearby. But where?

Meanwhile, Davkaleon's brothers had reported the attack of an adult dragon and father's warriors rushed into the labyrinth. The guards coped with the wild dragon.

Dallilla finished her story. One more sign appeared in the mirror.

"It's the sign of the Greatest Bravery. Isida is very pleased with the way you acted," Dallilla said, pointing to the sign.

Dallilla lit another candle. "Now you'll see an event that will happen in the future. You will choose what to do. Isida wants to know what you will choose."

Davkaleon was intrigued. The candle flared and Davkaleon saw himself in the mirror. He stood near a small Adolees dragon. The dragon did not move. Davkaleon's brothers stood beside him.

"Look, a dead Adolgon," Kvorts said as he kicked the little dragon. Davkaleon noticed that the dragon quivered slightly and then became silent again.

"Maybe he's still alive? Kick harder." Malay offered.

Unfamiliar signs flamed out at the bottom of the mirror.

"Isida asks what you will do." Dallilla said, translating the signs.

Davkaleon thought for a while. He pitied the little dragon, but it was an Adolees dragon and Adoleeseets are deathly enemies of Daeya.

В следующее мгновение он ринулся на Давкалеона. Давкалеон направил Алеурха в лабиринт, единственное место, где он с Алеурхом имел преимущество перед диким драконом. В лабиринте Давкалеон играл почти каждый день. Влетев в лабиринт, Давкалеон спрыгнул и прокричал Алеурху команду *Вверх*. Взрослый дракон на мгновение замешкался. Он, конечно, видел, что дракончик взлетел вверх. Но он его не интересовал. Это не дракончик напал на её детеныша, и не дракончик метнул копье, изранив пасть. Дракон ринулся за Давкалеоном.

Но секундного замешательства было достаточно, чтобы Давкалеон нырнул в боковой проход, еще в один и еще. Дракон чувствовал, что нахальный мальчишка где-то рядом. Но где?

Братья сообщили о нападении взрослого дракона, и воины отца бросились в лабиринт. Со взрослым драконом разбиралась стража.

Даллилла закончила рассказ. Ещё один знак появился в зеркале.

- Это знак Величайшей Храбрости. Айсайда очень довольна тем, как ты поступил – сказала Даллилла, указывая на знак.

Даллилла зажгла еще одну свечу.

- Теперь ты увидишь событие, которое случится в будущем. У тебя будет выбор, как поступить. Айсайда хочет знать, что ты выберешь.

Давкалеон был заинтригован. Свеча вспыхнула, и Давкалеон увидел в зеркале себя. Он стоял возле маленького адолиситского дракончика. Дракончик не двигался. Позади Давкалеона были его братьев.

- Ты смотри, дохлый адолкон – сказал Кворц и ударил дракончика ногой.

Давкалеон заметил, как дракончик дернулся и опять затих.

- Может, он жив? Ударь сильнее – предложил Малай.

Внизу зеркала вспыхнули незнакомые знаки.

- Айсайда спрашивает, что ты будешь делать? – перевела Даллилла.

Давкалеон задумался. Ему было жаль дракончика, но это адолиситский дракон, а адолиситы – смертельные враги Дэи.

To feel sorry for an enemy was considered a sign of weakness in Daeya. No one in Daeya would understand him if he fought with his brothers to help an enemy. And it would definitely not help to change his father's opinion about his study at the military school.

"Let us roll him down the hill," Davkaleon proposed and pushed the dragon down. The dragon rolled, Davkaleon followed him. Davkaleon picked the little dragon up near one of the boulders and moved him to the cave.

"Lie still," Davkaleon said and walked out of the cave.

The images disappeared from the mirror. The seventh sign appeared at their place.

"It's a sign of kindness," Dallilla said, pointing to the last symbol.

"I will prepare Isida's talisman for you. It will help you to get to the military school and will always protect you."

Davkaleon was intrigued, but he didn't really believe in the help of an unknown named Isida.

* * * * *

A few days passed. Davkaleon was playing war with his brothers.

"Look, a dead Adoleeseet," said Kvorts, kicking the little Adoleeseet boy with his foot.

The Adoleeseet was thrown upwards, and then fell back down on the lawn again. Davkaleon noticed that the little Adoleeseet quivered and became silent again.

"Maybe he's still alive? Kick harder," Malay offered.

"Let us roll him down the hill," Davkaleon proposed. The Adoleeseet rolled down. Davkaleon followed him, picked him up and carried him to the cave.

"Lie still," Davkaleon said and walked out of the cave.

"Davkaleon, where did you throw the Adoleeseet?" Kvorts asked.

"Kicked him down the hill," answered Davkaleon.

Brothers engaged in throwing spears, no longer interested in the little Adoleeseet.

Жалеть врагов в Дэе считалось признаком слабости. Драться с братьями из-за врага? Этого в Дэе не поймут. Это точно не поможет изменить мнение отца насчет его учебы в военной школе.

- Давай скатим его с пригорка – предложил Давкалеон и толкнул дракончика вниз. Дракончик покатился, Давкалеон последовал за ним. У одного из валунов Давкалеон поднял дракончика и перенес в пещеру.

- Лежи тихо – сказал Давкалеон и вышел из пещеры.

Образы в зеркале исчезли. На их месте появился седьмой знак.

- Это знак доброты – сказала Даллилла, показывая на последний символ.

- Я приготовлю для тебя талисман Айсайды. Он поможет тебе попасть в военную школу и будет всегда помогать тебе.

Хотя Давкалеон и был заинтригован, но, честно говоря, в помощь неведомой Айсайды, он не очень верил.

* * * * *

Прошли несколько дней. Давкалеон с братьями играл в войну.

- Ты смотри, дохлый адолисит – сказал Кворц и ударил маленького адолисенка ногой. Адолисенок взлетел вверх и опять упал на лужайку.

- Может, он жив? Ударь сильнее – предложил Малай.

- Давай скатим его с пригорка – предложил Давкалеон и толкнул адолисенка вниз.

Пройдя за адолисенком вниз, Давкалеон подняли его, и перенес в пещеру.

- Лежи тихо – сказал Давкалеон и вернулся к братьям.

- Давкалеон, куда ты адолисита закинул? – раздался голос Кворца.

- Скинул вниз – ответил Давкалеон.

Братьям занялись метанием копий, забыв об адолисёнке.

After dinner at home, Davkaleon gathered everything that was edible in the kitchen and went to the little Adoleeseet. Entering the cave, Davkaleon saw that the little Adoleeseet was asleep. He shook him and asked, "Are you hungry?"

The little Adoleeseet opened one eye. Davkaleon squatted and handed him a bundle of food. A wonderful smell came from the bundle.

"I am Davkaleon. I hid you in the cave. How did you appear in Daeya?"

Вернувшись домой и, поужинав, Давкалеон собрал на кухне все съедобное и отправился к адолисенку. Войдя в пещеру, Давкалеон увидел, что маленький адолисенок спал. Он потряс его за плечо и спросил: «Есть хочешь?»

Адолисенок приоткрыл один глаз. Перед ним на корточках сидел мальчик и протягивал сверток с едой. От свертка исходил изумительный запах.

- Я Давкалеон. Это я спрятал тебя в пещере. Ты как оказался в Дэе?

Chapter 6. Where am I?

"In Daeya? Which Daeya?" Having just woken up, Chapa couldn't understand what Davkaleon was asking, and what it had to do with Daeya. Then, suddenly, he understood. Any Adoleeseet knows the word *Daeya*. Even a little baby Adoleeseet knows that their worst enemies live in Daeya. Chapa leapt to his feet as if he'd been stung.

"In Daeya? You said in Daeya? In the hostile Daeya???!!!" exclaimed Chapa in horror.

"Hostile or not, depends on who's talking. I, for example, don't find the Daeya to be hostile. I'm from Daeya after all," replied Davkaleon.

"You're from Daeya?" Chapa jumped to the furthest corner of the cave.

"What did you forget in that corner?" Davkaleon asked, laughing.

"The food is right here."

"You will not eat me?" asked Chapa, just to be sure.

"What?!" Davkaleon was struck dumb. But he quickly regained and, laughing, clicked his teeth and made a terrible face.

"Why is my dinner running away from me and hiding in the corners?" Davkaleon growled in a purposefully frightening voice.

"Everybody knows that in Daeya, we eat only Adoleeseets. But it's been two whole days since I've had an Adoleeseet. I'm emaciated, starved, famished! Oh, poor me. I'm all skin and bones!"

The strong, muscular Davkaleon did not appear to be emaciated or famished. Chapa guessed that Davkaleon was joking. But he still decided to ask, "So it's not true that you eat Adoleeseets?"

"Where did you hear such nonsense? You mean to say that all Adoleeseets believe that we in Daeya would eat them?"

"I don't know about *all*. But many of our books tell stories of Daeyats attacking Adoleeseets."

"Sure!" smirked Davkaleon. "And according to your books, all Adoleeseets are kind and peaceful, would never think about attacking the Daeyats, and never transform themselves into dragons.

Глава 6. Где я?

- В Дэе? В какой Дэе? – Чапа не понял спросонья, о чем его спрашивает Давкалеон и при чем тут Дэя. Впрочем, слово Дэя знакомо любому адолиситу. Еще бы. Даже крошечный адолисенок знает, что дэйцы это злейшие враги адолиситов. Так что в следующее мгновение Чапа подскочил, как ужаленный.

- В Дэе? Ты сказал, что я в Дэе? Во вражеской Дэе???!!! – ужаснулся Чапа.

- Во вражеской или нет – это смотря, как для кого. Для меня, например, Дэя совсем не вражеская. Я же дэец – резонно ответил Давкалеон.

- Ты дэец? – Чапа отскочил в самый дальний угол пещеры.

- Что ты в том углу забыл? – насмешливо спросил Давкалеон - Еда здесь.

- А ты меня не съешь? – на всякий случай уточнил Чапа.

- Что?! – оторопел Давкалеон. Но он быстро пришел в себя и, рассмеявшись, застучал зубами и скорчил жуткую гримасу.

- Почему мой обед от меня удирает и по углам прячется? – прорычал Давкалеон намеренно страшным голосом.

- Всем известно, что дэйцы питаются исключительно адолиситами. А я уже целых два дня обхожусь без адолисятины, исхудал весь, изголодался, отощал бедный. Только кожа и кости остались – продолжал насмехаться Давкалеон.

На отощавшего и исхудавшего от голода, крепкий, мускулистый Давкалеон совсем не походил. Чапа сообразил, что Давкалеон шутит. Но все же решил спросить: "Это что, неправда, что дэйцы едят адолиситов?"

- Кто тебе такую ерунду сказал? Это что, все адолиситы думают, что дэйцы могут их съесть?

- Все или не все не знаю. Но у нас во многих книжках рассказывают, как дэйцы нападают на адолиситов.

- Ну да! – насмешливо ответил Давкалеон – А все адолиситы в ваших книжках исключительно мирные и добрые, о нападениях на дэйцев никогда не думают, и в драконов не превращаются.

"They do transform into dragons," replied Chapa thoughtfully, "but only into very kind and peaceful dragons, and only to protect Adoleeseets."

Davkaleon burst out laughing again.

"Of course, they transform into very kind and peaceful dragons. They only eat Daeyats when they are hungry. And they'll only eat two or three. Then, they'll be peaceful and kind again."

"Slander!" cried Chapa in outrage.

"In what sense?"

But Chapa did not answer. He looked around the cave, confused.

"You say I am in Daeya. How did I appear here?"

"Are you asking me? If you were a little bit older, I would have sung you my older brother's favorite song. It is called *Amazement.* From a polite Daeya's language into common Daeya's language, the name means, *Oh, where was I yesterday?*"

"Do you have two languages in Daeya?" asked Chapa, not appreciating Davkaleon's joke.

"I can see you don't have older brothers," said Davkaleon.

"No, I only have older sisters. But they do not sing songs. They just stare at the mirror and get angry with me."

Chapa was very hungry and began to eat the food Davkaleon had brought.

"What is this called?" Chapa asked.

"The main dish is dragon ham. The appetizer is dragon eggs, and the dessert is dragon sweets."

Hearing the words 'dragon ham' and 'dragon eggs,' Chapa nearly choked.

"Do Daeyats eat dragons?" Chapa horrified.

"No, they don't. Only wild ones."

Chapa became dumb with horror.

"Don't worry, I'm kidding," Davkaleon laughed.

"That's all for me?" asked Chapa just in case, staring at the meal.

Davkaleon was surprised to discover that little Chapa intended to swallow the entire meal, enough to feed any adult.

"Can you really eat all that?"

Chapa nodded his head. He could not answer—his mouth was busy.

- В драконов превращаются – с готовностью ответил Чапа – но в очень мирных и добрых драконов и только для того, чтобы защищать адолиситов.

Давкалеон опять расхохотался.

- Конечно. Превращаются в очень мирных и добрых драконов. Дэйцев едят только тогда, когда очень голодные. При этом очень сильно плачут от жалости. Всего-то двух или трех съедят. А потом опять мирные, опять добрые.

- Это поклёп! – возмутился Чапа.

- В чем именно? – поинтересовался Давкалеон.

Но Чапа не ответил. Оглядевшись кругом, он спросил: «Ты говоришь, я в Дэе. А как я здесь оказался?»

- Это ты меня спрашиваешь? Был бы ты чуть постарше я бы тебе спел любимую песенку моего старшего брата. Называется *Изумление*. С вежливого дэйского языка на дэйский популярный название переводится «Ой, где был я вчера?»

- У вас в Дэе, что два языка? – спросил Чапа, не оценив шутку Давкалеона.

- У тебя, как я посмотрю, нет старших братьев – констатировал Давкалеон.

- Нет, у меня только старшие сестры. Но они песен не поют. Они только перед зеркалом вертятся и на меня злятся.

Чапа сильно проголодался, и принялся за принесённую еду.

- Как это называется? – спросил он Давкалеона.

- Главное блюдо это драконий окорок. Закуска – драконьи яйца, а десерт – драконьи сладости.

При словах 'драконий окорок' и 'драконьи яйца' Чапа чуть не подавился.

- Дэйцы едят драконов? – ужаснулся Чапа

- Драконов? Нет, что ты. Как можно? Только диких.

Чапа онемел от ужаса.

- Не переживай, я шучу – расхохотался Давкалеон.

- Это все мне? – на всякий случай спросил Чапа.

Давкалеон с удивлением смотрел, как маленький Чапа поглощает еду, которую можно накормить взрослого дэйца.

- Неужели ты сможешь все съесть?

Чапа закивал головой, ответить он не мог, рот был занят.

"Did your parents kick you out of the house because they could not feed you?" asked Davkaleon.

"I usually do not eat so much," Chapa tried to explain, "but this time I had to transform into a dragon, and that takes a lot of energy."

"Into a dragon? And you're not lying? You really can transform into a dragon? Can all Adoleeseets transform into dragons? Or just some? And can you talk when you become a dragon? And what do you eat when you become a dragon? Are you a fire-breathing dragon, or just a flying lizard?" It seems Davkaleon asked a few dozen questions before noticing that Chapa was not responding. And how could Chapa answer if Davkaleon asked questions without stopping? Little Chapa only blinked under the influx of so many queries.

"Show me!" demanded Davkaleon finally, deciding that it was better to see than to hear.

"Well, just don't be frightened," warned Chapa, and a small dragon suddenly appeared.

Davkaleon jumped away in surprise.

"You look exactly as in Dallilla's mirror!" Davkaleon said with amazement.

Chapa, in the form of dragon, murmured something unpronounceable.

"Do you understand me?" asked Davkaleon.

The little dragon nodded and gave an inarticulate sound. After a couple of laps around the cave, Chapa landed and took his usual form.

"Dallilla showed you to me in her magical mirror. I did not recognize you at first, because you were in your human form on the lawn. Dallilla is a witch, I mean, sorceress from Llill, and she is mother to my half-brother Elfid. I saved Elfid's life few times, so he and Dallilla are thankful to me. By the way, what's your name?" asked Davkaleon.

"ChapiusKloyAlfreyDon, but nobody calls me that. Everyone calls me Chapa."

"Why are you not called by your real name?" Davkaleon was surprised.

Chapa bitterly sighed and replied that it was a very long name.

- Тебя, что, родители выгнали из дому, потому что прокормить не могли? – поинтересовался Давкалеон.

- Я обычно так много не ем - объяснил Чапа - но мне пришлось превращаться в дракона, а на это уходит очень много энергии.

- В дракона? А ты не врешь? Ты точно можешь превращаться в дракона? Все адолисты могут превращаться в драконов? Или только некоторые? А разговаривать ты можешь, когда в дракона превратишься? А что ты ешь, когда становишься драконом? Ты огнедышащий дракон или так себе, просто летающая ящерица? Кажется, Давкалеон задал несколько десятков вопросов прежде, чем заметил, что Чапа не отвечает. А как Чапа мог ответить, если Давкалеон спрашивал, не останавливаясь? Под наплывом такого количества вопросов маленький Чапа только растерянно моргал.

- Покажи! – наконец потребовал Давкалеон, решив, что лучше увидеть, чем услышать.

- Хорошо, только не пугайся – предупредил Чапа, и маленький дракончик взлетел вверх.

Давкалеон отскочил в сторону от неожиданности.

- Ты выглядишь точно так, как в зеркале Даллиллы – с изумлением сказал Давкалеон, разглядывая дракончика.

Чапа - дракончик прокурлыкал что-то непроизносимое.

- Ты меня понимаешь? – опять спросил Давкалеон.

Дракончик кивнул и издал нечленораздельный звук. Сделав пару кругов вокруг пещеры, он приземлился, и Чапа принял свой обычный вид.

- Даллилла мне показала тебя в своем волшебном зеркале. Я тебя сразу не узнал, потому что на лужайке ты был в своем человеческом образе. Даллилла – ведьма, я имею в виду колдунья из Ллилля, и она мать моего брата Эльфида. Я спас Эльфида несколько раз, так что он и Даллилла мне благодарны. Кстати, тебя как зовут? – спросил Давкалеон.

- ЧапиусКлойАльфрейДон, но так меня никто не называет. Все зовут меня Чапой.

- Почему тебя не называют именем, которое тебе дали? – удивился Давкалеон.

Чапа горько вздохнул и ответил, что это очень длинное имя.

"Then why did they name you so?" Davkaleon did not give up.

Chapa sighed again and explained that maybe he would be called by his full name when he grew up, but for now he is small, so he is called by a shorter name.

"Are only adults called by their real name in Adolees?"

"No." Chapa shook his head and kept silent.

"Can you explain this a little bit better?" demanded Davkaleon.

And so, Chapa explained. The reason for his shortened name was not that ChapiusKloyAlfreyDon was too long. His mom often called him ChapaShka instead of Chapa, though ChapaShka is longer. But to an Adoleeseets, the "Shka" means something gentle. Any word with "Shka" at the end gains a sense of tenderness.

The problem with the name ChapiusKloyAlfreyDon was that little Chapa did not match his own name!

"Is this a special name for Adoleeseets?" Davkaleon asked.

Chapa nodded and looked in the bundle of food, hoping that something was left over. But Davkaleon did not let Chapa evade the question.

"Explain what is special about the name ChapiusKloyAlfreyDon except its length?"

"This is the name of the DRAGON."

"I do not understand." Davkaleon was truly amazed.

"Why do you give somebody the name of the dragon, if you shy away from calling him by that name?"

Of course, Davkaleon did not understand. And how could he, if his ear could not discern whether Chapa says the word "dragon" or "Dragon" or "DRAGON"? This part Chapa explained willingly. Not all Adoleeseets could transform into dragons. Few of those who could do it were able to do it instantly. Very few of those who did so instantly could turn into fire-breathing dragons. Fire-breathing dragons in Adolees were called dragons with a capital D—Dragons. They usually served in elite troops with other fire-breathing Dragons. But even if they did not serve in these forces, they join a guild of fire-breathing Dragons. Dismissal from the elite troops sometimes happened. Dismissal from the guild? Never.

- Тогда зачем тебя так назвали? – не отставал Давкалеон.

Чапа опять горько-горько вздохнул и объяснил, что может быть его станут так называть, когда он вырастет, а пока он маленький его называют сокращенно.

- У адолиситов принято называть настоящим именем только взрослых? – продолжал допытываться Давкалеон.

- Нет – покачал головой Чапа и замолчал.

- Ты можешь объяснить толком – потребовал Давкалеон.

И Чапа объяснил. Дело было не в том, что имя ЧапиусКлойАльфрейДон длинное. Мама часто называла его ЧапуШка вместо Чапы, хотя ЧапуШка длиннее. Но окончание *Шка* у адолиситов означает что-то ласковое. Любое слово с таким окончанием приобретает ласковый смысл. Проблема с именем ЧапиусКлойАльфрейДон заключалась в том, что маленький Чапа совершенно не соответствовал этому имени.

- Это особое имя для адолиситов? – спросил Давкалеон.

Чапа кивнул и заглянул в сверток с едой. Вдруг там еще что-то осталось? Но Давкалеон не дал Чапе увильнуть.

- Объясни, что особенного в имени ЧапиусКлойАльфрейДон кроме его длины?

- Это имя ДРАКОНа.

- Не понял – искренне изумился Давкалеон – Зачем давать кому-то имя дракона, если потом стесняешься называть его этим именем?

Конечно, Давкалеон не понял. А как он мог это понять, если на слух очень сложно различить произносит ли Чапа слово «дракон» или «Дракон», или «ДРАКОН»? Даже адолисит не всегда различает на слух, что уж говорить о дэйце. Эту часть Чапа объяснил охотно. Оказывается, далеко не все адолиситы могли превращаться в драконов. Мало кто из тех, кто мог это делать, делал это мгновенно. Совсем мало из тех, кто делал это мгновенно, могли превращаться в огнедышащих драконов. Огнедышащих драконов в Адолисе называли драконами с большой буквы, то есть Драконами. Обычно все они служили в элитных войсках Огнедышащих Драконов. Но даже если они и не служили в этих войсках, они однозначно вступали в гильдию Огнедышащих Драконов. Увольнение из элитных войск иногда допускалось, увольнение из гильдии – нет.

The leader of the guild was called DRAGON. He was also the leader of the fire-breathing Dragons troops. And he was also the leader of Adolees. No, no, do not think that the DRAGON rules Adolees in a conventional sense. Would he spend his precious DRAGON time on little trifles! He would not condescend to it. Adolees had government, council, administration, and even the commander-in-chief of the Adolees's army for handling minor details. What did DRAGON do instead? Nobody knows. DRAGONs don't write memoirs. What is known is this— DRAGON intervened in the matters of Adolees when things went bad. And not just bad, but very, very, very bad. Then the DRAGON appeared, and the Council stopped advising, the government ceased to govern, and the commander-in-chief of the army began to obey orders of the DRAGON. When the very, very, very bad times turned into normal times, the DRAGON disappeared.

"Very interesting!" Davkaleon was roused by Chapa's story. "Tell me more. Are the fire-breathing Dragons trained during the normal times?"

"Of course. Sometimes they are visited by the DRAGON."

"Could I watch the training?" asked Davkaleon.

"No. Only fire-breathing Dragons can attend."

"What would happen if someone else hid somewhere and watched?"

"Hide?" Chapa laughed. "How do you hide from Dragons? They will sense you."

"Are you a fire-breathing Dragon?" Davkaleon asked.

"Hardly" sighed Chapa, "though to be certain, I'll know only when I reach the proper age."

"Explain!"

"While dragons are little they can't be fire-breathing. They have to grow up." Chapa said that less than one dragon in ten becomes a fire-breather, while others remain ordinary dragons.

"What should you do to become a fire-breathing dragon?" asked Davkaleon.

Предводитель гильдии назывался ДРАКОНом. Он же был предводителем войск Огнедышащих Драконов. И он же был предводителем Адолиса.

Нет, нет, не подумайте, что ДРАКОН правил Адолисом в обычное время. Еще чего не хватало! Будет он тратить свое драгоценное ДРАКОНье время на всякие мелочи! Он до этого не нисходил. В Адолисе были и правительство, и совет, и администрация, и даже главнокомандующий адолиситской армии. Чем в обычное время занимался ДРАКОН? А этого никто не знал. ДРАКОНы не пишут мемуары. В дела Адолиса ДРАКОН вмешивался тогда, когда эти дела шли плохо. Причем не просто плохо, а очень-очень-очень плохо. Тогда появлялся ДРАКОН, и совет переставал советовать, правительство переставало править, а главнокомандующий адолиситской армии начинал исполнять приказы ДРАКОНА. Когда очень-очень-очень плохие времена превращались в нормальные времена, ДРАКОН исчезал.

- Очень интересно! - встрепенулся Давкалеон — Расскажи еще. Огнедышащие Драконы тренируются в обычное время?

- Конечно. Иногда к ним наведывается ДРАКОН.

- На эти тренировки можно посмотреть? - спросил Давкалеон.

- Нет, что ты. На них могут быть только огнедышащие Драконы.

- А что будет, если кто-то другой где-нибудь спрячется.

- Спрячется?! - рассмеялся Чапа — Как ты спрячешься от Драконов, они же тебя учуют.

- А ты огнедышащий Дракон?

- Вряд ли — вздохнул Чапа — хотя наверняка я буду знать об этом только тогда, когда достигну драконьего возраста.

- Объясни! - попросил Давкалеон.

И Чапа объяснил, что пока драконы маленькие, они не могут быть огнедышащими. Им для этого надо вырасти. Примерно один дракон из десяти становится огнедышащим, остальные так и остаются простыми драконами.

- А что надо делать, чтобы стать огнедышащим? - спросил Давкалеон.

"It's impossible to *become* a fire-breathing dragon. You have to be born as one." answered Chapa.

"But even if you were born as fire-breathing, you won't know until you grow up, is that right?"

Chapa nodded.

"Alright, now explain to me. How does a fire-breathing Dragon find out that he was born not as a simple Dragon, but as a DRAGON? And how many DRAGONs can exist? And what do they do when there are several of them?"

"You can't be born as a DRAGON. You have to become a DRAGON," Chapa replied.

"So, Dragon must be born as a fire-breathing, but he may become a DRAGON. Right?" wondered Davkaleon.

Chapa nodded again.

"What does one have to do to become a DRAGON?"

"He needs to kill a DRAGON," replied Chapa "The one who kills a DRAGON becomes a DRAGON himself."

"But if someone else, not a Dragon, kills a DRAGON, will he become a DRAGON as well?"

"I don't know," replied Chapa honestly "That has never happened in Adolees."

"What does this all have to do with your name?" demanded Davkaleon.

Chapa explained that the name of the very first DRAGON was ChapiusKloyAlfreyDon. Since then, the name of every DRAGON sounds as ChapiusKloyAlfreyDon in dragon's language.

"And your parents chose the name of DRAGON for you!" smiled Davkaleon. "So now, you are obligated to become a DRAGON! You must be a fire-breathing one—otherwise, they wouldn't give you such name. So, the only thing you need to do is to kill a present DRAGON. The Gods knew what they were doing when they brought us together! I will go to a military school. When I grow up, I will become the Commander of Daeya's Army. Imagine how great we will be! You will be the DRAGON of Adolees. I will be the Commander of Daeya! Together, we will defeat any enemies!" There was not the slight shadow of doubt in his voice that this was their future.

But little Chapa sadly shook his head.

- Стать огнедышащим нельзя. Им надо родиться – ответил Чапа.

- Но даже если ты родился огнедышащим, ты об этом не узнаешь, пока не вырастишь? – уточнил Давкалеон.

Чапа кивнул.

- Хорошо, а теперь объясни, как огнедышащий Дракон узнает, что он родился не просто Драконом, а ДРАКОНом? И сколько может быть ДРАКОНов? И что они делают, если их несколько?

- ДРАКОНом не рождаются. ДРАКОНом становятся – ответил Чапа.

- Выходит, огнедышащим Драконом рождаются, а ДРАКОНом становятся. Правильно? – заинтересовался Давкалеон.

Чапа подтвердил и Давкалеон продолжал: «Что нужно сделать, чтобы стать ДРАКОНом?»

- Надо убить ДРАКОНа – ответил Чапа – Убивший ДРАКОНа сам становится ДРАКОНом.

- А если ДРАКОНа убьёт не Дракон, а кто-то другой, он тоже станет ДРАКОНом?

- Не знаю – честно ответил Чапа – такого в Адолисе никогда не было.

- Теперь объясни насчет твоего имени – потребовал Давкалеон.

Чапа рассказал, что самого первого ДРАКОНа звали ЧапиусКлойАльфрейДон. С тех пор имя каждого ДРАКОН на драконьем языке звучит ЧапиусКлойАльфрейДон.

- И родители выбрали для тебя имя ДРАКОНа! – восхитился Давкалеон – Но теперь ты просто обязан стать ДРАКОНом! Огнедышащим ты просто не можешь не быть, иначе они бы тебя так не назвали. Значит всего-то, что тебе теперь надо сделать, это убить нынешнего ДРАКОНа. Боги знали, что делали, когда свели нас вместе! Я буду поступать в военную школу. Когда вырасту, стану главнокомандующим дэйской армии. Представляешь, как здорово, ты – ДРАКОН Адолиса, я – главнокомандующий Дэи! Вдвоем мы победим любых врагов! В голосе Давкалеона не было и тени сомнения, что так и будет.

Но маленький Чапа печально покачал головой.

"My parents didn't choose DRAGON's name for me. If they'd had a choice, I'd have had a different name."

"So how did you get your name?"

Chapa explained that a fire-breathing Dragon always becomes the founder of a new clan and his name is always added to the name of his descendants.

There were a few fire-breathing Dragons in the history of his family, but that was a long time ago. However, Chapa's older sister had recently become a fire-breathing Dragon for the first time. But that didn't mean that Chapa would become a fire-breathing Dragon as well. There are very strict rules about the names of the elder sons and the only daughters in Adolees. These rules were even more complicated if both parents came from fire-breathing Dragon clans. In this case, the oldest son is given the name which consists of the parents' clan's names. And if the clan's name of the fire-breathing wasn't chosen by himself, but given instead by a DRAGON, the rules of inheritance of the clan name remained unshakable for all of his descendants. Chapa's father was the eldest descendant of the two Dragon families. Although he wasn't a fire-breathing Dragon himself, he was given a double clan name: Chapius from his father and Kloy from his mother. He became ChapiusKloy. Chapa's mother was the only child in a family of two Dragon clans: Alfrey and Don. As a girl, she was given a female name, but her clan name became AlfreyDon, which she gave to her son. And that's how Chapa got his name, ChapiusKloyAlfreyDon.

Of course, no one wanted to issue documents in that name. Parents in Adolees are required to register their newborn's name in the month following the birth. Within a few days of registering, everybody receives their documents. Chapa received his documents as well, but in his case, the process took five years! The administrative offices refused to issue a birth certificate in the name of ChapiusKloyAlfreyDon, so his parents were forced to appeal to the District Council. The District Council could not decide the matter and sent a request to the City Council, who forwarded the request to the Council of Adolees. The Adolees's Council looked over the request several times, but could not reach a consensus. Eventually, they sent the request to the Guild

- Мои родители не выбирали для меня имя ДРАКОНа. Если бы они могли выбирать, они бы ни за что меня так не назвали.

- Тогда как ты получил это имя?

Чапа объяснил, что огнедышащий Дракон всегда становится родоначальником нового рода и его имя всегда добавляется к имени всех его потомков.

В истории его семьи было несколько огнедышащих драконов, но это было давно. Правда, совсем недавно оказалось, что старшая сестра Чапы в первый раз превратилась в огнедышащего Дракона. Но это совсем не значит, что Чапа тоже станет огнедышащим. В Адолисе существуют очень строгие правила насчет имен для старших сыновей и для единственных дочерей. Эти правила еще сильнее усложняются, если оба родителя происходят из рода огнедышащих Драконов. В этом случае старшему сыну дается имя, состоящее из родового имени отца и матери. А уж если родовое имя Огнедышащему было не выбрано им самим, а дано самим ДРАКОНом, то правила наследования родового имени остаются незыблемыми для всех его потомков. Отец Чапы был старшим потомком двух Драконьих родов. Хотя он сам не был огнедышащим Драконом, он получил двойное родовое имя: Чапиус от отца и Клой от матери, и стал ЧапиусКлоем. Мать Чапы была единственным ребенком в семье двух Драконьих родов Альфрей и Дон. Как девочка, она получила женское имя, но ее родовым именем стало имя АльфрейДон, которое она и передала сыну. Вот так Чапа получил имя ЧапиусКлойАльфрейДон.
Конечно, никто не хотели выдавать документы с таким именем. Всех новорожденных в Адолисе родители обязаны зарегистрировать в течение месяца после рождения. Через несколько дней каждый получает документы. Чапа же получил свои документы только через пять лет. Администрация наотрез отказалась выдавать свидетельство на имя ЧапиусКлойАльфрейДона. Родители вынуждены были обращаться в совет администрации района. Районный совет сам не мог решить и направил запрос в городской совет. Тот в свою очередь направил запрос в Совет Адолиса. Совет Адолиса рассматривал запрос несколько раз и не мог прийти к единому мнению. В конце концов, они направили запрос в гильдию

of Fire-Breathing Dragons. The Guild reviewed Chapa's entire ancestry. Perhaps instead of ChapiusKloyAlfreyDon, they could name him AlfreyDonChapiusKloy and be done with the problem. Alas, the order of clan's names in Adolees was precisely documented, and the most stringent examination revealed that Chapa should and must be named ChapiusKloyAlfreyDon.

Perhaps they could rename one of the clans? Of course, that was generally unacceptable, but perhaps a bending of the rules was better than giving the name of the DRAGON to a little Adoleeseet? But renaming was ruled out as well. All four clan's Dragon names, Chapius, Kloy, Alfrey and Don, had been given to Chapa's ancestors by the DRAGON, as military rewards. The names could not be undone.

The Guild then demanded that Chapa be brought before them. They looked him over and were very displeased with Chapa, particularly with his abilities and small stature. The Guild prepared a special request to the DRAGON himself, but since no one dared to bother the DRAGON, no one dared to actually submit the request. By now, Chapa had turned five, and it was time for him to enroll in school. He could not enroll without the proper documents. So, his parents took the matter to court. After a long consideration, the court decided to give Chapa temporary documents, with the temporary name Chapa. He was enrolled in school as Chapa. Displeased, his parents gathered the history of all their fire-breathing ancestors from the archives and complained directly to the Guild about the Guild itself. The story went public. The Guild set their timid request near the DRAGON during a training of fire-breathing dragons, knowing that he would attend. No one dared personally deliver the request, so they quietly placed it aside. The DRAGON found the request as planned. But once the DRAGON read the request, he fell into a terrible rage! They tried to calm him down, to no avail. Someone said that no one would dare to give an unknown little Adoleeseet documents in the name of the very ChapiusKloyAlfreyDon, but they had seriously misunderstood the DRAGON's rage. The poor someone who spoke up was swallowed whole, right there on the spot, while all other Dragons fled in terror. The documents in the name of ChapiusKloyAlfreyDon were personally delivered to Chapa within seconds and little Chapa finally became ChapiusKloyAlfreyDon.

Огнедышащих Драконов. В гильдии рассмотрели историю всех Чапиных предков. Может быть, можно назвать ребенка АльфрейДонЧапиусКлой вместо ЧапиусКлойАльфрейДон и решить проблему? Увы, порядок следования родовых имен в Адолисе строго расписан и самые строгие проверки указывали на то, что Чапа должен быть именно ЧапиусКлойАльфрейДон.

Может переименовать один из родов? Это, конечно, не принято, но все же лучше, чем давать адолисенку имя ДРАКОНа. В данном случае переименование исключалось. Все четыре родовых драконьих имени Чапиус, Клой, Альфрей и Дон были даны Чапиным предкам лично ДРАКОНом в качестве боевых наград.

В гильдии потребовали доставить к ним Чапу. Его осмотрели и остались очень недовольны Чапиными способностями и маленьким ростом. Совет гильдии подготовил специальный запрос самому ДРАКОНу. Но поскольку никто не смеет докучать ДРАКОНу, то никто и не решался передать запрос. Чапе исполнилось пять лет, и его надо было записывать в школу. Сделать это без документов было нельзя, и родители Чапы обратились в суд. После долгого рассмотрения суд решил выдать Чапе временные документы с временным именем Чапа. Чапу записали в школу, как Чапу. Возмущённые родители Чапы собрали из архивов истории всех своих огнедышащих предков и пожаловались в гильдию на саму гильдию. История получила огласку. В гильдии постарались, чтобы их запрос попался ДРАКОНу на глаза во время посещения тренировки Огнедышащих Драконов. Передать лично запрос не решился никто, и его незаметно положили в стороне. ДРАКОН запрос прочел и пришел в страшную ярость. Его попытались успокоить, кто-то сказал, что никто не посмеет выдать какому-то неизвестному адолисенку документы на имя самого ЧапиусКлойАльфрейДона. Оказалось, что ярость ДРАКОНа была понята неправильно. Сказавший это был тут же проглочен. Остальные Драконы в ужасе разлетелись. Документы на имя ЧапиусКлойАльфрейДона были доставлены лично Чапе в следующие несколько секунд. Маленький Чапа стал, наконец, ЧапиусКлойАльфрейДоном.

Of course, no one called him that. As before, he was simply called "Chapa."

"Amazing!" Declared Davkaleon. "So, you are already familiar with the DRAGON."

"What? No!" Chapa laughed, "DRAGON doesn't bother thinking about me."

"Of course he does! He became so enraged because he knew that one day you would defeat him. By the way, can your DRAGON see into the future?"

"He can!" Chapa replied with confidence. After a moment of thought, he added, "At least that's what they say in books."

"Books tell you fairytales. I've seen many times how the priests manipulate books to suit the occasion. What a fraud."

"Who are priests?" Chapa asked.

"You don't know who priests are?" Davkaleon was surprised. "Who serves to the Gods in Adolees?"

"Who are Gods?" asked Chapa.

For the first time in his life, Davkaleon couldn't figure out how to answer a question. He simply stared at Chapa. Finally, he explained, "The Gods are those that created everything and everyone."

"My parents created me and my sisters. Are they Gods?"

"No, of course not!" Davkaleon couldn't believe what he was hearing. "Who created your first DRAGON?"

"Oh, you're speaking of DRAGON! Okay, I understand. The first DRAGON was created by HIM."

"Who is this HE of yours?"

"No one knows that. HE gets angry when we speak about him. They don't even teach us about HIM in school. We just whisper about HIM, very quietly."

"Do you have temples for your HIM?"

"What is a temple?" Chapa asked.

Davkaleon was even more astonished by this question.

"You have no Gods, no priests, and no temples in Adolees. Who do you ask for help and protection when you have difficulties?"

"Yes, you can. But you shouldn't. Nobody likes weak here, either. Daeyats ask priests for help, but it often turns out to be so

Но никто его так не называл. Для всех он по-прежнему был просто Чапой.

- Потрясающе! – восхитился Давкалеон – значит ты уже сейчас знаком с ДРАКОНом.

- Ну, что ты – удивился Чапа – ДРАКОН меня не помнит.

- Ну да, не помнит! Он, когда про тебя услышал, потому и в ярость впал, что знал, что ты его в будущем победишь. Кстати, ваш ДРАКОН умеет видеть будущее?

- Умеет! – уверенно ответил Чапа. Подумав немножко, он добавил: «Так в книжках рассказывают».

- Ну, в книжках тебе и не такое расскажут. Я видел много раз, как наши жрецы книжки заказывают. Сплошной обман.

- Кто такие жрецы? – поинтересовался Чапа.

- Ты не знаешь, кто такие жрецы? – Давкалеон был поражен – Кто у вас в Адолисе богам служит?

- Кто такие боги? – спросил Чапа.

Впервые Давкалеон не нашелся, что ответить. Он только в изумлении смотрел на Чапу.

- Боги это те, кто создал все и всех – объяснил он.

- Мои родители создали меня и моих сестер. Они боги? – уточнил Чапа.

- Нет, что ты! – Давкалеон не верил своим ушам – Кто создал вашего первого ДРАКОНа?

- А, ты про ДРАКОНа говоришь, тогда понятно. Его создал САМ – ответил Чапа.

- Кто такой этот ваш САМ?

- Этого никто не знает. САМ сердится, когда о нем говорят. У нас об этом даже в школе не учат, только шепчутся тихонько.

- У вас храмы для вашего САМа есть?

- Что такое храмы? – спросил Чапа, чем поверг Давкалеона в еще большее изумление.

- У вас в Адолисе богов нет, жрецов нет, храмов нет. У кого вы просите помощь и защиту, когда вам тяжело?

- Помощь? Защиту? – Чапа растерянно заморгал – Ни у кого. В Адолисе не любят слабых. А в Дэе, что, можно просить помощь?

- Можно. Но не нужно. Здесь тоже не любят слабых. Дэйцы обращаются за помощью к жрецам, но очень часто

expensive that the situation becomes even worse. Many Daeyats come to temples to ask for help directly from Gods, not priests, but nothing good ever comes from that. If the priests find out, they flay you alive. My father tells me to not to go to temples and ask the Gods about anything. My father is a priest himself, so he knows what he is talking about."

"There are probably telecoders in your temples," said little Chapa "Your father knows about it. That's why he forbids you to ask for anything in temple. He doesn't want his son to be blackmailed later."

Davkaleon looked at Chapa dazedly.

"What are these telecoders?"

"There are a lot of them, different types. The first type can only write down your thoughts and save them for a short time. The second type can write down thoughts and save them for a longer time. Another type can send your thoughts to someone, somewhere else. But there are also very tricky telecoders which can encrypt and decrypt. And there are some which can seek out something that is needed. There are whole depositories with such records in Adolees. If someone is chosen for a high position, they check his records in the depository."

"How do you know about all of this?" Davkaleon couldn't believe what he'd heard.

"My father works for the company that produces these things."

"Could someone's thoughts be saved like any old pair of shoes?" Davkaleon still did not believe.

"They could," Chapa nodded.

"Can Adoleeseets read someone's thoughts without telecoders?" asked Davkaleon.

"Yes, they can." Chapa said confidently. After thinking for a while, he added, "Almost all of them."

"Can you also do that?"

"Yes, but I need to be very close to someone, whose thoughts I want to read. Little Adoleeseets can't pass or capture thoughts at a distance."

"Can you read my thoughts?"

"Think about something." Chapa said.

это выходит себе дороже. Многие приходят в храмы просить помощь прямо у богов, минуя жрецов, но из этого тоже ничего хорошего не выходит. Жрецы как-то об этом узнают и сдирают потом три шкуры. Мой отец всегда говорит, чтобы я не вздумал ходить в храмы и просить богов о чём-нибудь. Мой отец жрец, так что он знает, о чём говорит.

- Наверное, в ваших храмах есть телекодеры – сказал маленький Чапа – твой отец знает об этом, потому что он жрец. Поэтому он и запрещает тебе просить о чём-нибудь в храме. Он не хочет, чтобы его сына потом могли шантажировать.

Давкалеон с изумлением смотрел на Чапу

- Что такое эти телекодеры?

- Их очень много разных. Одни могут только записывать твои мысли и хранить совсем недолго, вторые могут записывать и хранить дольше, третьи могут усиливать, чтобы передавать куда-нибудь или кому-нибудь. А есть еще очень хитрые телекодеры, которые умеют шифровать и расшифровывать. Есть такие, которые могут не только хранить, но и искать то, что кому-то нужно. В Адолисе есть целые хранилища с такими записями. Если кого-то выбирают на высокую должность, то обязательно копаются в хранилище.

- Откуда ты об этом знаешь? – Давкалеон никак не мог поверить услышанному.

- Мой отец работает в компании, которая производит эти штуки.

- Неужели чьи-то мысли можно сохранять, как какие-нибудь ботинки? – все еще не верил Давкалеон.

- Можно – кивнул Чапа.

- А без телекодеров адолиситы могут читать чьи-то мысли? – спросил Давкалеон.

- Могут – уверенно сказал Чапа. Подумав, он добавил - почти все.

- Ты тоже можешь?

- Могу, только мне надо быть совсем близко от того, чьи мысли я хочу прочесть. Маленькие адолиситы не могут передавать или улавливать мысли на большом расстоянии.

- А мои мысли ты сможешь прочесть?

- Подумай о чём-нибудь – предложил Чапа.

Davkaleon focused and even frowned tensely. Chapa kept silent for a minute, and said, "You are thinking about how you can use me to help you with your military school."

"Amazing!" said Davkaleon. Then he frowned. "So, will you help me?"

"Yes, but I have no idea how can I help you."

"I don't know yet." Davkaleon sighed. "But I will definitely figure it out."

They talked a little bit more and Davkaleon asked. "Are you able to transform only into a dragon or are you able to transform into something small, as well?"

"I did not try, but they taught us to let out wings at my transformation lessons. So, I guess I can," answered Chapa.

"Great. Transform in any beetle or bug."

Having practiced a little, Chapa managed to transform into a serviceable bug.

"Very well," approved Davkaleon. "Your bug solves the problem of how to hide you. It is dangerous to be in the form of Adoleeseet in Daeya."

"I cannot be a bug too long. I get tired," answered Chapa.

"Can you be a bug for half an hour?" clarified Davkaleon.

"Perhaps, I can."

"Good. Than we can go to my home right now. Sit down on my shoulder," suggested Davkaleon. Chapa did so, and Davkaleon seemed surprised.

"Wow! Your, bug weighs as much as a little dragon!"

Давкалеон сосредоточился и даже нахмурил лоб от напряжения. Чапа с минуту помолчал, а потом сказал: «Ты думаешь о том, как обмануть экзаменационную комиссию на вступительном экзамене в твою военную школу».

- Блестяще! - А ты согласен помочь? – забеспокоился Давкалеон.

- Я-то согласен, но я не представляю, как я могу тебе помочь.

- Я пока тоже не знаю – вздохнул Давкалеон – но я обязательно придумаю.

Они поговорили ещё, и Давкалеон спросил: "Ты умеешь превращаться только в дракона, или во что-нибудь маленькое тоже можешь?"

- Я не пробовал – ответил Чапа – но на уроках превращений нас заставляли выпускать крылья, так что, наверное, смогу.

- Отлично. Превратись в какого-нибудь жучка или букашку.

Слегка поупражнявшись, Чапа сумел принять вид вполне сносной букашки.

- Хорошо, - одобрил Давкалеон, разглядывая Чапу - Твоя букашка решает вопрос о том, как тебя спрятать. Быть в образе адолисита в Дэе опасно.

- Я не могу быть долго в образе букашки, я устаю – ответил Чапа.

- Пол часика пробыть букашкой ты сможешь? – уточнил Давкалеон.

- Наверное, смогу – ответил Чапа.

- Замечательно. Тогда мы прямо сейчас отправляемся ко мне домой. Садись мне на плечо – предложил Давкалеон.

- Твоя букашка весит столько же, сколько и дракон - удивился Давкалеон, когда Чапа сделал, то, что просил Давкалеон.

Chapter 7. The Adventures of the Little Adoleeseet in Daeya

Davkaleon came home with Chapa and crept into his room.

"Where should I put you?" asked Davkaleon, looking around. "You know, my mother shouldn't see you. She believes that any Adoleeseet is the enemy."

"Why?" Chapa said, surprised. He was confident that the Adoleeseets were the most peaceful people.

"My mother is from the family of the *Perfects*. To persuade her to shelter an Adoleeseet is the same as to persuade a predator to become a vegetarian."

"What does the *family of the Perfects* mean?"

"A legend, of which they are very proud. Everyone must learn at an early age."

"Tell me," said Chapa, loving fairy-tales.

Davkaleon reluctantly explained that Daeya was created by the gods and the *Perfect Daeyats* descendants of the gods. At the beginning, there were only Daeyats in Daeya. Then the Svargs and the others appeared. They tried to take the land away, but the Daeyats drove them to the outskirts of the land. From time to time, the Daeyats fought with them and Daeyats always won. Then the Adoleeseets appeared from nowhere. They were a harmless few in the beginning. Then, their numbers had increased, and constant wars occurred between the Daeyats and the Adoleeseets. Witches of Llill appeared with the Adoleeseets, simultaneously. Rumor had it that the witches of Llill came from the marriage of the Daeyats and the Adoleeseets.

There were several families in Daeya that were proud of the purity of their lineage and claimed that their ancestors were the gods themselves. They called themselves the *Perfects* and insisted that there was not even a single drop of dirty blood in their veins.

"My mother Arara belongs to such family," explained Davkaleon.

"Does your father belong to the family of the *Perfects* too?" asked Chapa with interest.

"Yes. However, there are rumors in the estate of his brother that my father is grandson of a witch of Llill.

Глава 7. Приключения адолисенка в Дэе

Давкалеон с Чапой вошел к себе домой и тихонько прокрался к себе в комнату.

- Где бы тебя пристроить - проговорил Давкалеон, рассматривая комнату – понимаешь, моя мать не должна тебя видеть. Она считает, что любой адолисит - это враг.

- Почему? - удивился Чапа, пребывающий в полной уверенности, что адолиситы - самый мирный народ.

- Моя мать из рода *Совершенных*. Уговорить ее приютить адолисита все равно, что предложить хищнику стать вегетарианцем.

- Что значит род *Совершенных*?

- Легенда, которой они гордятся сами и заставляют всех остальных учить и запоминать её.

- Расскажи мне – попросил Чапа, всегда любящий послушать сказки.

Давкалеон нехотя объяснил, что Дэя была создана богами, и *Совершенные* это потомки богов. Первоначально только дэйцы населяли Дэю. Потом сварги и другие появились. Они попытались отобрать земли, но дэйцы оттеснили их на окраины. Время от времени дэйцы с ними воевали и всегда выигрывали. Потом неизвестно откуда появились адолиситы. В начале их было мало, и они были неопасны, но потом их стало больше, и между дэйцами и адолиситами почти постоянно происходили войны. Одновременно с адолиситами появились ллилльские ведьмы. Некоторые утверждают, что ллилльские ведьмы появились от браков дэйцев с адолиситами.

В Дэе есть несколько родов, которые гордятся чистотой своей родословной, прослеживают ее с незапамятных времен и утверждают, что их предками были сами боги. Они называют себя *Совершенными* и настаивают, что ни одной капли грязной крови нет в их жилах. Вот к такому роду и принадлежит его мать Арара – объяснил Давкалеон.

- А твой отец тоже принадлежит к роду Совершенных – с интересом спросил Чапа.

- Официально да – ответил Давкалеон – неофициально ходят слухи, что он правнук ллилльской ведьмы.

But these rumors can be spread deliberately," said Davkaleon.

"Why?" Chapa wondered.

"Priests believe that witches of Llill are the enemies of Daeya. However, many priests are happy to marry them. Of course, the priests would never declare the son of a witch to be the head of the family. The mother of the head of the family will belong to the family of Daeya. After grandfather's death, my father was declared to be the head of the Gerklat clan. So, he owns a huge manor near the main city of Daeya. His brother also owns a manor, but it does not compare with the estate of my father. If it is proved that my father was the grandson of a witch of Llill, his brother will become the head of the family and the manor of my father will pass to him," explained Davkaleon.

"So, are you the great-grandson of a witch of Llill?"

"I don't know. I was about seven years old, when my cousin told the story—the greatest secret of the Gerklat family. I almost smashed his skull, and I was sure that he'd lied. Then, I became friends with Elfid and his mother Dallilla, who was a witch of Llill. Maybe the mixture of witch's blood pushes me to be friends with them. None of my other brothers are friends with them."

"Who is Elfid?"- asked Chapa

"My half-brother. His mother is a witch of Llill. Sorry, a sorceress. You can't call her a witch; she would be offended by the word. "

"Are your parents divorced?" asked Chapa.

"What does 'divorced' mean?" asked Davkaleon.

"It means that they don't live together anymore," replied Chapa.

"They live together. I don't think it's possible to divorce in Daeya. I've never heard of it. Is it different in Adolees?"

"Adoleeseets can divorce. But if it impossible to divorce in Daeya how could you and your brother Elfid have different mothers?"

"Why not? My father has many wives, and I have a lot of brothers. Is it different in Adolees?"

Впрочем, может, эти слухи намеренно распускают.

- Зачем? – удивился Чапа.

- Понимаешь – объяснил Давкалеон – жрецы Дэи считают колдуний Ллилля своими врагами. Правда, многие жрецы с удовольствием женятся на колдуньях Ллилля. Конечно, жрец Дэи не объявит сына ведьмы наследником рода. Мать главы рода будет принадлежать к славному дэйскому роду. Мой отец после смерти его отца был объявлен главой рода Герклатов. Поэтому сейчас он владеет огромным поместьем рядом с главным городом Дэи. У брата отца тоже есть поместье, но оно не идет ни в какое сравнение с поместьем отца. Если будет доказано, что мой отец правнук ллилльской ведьмы, то главой рода станет его брат и поместье отца перейдет к нему.

- Выходит, ты праправнук ллилльской ведьмы?

- Не знаю – честно ответил Давкалеон – мне было лет семь, когда мой кузен рассказал мне это, как величайшую тайну рода Герклатов. Я ему тогда чуть не проломил череп и был уверен, что он наврал. Но потом я подружился с Эльфидом и с его матерью ллилльской ведьмой Даллиллой, и теперь я не знаю. Может, это примесь ведьминской крови толкает меня на дружбу с ними. Никто из моих братьев с ними не дружит.

- Кто такой Эльфид? – спросил Чапа.

- Он мой единокровный брат. Его мать – ллилльская ведьма, то есть колдунья. Не надо называть её ведьмой, она обидится.

- Твои родители развелись?

- Что значит 'развелись'? – поинтересовался Давкалеон.

- Это значит, что они больше не живут вместе – ответил Чапа.

- Они живут вместе. Я не думаю, что в Дэе можно развестись. Я никогда об этом не слышал. А в Адолисе по-другому?

- Адолиситы могут разводиться. Если в Дэе нельзя разводиться, то, как у тебя и у Эльфида могут быть разные матери?

- А почему нет? У моего отца много жен, так что братьев у меня хватает. В Адолисе по-другому?

"You can have only one wife and one husband in Adolees. My father jokes sometimes that even one wife is too much for him. Especially when my sisters begin to argue."

Davkaleon again looked around the room.

"Where should I put you?" Davkaleon didn't expect Chapa to respond. He was just talking to himself.

"Turn this chair towards the wall," suggested Chapa. "If someone comes in, they won't see me. And I'll have the time to turn into a bug."

"You probably got enough sleep in the cave."

"No, not at all. When I'm turning into something, I get very tired, so I'm very sleepy."

Chapa settled in the chair, but he didn't sleep long. Davkaleon's mother Arara stormed into the room.

"Why didn't you tell me about the Adoleeseet?"

"Which Adoleeseet?" asked Davkaleon, buying time and wondering how to explain Chapa's appearance in his room.

"The Adoleeseet you threw into the ravine," Arara replied impatiently. "Paradion told the guards that you have found an Adoleeseet and he showed them the place where the Adoleeseet fell. He told them how you threw him down. The guard searched the entire ravine, but the Adoleeseet wasn't found. Most likely, he only pretended to be dead. Paradion made you look like a gullible fool, and made himself a hero."

Davkaleon realized that Arara hadn't seen Chapa. After looking around, Davkaleon understood why. There was a bug sitting on the chair, listening attentively to Arara.

"If I turned out to be a gullible fool, then Paradion turned out to be another one. He was with me. And he believed that the Adoleeseet was dead, just as I did."

"Whether he believed it or not doesn't matter. The important thing is, he told everyone about the Adoleeseet, and you didn't say anything." Arara was indignant.

"I was going to tell you at dinner," Davkaleon lied.

Arara's voice softened. "The chief guard was arrested," she said.

"Kvinsit? Why?" Davkaleon exclaimed.

- В Адолисе можно иметь только одну жену и одного мужа. Мой отец иногда шутит, что даже одной жены много. Особенно, когда мои сестры начинают выяснять между собой отношения.

Давкалеон опять огляделся кругом.

- Где бы тебя пристроить? Впрочем, Давкалеон не ждал от Чапы ответа. Он просто говорил сам с собой.

- Разверни это кресло к стене – предложил Чапа – Если кто-то войдет, то меня не увидит. И у меня будет время превратиться в букашку.

- Ты, наверное, выспался в пещере.

- Нет, что ты. Когда я в кого-то превращаюсь, я очень устаю, так что я очень спать хочу.

Чапа устроился в кресле, но проспал он недолго. В комнату ворвалась мать Давкалеона Арара.

- Ты почему не рассказал мне об адолисите?

- О каком адолисите? – спросил Давкалеон, оттягивая время и размышляя, как объяснить появление Чапы в его комнате.

- О том адолисите, которого ты скинул в овраг – нетерпеливо ответила Арара - Парадион рассказал стражникам, что вы нашли адолисита и показал место, где валялся адолисит. Он рассказал, как ты его скинул вниз. Весь овраг внизу обыскали, адолисита не нашли. Наверняка, он только притворился мертвым. Парадион выставил тебя в качестве доверчивого дурачка, а сам в героях ходит.

Давкалеон сообразил, что Арара не видела Чапу. Глянув кругом, Давкалеон понял, почему. На кресле сидела букашка и внимательно слушала речь Арары.

- Если я оказался доверчивым дурачком, то Парадион оказался вторым доверчивым дурачком. Он же был со мной. И так же, как и я, поверил, что адолисит мертв.

- Поверил или нет – неважно. Главное, что он рассказал об адолисите, а ты промолчал – негодовала Арара.

- Я собирался рассказать за ужином – извернулся Давкалеон.

- Начальника стражи арестовали – сказала Арара потеплевшим голосом.

- Квинсита?! Почему? – удивился Давкалеон.

"What do you mean *why*? What kind of a chief guard is he if Adoleeseets appear freely right next to the estate, and he knows nothing?"

Davkaleon was pensive. He respected the chief guard Kvinsit.

"I need to visit Elfid," he said, making a sign for Chapa with his eyes. The bug moved from the chair to Davkaleon's shoulder and Davkaleon walked toward the door.

"There you go again, being friends with this Llill's sorcerer," Arara said. "You have so many brothers, real Daeyats, and yet you hobnob with this witch spawn."

"But I rarely see him. Today I spent the whole day with Paradion."

Together, Davkaleon and Chapa went to Elfid's room. As soon as Chapa was inside, he took his usual form.

"I'm sorry, Davkaleon, but I don't have the strength to stay as a bug any longer" said Chapa with a guilty voice.

Elfid looked with surprise at little Adoleeseet, who'd suddenly appeared. "How did you get into Daeya?" he asked.

Chapa didn't know the answer, but he recounted what happened to him.

"Elfid, I need your help," said Davkaleon when Chapa finished his story.

"What exactly do you need?"

"I want to show Chapa the neighborhood with your tube. Maybe he'll recognize his city."

"But we looked around so many times. There are no Adoleeseet's cities here at all."

"There are no cities, but there are Adoleeseets. They come from somewhere. Let Chapa look and maybe he'll recognize something."

"Let's go to the observation deck." Elfid suggested. "Let the little one rest for now."

They began to climb. "Don't you mind that you intend to show everything to the little Adoleeseet, including all our fortifications?" Elfid asked.

Davkaleon shook his head. "You saw yourself that he turned from a bug into a little Adoleeseet. If a kid is able to do this, adult Adoleeseets are capable of even greater feats.

- Как это *почему*? Что же это за начальник стражи, если адолиситы беспрепятственно появляются возле самого поместья, а ему ничего не известно?

Давкалеон задумался. Начальника стражи Квинсита он уважал.

- Мне надо к Эльфиду – проговорил Давкалеон, делая глазами знак Чапе. Букашка переместилась с кресла на плечо, и Давкалеон направился к двери.

- Опять ты с этим ллилльским колдуном дружбу водишь – недовольно проговорила Арара – у тебя столько братьев, настоящих дэйцев, а ты с ведьминским отродьем якшаешься.

- Так я же с ним редко вижусь. Сегодня целый день с Парадионом был.

Едва оказавшись в комнате Эльфида, Чапа принял свой обычный вид.

- Извини, Давкалеон, но у меня нет сил оставаться букашкой – проговорил Чапа виноватым голосом.

Эльфид с удивлением смотрел на внезапно появившегося адолисенка.

- Как ты попал в Дэю? – поинтересовалась он.

Этого Чапа не знал, но он рассказал, что с ним произошло.

- Эльфид, мне нужна твоя помощь – попросил Давкалеон, когда Чапа закончил свой рассказ.

- Что именно тебе надо?

- Я хочу показать Чапе окрестности в твою трубу. Может, он узнает свой город.

- Мы же смотрели с тобой вокруг много раз. Никаких адолиситских городов здесь и в помине нет.

- Городов нет, а адолиситы есть. Откуда-то же они берутся. Пусть Чапа посмотрит, может что-то узнает.

- Идем на смотровую площадку – предложил Эльфид Давкалеону – пусть малыш пока отдохнет.

- Тебя не смущает, что ты намереваешься показать адолисёнку все вокруг, включая все наши укрепления? – спросил Эльфид пока они поднимались вверх.

- Ты же сам видел, что он из букашки превратился в адолисенка. Если малыш может проделывать такое, то взрослые адолиситы тем более способны на такие превращения.

And if so, they can see all of our fortifications without our assistance. I want to have an ally among Adoleeseets. Therefore, I'll send him to the place that he knows."

"It's dangerous. You might be captured. And I'm not sure that Adoleeseets will be as kind to you as you have been to this little one. Besides, the kid could be a lure."

"Elfid, I want to help him get back home and I want to maintain a relationship with him in the future. I learned more about Adoleeseets in just one hour with him than in many years of study. Besides, I feel sorry for him," added Davkaleon, embarrassed by his feelings. Pity wasn't welcome in Daeya.

"Alright, look in this direction," said Elfid, passing the tube to Davkaleon. "This is the only place where I've ever seen Adoleeseets. However, it doesn't look like a city at all. If Chapa was telling you about a city, it's unlikely that this is what he was referring to."

Looking closely, Davkaleon saw a mountain in the distance. There were a few boulders at the bottom. It seemed that there was an Adoleeseet hiding behind one of them. However, Davkaleon wasn't sure. The presumed Adoleeseet was looking into the tube just as Davkaleon did. Then, he ducked behind a boulder and disappeared.

"Where did he go?" asked Davkaleon.

"There's probably a cave entrance behind the boulder," said Elfid. "I've seen a few Adoleeseets appear and disappear in this place. I haven't found Adoleeseets anywhere else. They are probably further away and my tube's power is not enough to see them."

"If they are further away, how did Chapa appear so close to the estate?"

"I can't imagine how Chapa could have gotten to us, even from this place."

"I have been in these places several times with Kvinsit," Davkaleon said. "It's about forty Daeya's sazhens from us. I'd be able to walk that far within a couple days, even without my Aleurh. And if I fly on my dragon, then a few hours would be enough. The problem is, you must fly through the *Valley of Death*, where every filthy monster is dying to turn you into its dinner."

А раз так, они могут видеть все наши укрепления и без нас. Я хочу иметь в будущем союзника среди адолиситов. Поэтому я отправлю его в то место, которое он узнает.

- Это опасно. Тебя могут схватить. И я не уверен, что адолиситы будут так же добры к тебе, как ты к этому адолисенку. Кроме того, малыш может быть приманкой.

- Эльфид, я хочу помочь ему вернуться домой, и хочу поддерживать с ним отношения в будущем. За один час беседы с ним я узнал об адолиситах больше, чем за все годы учебы. Кроме того, мне его жалко – добавил Давкалеон, смущаясь своего чувства. Жалость не слишком приветствовалась в Дэе.

- Хорошо, смотри в этом направлении – сказал Эльфид, передавая Давкалеону трубу - Это единственное место, где я видел адолиситов. Правда, на город это совсем не похоже. Если Чапа рассказывал тебе про город, то это вряд ли то, что он имел в виду.

Присмотревшись, Давкалеон увидел вдали гору. У подножия лежали несколько валунов. Кажется, за одним из валунов прятался адолисит. Впрочем, Давкалеон в этом уверен не был. Предполагаемый адолисит также, как и Давкалеон, смотрел в трубку. Затем он пригнулся и исчез.

- Куда он делся? – спросил Давкалеон.

- Наверное, за валуном вход в пещеру – ответил Эльфид. Я видел несколько раз, как адолиситы появляются и исчезают в этом месте. Других мест с адолиситами я не нашел. Наверное, они дальше, и моей трубе не хватает мощности, чтобы их увидеть.

- Если они дальше, то, как Чапа мог оказаться рядом с поместьем?

- Я не представляю, как Чапа мог попасть к нам даже с этого места.

- Я был несколько раз в этих местах с Квинситом – сказал Давкалеон - Это около сорока дэйских саженей от нас. Я бы пешком за пару дней управился даже без моего Алеурха. А если лететь на моем драконе, то несколько часов было бы достаточно. Проблема в том, что лететь надо через Долину Смерти, где всякая пакость так и норовит пообедать тобой.

"That is a dangerous place. Especially now, when everyone is looking for Adoleeseets. If you end up in the hands of Daeya's guards, how will you explain to them why you're so far from the estate?"

"I will not. Why would I have to explain something to father's guards?"

"They will bring you to father. How are you going to explain it to him?" Elfid said.

"I would just say that I wanted to familiarize myself with the area. After all, a future warrior must know his surroundings."

"You cannot fool father."

The boys went down to Elfid's room. Through a window Chapa stared into the tube without blinking.

"It's not like Adolees," he said sadly, and again fixated on the tube.

"There are now two Adoleeseets," said Elfid. "Do you want to go to them?"

"I don't know," Chapa said. "I don't know these Adoleeseets. What do I tell them if they ask how I ended up in Daeya?"

"What would you tell your parents, if you went back to them?"

"I would say I got lost, and would not speak about Daeya at all. They would be glad that I made it home and would not bother to question me."

"Why can you not say the same thing to these Adoleeseets?"

"My city is located in the center of Adolees. Daeya is far from there. These Adoleeseets are in Daeya. They wouldn't believe me."

Suddenly Chapa exclaimed in amazement. "Stsilius! No way! How did he get here?"

"Who is Stsilius?" asked Davkaleon.

"He's my friend" Chapa said.

"Are you sure you're not mistaken?" Elfid asked, his face showing doubt.

The little Adoleeseet shook his head vigorously. "Last year, we attended school together. We lagged behind the other students, so my parents made me repeat the year. Stsilius' parents transferred him to the Lansbergius private school."

"Could Lansbergius have sent him to Daeya?"

"I do not know. He might have" Chapa replied.

- Это опасное место. Особенно сейчас, когда везде ищут адолиситов. Если ты попадешь в руки дэйских стражников, как ты будешь им объяснять, почему ты оказался так далеко от поместья?

- Никак. Почему я должен что-то объяснять стражникам моего отца?

- Они приведут тебя к отцу. Как ты ему будешь объяснять?

- Скажу, что захотел познакомиться с местностью. Будущему воину надо знать, что вокруг.

- Давкалеон, у тебя не получится обмануть отца.

Мальчики спустились в комнату Эльфида. Чапа, не отрываясь, смотрел в трубу.

- Это совсем не похоже на Адолис – печально сообщил он, и опять прильнул к трубе.

- Там сейчас два адолисита – сказал Эльфид - Ты хочешь к ним?

- Не знаю – неуверенно ответил Чапа – Я их не знаю. Что я им скажу, если они спросят, как я оказался в Дэе?

- Что бы ты сказал своим родителям, если бы вернулся?

- Я бы сказал, что заблудился, и не говорил бы про Дэю. Они бы были рады, что я вернулся домой, и не докучали бы расспросами.

- Почему ты не можешь это сказать этим адолиситам?

- Мой город находится в центре Адолиса. Дэя от нас далеко. Эти адолиситы в самой Дэе. Они мне не поверят.

Внезапно Чапа изумленно воскликнул: "Сцилиус! Этого не может быть! Как он здесь оказался?"

- Кто такой Сцилиус? – спросил Давкалеон.

- Мой друг – ответил Чапа.

- А ты не ошибаешься? – с сомнением спросил Эльфид.

Адолисенок энергично замотал головой.

- В прошлом году мы ходили вместе в школу. Мы отставали от остальных учеников, и мои родители оставили меня на второй год, а родители Сцилиуса перевели его в частную школу Лансбергиуса.

- Мог Лансбергиус отправить его в Дэю?

- Не знаю. Может, и мог – ответил Чапа.

"Why send the young Adoleeseet to Daeya?" Elfid wondered.

"To spy on Daeya!" suggested Davkaleon.

Chapa shook his head. "No one would send a young Adoleeseet to spy. Young Adoleeseets aren't able to store up enough energy to maintain an unnatural appearance for a long time. Only the adults can do that."

Elfid and Davkaleon looked at each other.

"That explains how Adoleeseets know details of Daeya's troops during wartime, while we look for traitors among our own," said Davkaleon. He turned back to Chapa. "So, you're absolutely sure he's your friend?"

Chapa looked back into the tube and nodded with confidence.

"I have to fly there and see what's going on," said Davkaleon. "I'll take Chapa with me."

"It is dangerous," Elfid reminded him. "You could run into some very unfriendly Adoleeseets. Not to mention the fact that you will have to fly through the Valley of Death. We need to tell father about this."

"Father will not let me go, and Chapa will not get home," Davkaleon reasoned.

"You can wait until the adult warriors figure out what is going on there. Then you can go with Chapa," Elfid insisted.

"If the adult warriors figure anything out, then there won't be any more Adoleeseets there. Then going there with Chapa would be pointless. Not to mention that I want to help Kvinsit. He is a most worthy chief guard. It is such a shame to keep him in custody."

"Of course, you think he is," Elfid grinned. "He allowed you to attend all the military trainings, fly on fighting dragons, and shoot real guns. He even took you on a military campaign."

Elfid's sarcasm fell on a deaf ear with Davkaleon.

"Besides, I need to get Chapa home."

"How do you want to do that?"

"I want Chapa to first turn into a dragon and then into a bug, in front of everyone."

"But they'll catch me that way!" Chapa cried.

"They won't catch you," Davkaleon promised. "If you get caught, I get caught too. Believe me, that's the last thing I need.

- Зачем отправлять адолисенка в Дэю? – Спросил Эльфид.

- Чтобы шпионить за Дэей – предположил Давкалеон.

Чапа отрицательно замотал головой: «Никто не будет посылать адолисенка шпионить. Адолисенок не сможет запасти столько энергии, чтобы бы долго поддерживать неестественный вид. Это может делать только взрослый адолисит.»

Эльфид и Давкалеон переглянулись.

- Вот тебе и ответ, как адолиситы знают подробности о дэйских войсках во время войн. А мы ищем предателей среди своих – сказал Давкалеон и повернулся к Чапе.

- Ты абсолютно уверен, что это твой друг?

Чапа опять посмотрел в трубку и уверенно кивнул.

- Я должен туда полететь и посмотреть, что там происходит - заявил Давкалеон - Чапу я возьму с собой.

- Это опасно. Там тебя могут встретить совсем недружественные адолиситы. Я уж не говорю про то, что лететь тебе придется через Долину Смерти. Мы должны рассказать об этом отцу.

- Отец меня туда не отпустит, и Чапа не попадет домой – резонно ответил Давкалеон.

- Подожди, пока воины разберутся, что там происходит. Потом отправишься туда с Чапой – настаивал Эльфид.

- Если взрослые воины разберутся, то адолиситов там уже не найдешь, и отправляться туда с Чапой будет бессмысленно. Кроме того, я хочу помочь Квинситу. Это самый достойный начальник стражи, негоже его держать в заключении.

- Естественно – усмехнулся Эльфид – он разрешал тебе посещать все военные учения, летать на боевых драконах и стрелять из пушек. Он даже взял тебя в боевой поход.

Давкалеон пропустил сарказм Эльфида мимо ушей и продолжал: "Кроме того, мне надо отправить Чапу домой. "

- Как ты хочешь это сделать?

- Я хочу, чтобы Чапа на глазах у всех превратился сначала в дракона, а потом в букашку.

- Так меня же поймают – Чапа чуть не расплакался.

- Не поймают – отрезал Давкалеон – Если тебя поймают, то и меня поймают, а мне это совсем ни к чему.

And getting caught for something like this would mean becoming the laughing-stock of everyone in Daeya."

Hiding an Adoleeseet is very unbecoming for the Future Chief of Daeya's Army.

"Do you remember you showed me a magical dragon?" Davkaleon asked Elfid.

"Which one?"

"The dragon that disappeared when you touched him."

"Davkaleon, I explained that a dragon was not magical. That was just a trick. I put a dragon toy in one place and used few mirrors to make illusion. You thought you saw a dragon in another place. When you tried to touch it, I removed a toy and an illusion disappeared."

"But I saw a big dragon!"

"Big deal! I used a special mirror." Elfid smiled.

"Can you repeat that trick?

"Yes, I can. What do you want to do with my dragon?"

"I need to secure the release of Kvinsit."

"And how will my toy help you with that?" Elfid seemed surprised.

"I want to discover Chapa again, as before, in the presence of my brothers."

"They will beat me again!" Chapa shrank in fear.

"They won't," Davkaleon promised. "I'll bring you to the estate, and in front of everyone, you will turn into a dragon, then a bug, and again into a dragon. After that, Kvinsit will certainly be released."

"And me? What will happen to me?" Chapa asked in terror.

"Nothing bad will happen to you," Davkaleon replied confidently. "I'll hide the bug in my pocket and I will deliver you to your friend Stsilius."

Chapa continued to look at Davkaleon in horror. It seemed that the plan, concocted by the future Commander in Chief of Daeya, was not a good one.

"Don't worry. I will think through every detail. We have a labyrinth at the estate. It is very tricky labyrinth. Truth be told, it only pretends to be a labyrinth. It is a maze or a trap [5].

Будущему главнокомандующему армии не к лицу укрывать адолисита. А уж попасться на этом, означает превратиться в посмешище для всей Дэи.

- Ты помнишь, ты показывал мне игрушечного дракона? – спросил Давкалеон у Эльфида.

- Которого?

- Того, который исчезает, когда к нему дотрагиваешься.

- Давкалеон, я же объяснял, что дракон не был волшебным. Это был просто трюк. Я поместил игрушечного дракона в одно место и использовал несколько зеркал, чтобы создать иллюзию. Ты думал, что видишь дракона в другом месте. Когда ты хотел к нему прикоснуться, я убирал игрушку и иллюзия исчезала.

- Но я видел большого дракона!

- Подумаешь! Я использовал необычное зеркало – улыбнулся Эльфид.

- Ты можешь повторить этот трюк?

- Да, могу. Зачем тебе понадобился мой дракон?

- Мне надо добиться освобождения Квинсита.

- И как моя игрушка в этом поможет? – удивился Эльфид.

- Я хочу найти Чапу еще раз опять в присутствии моих братьев.

- Они опять будут меня бить – Чапа сжался от страха.

- Не будут – пообещал Давкалеон – Я принесу тебя в поместье, и ты на глазах у всех превратишься в дракона, потом в букашку, и опять в дракона. После этого Квинсита выпустят.

- А я? Что будет со мной? – В ужасе спросил Чапа.

- Ничего плохого с тобой не будет – уверенно ответил Давкалеон – букашка спрячется у меня в кармане, и я доставлю тебя к твоему другу Сцилиусу.

Чапа продолжал с ужасом смотреть на Давкалеона. Похоже, план будущего главнокомандующего Дэи его не убедил.

- Не переживай, я продумаю все до мелочей. У нас в поместье есть лабиринт. Очень опасный лабиринт. Честно говоря, лабиринтом он только прикидывается. Правильнее будет сказать, что это не лабиринт, а зловещая ловушка [5].

It can change. Actually, it is meant to change. Where have you seen plants in Daeya that remain fixed? My great-grandfather grew this maze for military training. Grandfather complicated the maze, and father, with Kvinsit, perfected it.

When they were discussing which traps to add, I did not leave the room. I spent a lot of time in the maze, and I will teach you how to navigate it. You will fly into the maze in the form of a dragon. I'll rush after you. You'll turn into a bug and hide in my pocket. Elfid will prepare his trick with the toy dragons. Everyone will see several dozen dragons flying out of the maze, heading in different directions and disappearing. Everyone will be looking for the Adolees's dragons. I will also pretend to look for them, and take you back to where you saw your friend."

The plan might not have been entirely perfect, but it cheered Chapa up considerably.

"I don't know how to make the dragons fly in different directions," Elfid interrupted, threatening to ruin Davkaleon's plan.

"I'm not asking you to do so in the next two hours. You have a few days. I still need to train Chapa to navigate the maze."

"Davkaleon, your faith in my abilities is, of course, very flattering, but—"

"No but. You're the son of a Llill's witch. Sorry, a Llill's sorceress. Of course, you can do this!"

Он может меняться. Впрочем, ему положено меняться. Где же ты видел в Дэе растения, которые оставались бы неподвижными? Мой прадед его специально вырастил для военных тренировок. Дед усложнил, а отец с Квинситом довели до совершенства.

Когда они обсуждали, какие ловушки добавлять, я из комнаты не выходил. Я в лабиринте провел много времени, и научу тебя, как в нем ориентироваться. Ты влетишь внутрь лабиринта в образе дракона. Я помчусь за тобой. Ты превратишься в букашку и спрячешься у меня в кармане. В это время Эльфид приготовит свои фокусы с игрушечными драконами. Все увидят, что из лабиринта вылетели несколько десятков драконов, которые полетели в разных направлениях и исчезли. Все будут искать адолиситских драконов. Я тоже буду их искать, и доставлю тебя туда, где ты видел своего друга.

План, может, и не был верхом совершенства, но уже казался лучше, и Чапа повеселел.

- Я не знаю, как сделать, чтобы драконы летели в разные стороны – вмешался в разговор Эльфид.

- Так я же не прошу тебя сделать это в ближайшие два часа. У тебя есть несколько дней. Нам еще надо с Чапой потренироваться в лабиринте.

- Давкалеон, твоя вера в мои способности, конечно, очень лестна, но ...

- Никаких "но", ты же сын ллилльской ведьмы. Извини, ллилльской колдуньи. Естественно, у тебя все получится.

Chapter 8. The Maze of Daeya

"Why do you say that this maze pretends to be a labyrinth? Is it, in fact, not a labyrinth at all?" asked Chapa.

"It's believed that one can always get out of a labyrinth, but there might be no way out of a maze[5]."

"Then how will I get out of it?"

"I'm going to explain right now," Davkaleon said. "This maze consists of plants, crystals, half-animals-half-plants and lots of other things. I'll tell you everything about them. More precisely, I'll be thinking about them and you will be reading my mind. I don't want to look like I'm talking out loud to myself. That's not acceptable in Daeya. Now, this maze has three difficulty levels. You will need to remember the second one."

"Why only the second one?" asked Chapa.

"Because many die in the third one, even after intense training. I barely got out of there alive," Davkaleon explained cheerfully.

"But that means that I won't get out of there!"

"Do you think we are all dummies in Daeya? Nobody wants a dead Adoleeseet here. They want to catch you *alive*. Therefore, no one will include the third level. The first level will be too simple, and you'll be able to get out of it in no time. Good luck catching you as you cross Daeya. The second level fits the best. This is the one you should remember," Davkaleon explained.

Chapa listened to Davkaleon with mounting fear.

"Can we do this without maze somehow?" Chapa asked with a sound of hope in his voice.

"No. First, I want to help Kvinsit. To do this, I need you to demonstrate your ability to transform. If you do this in any other place than the maze, you'll get caught immediately. Inside the maze, you'll have time. You'll fly in as a bug. At the exit, you'll turn into a dragon. Elfid will create an illusion of many dragons flying out in different directions."

Глава 8. Лабиринт Дэи

- Почему ты говоришь, что этот лабиринт только прикидывается лабиринтом? Он, что, на самом деле вовсе не лабиринт? – поинтересовался Чапа.

- Считается, что из лабиринта всегда можно выйти. Из этого лабиринта выхода может не быть[5].

- Тогда, как я из него выйду?

- Я тебя, как раз собираюсь этому учить – ответил Давкалеон.

- Этот лабиринт составлен из растений, кристаллов, полу-животных–полу-растений и много из чего еще. Я буду тебе рассказывать о них в лабиринте. Точнее, я буду о них думать, а ты будешь читать мои мысли. Говорить вслух с самим собой у нас в Дэе не принято. У этого лабиринта есть три уровня сложности. Тебе надо будет запомнить второй.

- Почему только второй? – спросил Чапа.

- Потому что в третьем очень многие погибают даже после усиленных тренировок. Я оттуда еле-еле выбрался живым — жизнерадостно объяснил Давкалеон перепуганному Чапе.

- Но это значит, что я оттуда не выберусь!

- Ты что, считаешь, что у нас в Дэе сплошные тупицы? Дохлый адолисит здесь никому и даром не нужен. Тебя захотят поймать живым. Поэтому третий уровень для твоей поимки никто включать не будет. А вдруг ты в нем не выживешь? Первый уровень посчитают слишком простым, и решат, что ты из него в два счета выберешься. Лови тебя потом по всей Дэе. А второй уровень в самый раз. Его ты и должен запомнить - объяснил Давкалеон.

Чапа слушал Давкалеона со все возрастающей тревогой.

- А можем мы как–нибудь обойтись без этого лабиринта? – спросил Чапа с надеждой в голосе.

- Нет. Во-первых, я хочу помочь Квинситу. Для этого мне надо, чтобы ты продемонстрировал свои способности к превращениям. Если ты это сделаешь в другом месте, тебя тут же поймают. В лабиринте у тебя будет время. Ты влетишь в него букашкой. На выходе превратишься в дракона. Эльфид создаст иллюзию с летящими в разные стороны драконами.

"And second?" asked Chapa.

"Second, we need to fly to your Adoleeseets through the Valley of Death, which is infested with all sorts of monsters, waiting for victims at every step. Normally, I would be attacked during our journey. I would fight, and in the meantime, you'd become some glutton's dinner." Davkaleon paused, smiling with grim satisfaction. "The maze is convenient, because many of these monsters are here together. Think of it as practice. If you learn to survive in the maze, you won't perish elsewhere."

Not that Davkaleon convinced Chapa, but the little Adoleeseet didn't have a choice. With a sad sigh, Chapa turned into a bug again and crawled onto Davkaleon's shoulder. They entered the maze, and Davkaleon began to think his explanations.

"Do you see this pretty bush? Stay away from him. Poppy has a habit of firing out a long tongue and swallowing all that come up on it. Once, he nearly swallowed my brother Elfid. I barely rescued him at the last moment."

"And why isn't he shooting out his tongue now?" asked Chapa with a trembling voice.

"Because he knows me. And he knows my fists and my weapon as well."

"Do you have a weapon?" asked Chapa, surprised.

"Have you fallen from the moon? Any Daeyat has weapons. Well, except Elfid, since he's not a real Daeyat. I *never* part with my weapons. I even go to sleep with them." With these words Davkaleon began to pull out many knives, daggers and even swords from his pockets.

"Where did you fit all this?" Chapa didn't believe his eyes.

"Impressive?" asked Davkaleon proudly. "I love to show this off in front of this lazy poppy. Then he won't try to do some dirty trick on you. And he is a master of dirty tricks. Although, what can you expect, he needs to eat, and he doesn't like to run."

"What, he can also run?" Chapa was horrified again, imagining the lazy poppy chasing a defenseless bug.

- А что, во-вторых? – Спросил Чапа.

- Во-вторых, к твоим адолиситам надо лететь через Долину Смерти, которая буквально кишит всевозможными монстрами, подстерегающими добычу на каждом шагу. Во время нашего путешествия на меня могут напасть, я буду драться, а ты в это время попадешь к какому-нибудь обжоре на обед – объяснил Давкалеон - Лабиринт удобен тем, что здесь многие из этих чудищ собраны вместе. Если ты научишься выживать в лабиринте, ты и в других местах не пропадешь.

Не то, чтобы Давкалеон убедил Чапу, но выбора у адолисенка не было. Грустно вздохнув, Чапа опять превратился в букашку и устроился у Давкалеона на плече. Они вошли в лабиринт и Давкалеон начал объяснять.

- Видишь вот этот симпатичный кустик? Держись от него подальше. Мак имеет обыкновение выстреливать длинным языком и заглатывать все, что ему на язык подвернется. Однажды он чуть не проглотил моего брата Эльфида. Я его еле отбил в последний момент.

- А почему он не выстреливает своим языком сейчас? – спросил Чапа дрожащим голосом.

- Потому что он меня хорошо знает. И с моими кулаками, и с моим оружием он хорошо знаком.

- У тебя есть оружие? – удивился Чапа.

- Ты что, с луны свалился? У любого дэйца есть оружие. Ну, может быть, кроме Эльфида, так он не настоящий дэец. Я с моим оружием *никогда* не расстаюсь, даже спать с ним ложусь – с этими словами Давкалеон начал вытаскивать из многочисленных карманов ножи, кинжалы и даже мечи.

- Где это все у тебя помещалось? – не поверил своим глазам Чапа.

- Впечатляет? – гордо спросил Давкалеон. Я люблю это демонстрировать перед ленивым маком. Он тогда не пытается проделать с тобой какую-нибудь пакость. А на пакости он большой мастер. Впрочем, что ты хочешь, ему же кушать надо, а бегать он не любит.

- Он, что и бегать может? – опять ужаснулся Чапа, представив, как ленивый мак гоняется за беззащитной букашкой.

"He can. He can do a lot of things. We will feed him now and then he will show us what he can do. Agreed, poppy?" Davkaleon asked gently, turning to poppy.

Chapa watched amazed as a long reddish leaf immediately flew out of the bud, looking like a tongue. The leaf curled around Davkaleon's waist and climbed into his pocket. Shortly, the leaf got out of the pocket, holding a roll.

"Let me unwrap that for you," offered Davkaleon.

The leaf lifted the roll closer. Davkaleon unwrapped the roll and the leaf put the content inside the bud. The bud grew in size and seemed to smile.

"Do you feed him often? How does he know that you have the food in your pocket?"

"Of course, I feed him," answered Davkaleon. "Everyone kicks and curses him instead of giving him food. And he is alive and hungry." Davkaleon petted the bush. Chapa huddled deeper under Davkaleon's collar, just in case.

"Get out from under my collar. The lazy poppy is fed and petted. It's the best time to teach you what to do if the poppy does happen to swallow you."

Chapa didn't have a chance to object or hide as Davkaleon removed him from his collar and held him out, closer to the poppy.

"Now, the poppy will swallow you. Your task is not to fight or panic, and not to try to escape. Relax and allow yourself to be swallowed. He has no teeth, so he has nothing to chew with. When the poppy fires his tongue, it's covered with the adhesive, so the victim can't escape. After the food is in the bud, the poppy wants to wash it off the tongue as soon as possible in order to be ready for an attack on a new victim. The poppy accumulates liquid in the walls inside the bud. He pours this liquid on the victim stuck to the tongue. You will be washed away to the very bottom of the bud, where you will be provided with a nice warm bath. Don't linger there for too long. The poppy stores pleasant water only at the top of the bud. A burning mixture is at the bottom, capable of destroying you in a few hours.

- Может. Он много чего может. Сейчас мы его покормим, а потом он покажет, что он может. Договорились, мак? – ласково спросил Давкалеон, обращаясь к маку.

Чапа с удивлением наблюдал, как из небольшого бутона мгновенно вылетел длинный красноватый лист, по форме напоминающий язык. Лист обвился вокруг талии Давкалеона и забрался к нему в карман. Очень скоро лист выбрался из кармана, держа сверток.

- Давай разверну – предложил Давкалеон.

Лист поднес сверток ближе. Давкалеон развернул сверток и лист отправил содержимое в бутон. Бутон увеличился в размерах и, кажется, заулыбался. Впрочем, это могло Чапе и показаться.

- Ты его часто кормишь? Откуда он знает, что еда у тебя в кармане?

- Конечно, кормлю – ответил Давкалеон – Все его только пинают и ругают вместо того, чтобы покормить. А он живой и голодный. Давкалеон погладил куст. Чапа на всякий случай забился поглубже под воротник Давкалеона.

- Выбирайся из-под моего воротника. Ленивый мак покормлен, поглажен. Самое время научить тебя, что делать, если мак все-таки тебя проглотит.

Чапа не успел ни возразить, ни спрятаться, как Давкалеон снял его с плеча и поднес ближе к маку.

- Сейчас мак тебя проглотит. Твоя задача не биться в истерике, и не пытаться выбраться. Расслабься и разреши себя проглотить. Зубов у него нет, так что жевать ему нечем. Когда мак выстреливает своим языком, он покрыт клейким слоем для того чтобы жертва не могла освободиться. После того, как еда оказалась в бутоне, мак хочет, как можно скорее смыть ее с языка, чтобы быть готовым к нападению на новую жертву. В стенках внутри бутона мак накапливает жидкость, которую и выливает на приклеенную к языку жертву, едва та оказывается внутри. Тебя смоет на самое дно бутона, где тебе будет обеспечена теплая приятная ванна. Не задерживайся в ней долго. Приятную водичку мак запасает только в верхней части бутона. Внизу это жгучая смесь, способная уничтожить тебя в течение нескольких часов.

Nothing will happen to you if you stay there for just a few minutes. When you're ready, you will need to jump upwards, out of the bath. Otherwise, the water from bud's walls will wash you down again.

Even though the bud is closed at the top, there's still a small hole there. We don't have such tiny insects as you in Daeya, so you'll be able to climb out. But once you're out, fly high, because the poppy has a long tongue."

"What if I can't get out?"

"You can. This poppy is kind. Besides, I have a lot of weapons."

"Have you ever gotten inside the poppy yourself?"

"Of course I have. How do you think I know all this? Now that we're friends, he doesn't try to eat me anymore. Now, do you remember everything I've told you?" Davkaleon asked, bringing Chapa close to the bud.

Chapa shrank in fear, but nothing happened. It seemed that Chapa didn't look appetizing as a bug.

"Poppy, don't misbehave. Swallow the bug," Davkaleon said.

Chapa heard poppy's mental response: "Like I need to swallow this little thing that's going to escape anyway?"

"I have another sandwich," Davkaleon said, offering a bribe. Poppy's tongue swirled around Davkaleon and climbed into his pocket.

"Not here," added Davkaleon when the tongue dived into the next pocket.

"Where?" asked poppy.

"Will you swallow the bug?"

"I will. Give me the sandwich," demanded poppy.

"And will you train him?"

"Yes, yes," agreed poppy.

Davkaleon pulled out a sandwich, and at that same moment, Chapa found himself inside the bud. Water rushed over him, and the little Adoleeseet slid to the bottom. He could see a little crack at the top of the bud. Chapa gathered all his strength and jumped up. He had enough strength, but right next to the crack, water rushed over him again, and Chapa fell down. The little Adoleeseet repeated his jump and found himself at the bottom again.

От того, что ты пробудешь в ней несколько минут, с тобой ничего не случится. Тебе надо будет выпрыгнуть из ванны вверх, иначе вода из стенок бутона опять тебя смоет вниз.

В самом верху бутон хотя и закрыт, но маленькое отверстие все-таки есть. У нас же в Дэе не водятся такие крошечные букашки, как ты. Так что выпрыгнуть у тебя получится, но взлететь тебе надо будет высоко, потому что язык у мака длинный.

- А если я не смогу выбраться?

- Сможешь. Этот мак добрый. Кроме того, у меня много оружия.

- Ты сам когда-нибудь внутрь мака попадал?

- Естественно, попадал. Как, по-твоему, я все это знаю? Впрочем, сейчас мы с маком друзья, и съесть меня он больше не пытается. Ты все запомнил? – спросил Давкалеон, поднося Чапу к самому бутону.

Чапа сжался от страха, но ничего не произошло. Видно, Чапа в образе букашки не выглядел аппетитно.

- Мак, не вредничай, проглоти букашку – попросил Давкалеон.

Чапа услышал мысленный ответ мака: "Очень мне надо глотать эту мелочь, которая к тому же удерет".

- У меня есть еще бутерброд – Давкалеон предложил взятку.

В то же мгновение язык мака обвился вокруг Давкалеона и забрался в карман.

- Не здесь - добавил Давкалеон, когда язык забрался в следующий карман.

- Где? – Спросил мак.

- Букашку проглотишь?

- Проглочу. Давай бутерброд - потребовал мак.

- И потренируешь?

- Угу – согласился мак.

Давкалеон достал бутерброд, и Чапа в ту же секунду оказался в бутоне. На него полилась вода, и адолисенок оказался на дне. Вверху виднелась щель. Чапа собрался с силами и прыгнул вверх. Он бы допрыгнул, сил бы у него хватило, но возле самой щели на него полилась вода, и Чапа упал вниз. Адалисенок повторил прыжок, и опять очутился внизу.

Chapa panicked. He jumped again and again, leaving him with less and less strength. The distance to the crack at the top of the bud seemed impossibly far. Chapa closed his eyes to rest for a moment. Davkaleon's perturbed voice woke him.

"This is how you thank me, insatiable glutton! I feed you delicious ham every day, you lazy dummy, and you can't let go a miserable insect?"

"You yourself asked me to train him, and now you object." Lazy poppy was offended.

Chapa lay on the ground near the lazy poppy. He couldn't remember how he got out of the trap.

"He almost died from your training," objected Davkaleon.

"Do you need children's games or training? If training, why do you object?"

"How can he get out of your bud?"

"I'm not talking to you," said poppy. The plant became silent.

"Poppy, don't misbehave. I'll bring you more sandwiches," Davkaleon offered.

"Five. No, six," demanded poppy.

After reaching a truce, poppy explained that if one jumps for a long time, the water reserve in the bud's walls would become exhausted and Chapa would be able to get out. The bud, of course, would try to squeeze its petals shut, but a tiny insect could still escape.

"How much water do you have left?" asked Davkaleon.

"I had already spent almost all of it. I have only enough left for couple times," answered poppy. "Now, get me *sandwiches*."

Chapa was exhausted and Davkaleon carried him to his room. The little Adoleeseet turned back into his natural state and settled into his usual chair. Davkaleon pulled another batch of weapons, clothing and something else out of the drawer. But Chapa didn't see it. He was already asleep.

When Chapa woke up, Davkaleon was sitting near the window. A leather cape was spread on the windowsill. The cape was made from dragon's skin. Chapa was horrified to realize that this was not just a dragon skin, but the skin of an Adolees's dragon.

Чапа запаниковал, он прыгал опять и опять, сил оставалось все меньше и меньше. Чапа соскользнул вниз. Расстояние до щели вверху бутона казалось непреодолимо большим. Чтобы отдохнуть Чапа на мгновение прикрыл глаза. Очнулся он от возмущенного голоса Давкалеона.

- Это так ты меня благодаришь, обжора ненасытный. Я тебя, бестолочь ленивую, каждый день вкуснейшими окороками откармливаю, а ты несчастную букашку не можешь отпустить!

- Сам просил, чтобы я его потренировал, а теперь возмущаешься – обиделся ленивый мак.

Чапа лежал на земле возле ленивого мака. Он не помнил, как выбрался из западни.

- Он от твоих тренировок чуть не умер – возразил Давкалеон.

- Тебе нужны детские игры или тренировки? Если тренировки, то какие претензии ко мне?

- Как он может выбраться из твоего бутона?

- Я с тобой не разговариваю – ответил мак и замолчал.

- Мак, не вредничай. Я тебе еще бутербродов принесу – миролюбиво предложил Давкалеон.

- Пять. Нет, лучше шесть – потребовал мак.

После достижения перемирия мак объяснил, что, если прыгать достаточно долго, то запасы воды в стенках бутона исчерпаются, и Чапа сможет выбраться. Бутон, конечно, постарается сжать свои лепестки сильнее, но крошечная букашка все равно сможет протиснуться.

- Как много у тебя еще воды осталось? - Поинтересовался Давкалеон.

- Я ее уже почти всю израсходовал, раза на два осталось. – Ответил мак – Теперь неси бутерброды.

Чапа был измучен, и Давкалеон перенес его в свою комнату. Адолисенок принял свой естественный вид и устроился в кресле. Давкалеон достал из ящика очередную порцию оружия, одежду и что-то еще. Но Чапа этого не видел. Он уже спал.

Когда Чапа проснулся, Давкалеон сидел возле окна. На подоконнике была расстелена кожаная накидка. Накидка была из драконьей шкуры. Чапа с ужасом сообразил, что это не просто драконья шкура, а шкура адолиситского дракона.

There were some notes on the bed in front of Davkaleon.

"What is this nonsense? It's not possible that father's manuscripts and runes of Llill's witches are lying side by side!" Davkaleon seemed to be talking to himself.

"What are you doing?" Chapa asked with a trembling voice.

"Trying to find the answer to the question of how you can get out of the bud. It's not enough to jump indefinitely in hope that there will be no more water after a while. You will be exhausted even before you get out. And there are tons[6] of buds like this in the maze."

"Maybe it'll be better if I don't get into the bud at all?" Chapa asked timidly.

"There are many other similar surprises in the maze."

"What are you doing with the dragon skin?" wondered Chapa.

"While you were sleeping, I went into the maze and got a burning mixture from the bottom of the bud. Both Daeya's manuscripts and Llills's runes say that the skin of Adolees's dragon is able to resist it."

"Of course it is, just *not this* skin. You need the skin of an adult fighting dragon and your cape is from the skin of a young cub," said Chapa.

"No way! How do you know the difference? I bought this cape last year from the merchant of magical accessories. I gave him all of my birthday money. And this rubbish lied to me! If I meet him again, I'll kill him!" Davkaleon was outraged.

"Maybe he did not know himself."

"Can you grow such a skin?" asked Davkaleon.

"No, no way. It is impossible. You need to be an adult to be able to do this. There's metal and adamant in the skin of adult fire-breathing dragon, and I have no metal and no adamant in my body. I can make my skin look like the skin of an adult dragon, but it won't be as strong."

"Then I see only one way for you. You have to learn how to grow a weapon on your skin. Nature gave you such an ability.

На кровати перед Давкалеоном были разложены какие-то записи.

- Что за ерунда? Не может быть, чтобы и рукописи отца, и руны ллилльских ведьм врали одновременно. Давкалеон, кажется, разговаривал сам с собой.

- Что ты делаешь? – Спросил Чапа дрожащим голосом.

- Пытаюсь найти ответ на вопрос, как тебе выбраться из бутона. Прыгать до бесконечности в надежде на то, что в бутоне вода закончится, не годится. Ты из сил выбьешься еще до того, как оттуда выберешься. А таких бутонов в лабиринте тьма тьмущая[6].

- Может лучше, если я туда не буду попадать? - Робко спросил Чапа.

- В лабиринте много других похожих сюрпризов.

- Что ты делаешь с кожей дракона? – поинтересовался Чапа.

- Пока ты спал, я сходил в лабиринт и добыл жгучую смесь со дна бутона. И дэйские рукописи, и ллилльские руны утверждают, что кожа адолиситских драконов способна ей противостоять.

- Конечно, способна, - ответил Чапа – только *не эта* кожа. Тебе нужна кожа взрослого боевого дракона, а твоя накидка из кожи молодого детеныша.

- Не может быть! Как ты отличаешь? Я в прошлом году купил эту накидку у торговца магическими принадлежностями. Все деньги отдал, которые мне на день рождения подарили. И эта скотина меня обманул! Встречу его еще раз – прибью! – Возмутился Давкалеон.

- Он сам мог не знать – вступился за торговца Чапа.

- Ты можешь отрастить такую кожу? – Поинтересовался Давкалеон.

- Нет, что ты. Это невозможно. Для этого надо быть взрослым. В коже взрослого огнедышащего дракона есть металл и адамант, а у меня в организме ни металла, ни адаманта нет. Я могу сделать так, что моя кожа будет внешне похожей на кожу взрослого дракона, но она не будет крепкой.

- Тогда я вижу только один путь – ты должен научиться выращивать на себе оружие. Природа подарила тебе такие способности!

Grow a needle, pierce the plant's wall, and get out," Davkaleon said.

"If I learn how to do it, I will be immediately accepted to the children's team of a Hiding Prize Game," said Chapa.

Davkaleon didn't know about the game, but that didn't matter. "So, it's possible to grow a weapon."

"Yes, but—"

"No 'buts'. What do you need to accomplish this?"

"I don't know how to do it."

"How do you transform into a dragon?"

"Transformation into a dragon is a different matter. It's in my blood. My body has everything necessary for such transformation."

"What about insects?"

"That's different, too. If you look closely at my bug, you'll see that it's a caricature of me. I decrease in size, make myself a tadpole and release my wings. I can release my wings without any problems. That is in my blood, too. You want me to grow a metal and adamant appendage. Where will I take the metal and adamant from? I don't have it."

"Where do children—the players of the Hiding Prize Game— learn this?"

"I don't know."

"I have to go to consult Elfid. Do you want to come with me or stay here?"

"With you," said Chapa, turning into a bug again.

"I see that every time, you turn faster and faster," smiled Davkaleon.

Отращиваешь иглу, протыкаешь стенку, выбираешься на волю – подвел итог Давкалеон.

- Если я научусь это делать, меня сразу в детскую команду игроков Прячущегося Приза примут – ответил Чапа.

Давкалеон не знал об игре, но она его не интересовала.

- То есть, отрастить оружие возможно?

- Да, но ...

- Никаких но. Что тебе для этого надо?

- Я не знаю, как это сделать.

- Как ты превращаешься в дракона?

- Превращение в дракона это совсем другое дело. Это у меня в крови.

- Как насчет букашки?

- И это другое. Если ты присмотришься к моей букашке, то увидишь, что букашка - это карикатура на меня. Я уменьшаю свои размеры, делаю из себя головастика и выпускаю крылья. Крылья я могу выпускать без проблем. Это у меня тоже в крови. Ты хочешь, чтобы я отрастил металлическую и адамантовую части. А где я тебе металл и адамант возьму? Их у меня нет.

- Где этому учатся игроки вашего Прячущегося Приза?

- Не знаю.

- Мне надо сходить посоветоваться к Эльфиду. Ты хочешь со мной или останешься здесь?

- С тобой – ответил Чапа, быстро превращаясь в букашку.

- Я смотрю, ты с каждым разом превращаешься быстрее и быстрее – усмехнулся Давкалеон.

Chapter 9. Elfid's Tale

"How can I help you with this?" wondered Elfid after hearing Davkaleon's story.

"Find instructions in Daeya's runes on how Chapa can learn to grow weapons."

"You need Adoleeseet's instructions," Elfid said. "You won't find them in Daeya's runes."

"Elfid, it's impossible that you haven't heard what they drivel about in Daeya."

"They drivel a lot in Daeya."

"I mean, the rumors that Llill's sorceresses appeared out of marriages between Daeyats and Adoleeseets. That's how Llill's sorceresses knew this, and why you might find the answers in our runes."

"Are you interested in Daeya's runes or any runes?" Elfid asked.

"Isn't that all the same?"

"No. There are a lot of runes. Rune is a common word."

"I don't care which runes you use. The main thing is that Chapa receives the instructions he needs to carry out our plan."

"I have Daeya's runes," Elfid explained. "In them, you will find everything related to Daeya. There are no Adoleeseet's instructions in Daeya's runes. All existing runes from around the world are collected in the Main Temple of Llill's sorceresses. If there are sorceresses in Adolees, their runes will be in the Main Temple."

"Where is the Main Temple?"

"Inside a mountain of rock. The entrance to the rock is invisible to the uninitiated. If someone from the uninitiated gets inside the rock, by some accident or miracle, he won't see the Temple."

"And in this Temple, I can find instructions for Chapa?"

"If there are sorceresses in Adolees, their runes will be in the Main Temple."

Davkaleon turned to his little friend.

"Chapa, are there sorceresses in your Adolees?"

"What are sorceresses?"

"Witches. Sorry, Elfid. But how else can I explain who the sorceresses are?"

Глава 9. Рассказ Эльфида

- Как я тебе могу в этом помочь? - Удивился Эльфид, выслушав рассказ Давкалеона.

- Найди в рунах Дэи инструкцию, как Чапе научиться отращивать оружие.

- Этого нет в дэйских рунах. Тебе нужна адолиситская инструкция.

- Эльфид, не может быть, чтобы ты не слышал, о чем в Дэе болтают.

- В Дэе много о чем болтают.

- Я имею в виду слухи, что ллилльские колдуньи появились от браков между дэйцами и адолиситами. Поэтому ллилльские колдуньи могут это знать, и ты можешь отыскать это в рунах.

- Тебя интересуют дэйские руны или любые руны? – уточнил Эльфид.

- Это, что, ни одно и то же?

- Нет. Рун много. Это общее название.

- Эльфид, меня совершенно не интересует, в каких рунах ты это найдешь. Главное, чтобы Чапа получил инструкцию.

- У меня есть руны Дэи. В них ты найдешь все, что относится к Дэе. Адолиситских инструкций в дэйских рунах нет. В Главном Храме колдуний Лилля собраны все существующие руны со всего света. Если в Адолисе живут колдуньи, то их руны будут в Главном Храме – объяснил Эльфид.

- Где находится главный храм?

- В скале. Вход в скалу незаметен для непосвященных. Если кто-то из непосвященных каким-то чудом окажется внутри скалы, то храма он не увидит.

- И в этом храме можно найти инструкции для Чапы?

- Если в Адолисе есть колдуньи, то их руны будут в Главном Храме.

Давкалеон повернулся к своему маленькому приятелю.

- Чапа, в твоем Адолисе колдуньи есть? – Спросил Давкалеон.

- Кто такие колдуньи?

- Ведьмы. Извини, Эльфид. Но как ещё я объясню, кто такие колдуньи? – Попытался оправдаться Давкалеон.

But the explanation didn't help. Chapa still didn't understand. "What are witches?"

"They are those who have access to the magical knowledge," Davkaleon explained patiently.

"What is magical?" Chapa asked.

Davkaleon spread his hands in a gesture of helplessness and looked at Elfid.

Elfid smiled. "Wizards and sorceresses are those who have access to knowledge, inaccessible to the majority of others," he explained.

"So! They are the depository curators!" Chapa was delighted. "Those who work in the *Depository of Knowledge*. There are a few women among these curators. So, there are sorceresses and witches in Adolees."

"Then you need runes from the Main Temple. The question is how to get there."

"Tell us about this temple," Davkaleon said.

"Llill's sorceresses have a custom. Each of their temples is a copy of the Main Temple. There's a beautiful temple carved from white marble on the square in the middle of the Llill city. This is a copy of the Main Temple. The Main Temple itself is built inside the rock and there are legends about it. They say you can get from this Temple to *any place in Daeya*. The priests, however, argue that there is no temple in the rock. But it can be argued that there are no sorceresses in Llill as well." Elfid snorted a little laugh at his own joke.

"There's an entrance to the depository in the Temple. It contains runes from around the world. The problem is that only Llill's sorceresses of the silver arrow or silver stage, which is the same, can get there. The single exception is the initiation of young sorceresses. That takes place in the Main Temple."

"When does the initiation take place?" asked Davkaleon.

"During Lughnasadh night, of course."

"But this is the day after tomorrow!" exclaimed Davkaleon. "How can we get inside this rock?"

"I'll tell you, but you won't be happy. You will just have one more problem."

"What is the new problem?"

Объяснение не помогло, Чапа все равно не понял.

- Кто такие ведьмы?

- Те, кто имеет доступ к волшебным знаниям – терпеливо объяснил Давкалеон.

- Что такое волшебный? – Опять спросил Чапа.

Давкалеон развел руками и беспомощно взглянул на Эльфида.

Эльфид улыбнулся.

- Волшебники и колдуньи это те, кто имеет доступ к знаниям, недоступным для большинства – объяснил он.

- Так это хранители! – Обрадовался Чапа. - Те, кто работают в *Хранилищах Знаний*. Среди хранителей встречаются женщины. Так что в Адолисе есть колдуньи и ведьмы.

- Тогда вам нужны руны из Главного Храма. Вопрос в том, как туда попасть.

- Расскажи об этом храме – попросил Давкалеон.

- У ллилльских колдуний принято, чтобы каждый из их храмов был копией Главного Храма. На площади посреди города Ллилля высечен красивый храм из белого мрамора. Это копия Главного Храма. Сам Главный Храм построен внутри скалы, и о нем ходят легенды. Говорят, из него можно попасть *в любое место в Дэе*. Жрецы, правда, утверждают, что храма в скале нет. Но так можно утверждать, что и самих колдуний Ллилля нет. Эльфид рассмеялся собственной шутке.

В храме есть вход в хранилище. В нем собраны руны со всего света. Проблема в том, что попасть в храм могут только колдуньи Ллилля серебряной стрелы или серебряной ступени, что одно и то же. Исключение – инициация молодых учениц колдуний. Она проходит в Главном Храме.

- Когда инициация должна проходить? – поинтересовался Давкалеон.

- В ночь Лугнасада, конечно.

- Но это же послезавтра! – Обрадовался Давкалеон - Как попасть внутрь этой скалы?

- Это я тебе расскажу, но тебя это не порадует. Ты получишь вместо одной проблемы другую.

- Что это за проблема?

"Come to the dungeon," Elfid said.

The three went down the spiral staircase into a deep dungeon of Dallilla's tower. Elfid put his hand to the wall, which opened a passage. They went inside and the passage closed.

"No one can hear us here. The Main Temple of the Llill's witches is accessible to the magicians of *Twierks*," explained Elfid. "Think about what you're getting involved in. You are strong! You have a chance to cross the Death Valley if you fight only Daeya's monsters. If you don't show Chapa to anyone, you may get him to the Adoleeseet's caves."

"But if I don't show Chapa and demonstrate his ability to transform, Kvinsit has zero chances to win the court proceeding. I don't want to sacrifice Kvinsit," said Davkaleon.

"Then in addition to the Death Valley, you'll get a war with Twierks magicians because you intend to trespass into the depository and steal a document that doesn't belong to you."

"Elfid, I'm not going to take anything from the magicians' depository. Until today, I didn't even know about its existence. All I want to do is give Chapa the opportunity to study the information in the runes."

"How will you manage that? The entrance to the rock is hidden from outsiders. The temple inside the rock is not available to the uninitiated. The entrance to the magicians' depository is protected. No bug will fly unnoticed! Do you think you'll have time to enter the depository, look for what you want, give Chapa time to study it and then stroll out?

"I want to help both Chapa and Kvinsit." Davkaleon's expression was firm.

"If you're going to be stubborn, you'll break your neck long before you become commander in chief of the Daeya's army."

"I have a strong neck," smiled Davkaleon. "Better tell me what else you know about Twierks magicians and their depository."

"Not even magicians' apprentices know much about them.

- Пойдемте в подземелье – предложил Эльфид.

Они спустились по винтовой лестнице в глубокое подземелье

башни Даллиллы. Эльфид приложил ладонь к стене, в ней открылся проход. Они вошли внутрь, и проход закрылся.

- Здесь нас никто не услышит. Главный Храм колдуний Ллилля доступен магам Твиркса. – Объяснил Эльфид - Подумай, во что ты собираешься ввязываться. Ты - сильный, у тебя есть шанс пересечь Долину Смерти при условии, что воевать тебе придется только с монстрами Дэи. Если ты никому не будешь показывать Чапу, у тебя, возможно, получится доставить его к пещерам адолиситов.

- Если я не покажу Чапу и не продемонстрирую его способности к превращениям, то шансы Квинсита выиграть суд, равны нулю. Я не хочу жертвовать Квинситом – ответил Давкалеон.

- Тогда в довершении к Долине Смерти, ты получишь войну с магами Твиркса, из хранилища которых ты намереваешься утащить документ, который тебе не принадлежит.

- Эльфид, я не намерен ничего забирать из хранилища магов. До сегодняшнего дня я даже не подозревал о его существовании. Все, что я хочу сделать, это дать Чапе возможность почитать инструкцию в рунах.

- Как ты себе это представляешь? Вход в скалу скрыт от посторонних. Храм внутри скалы не доступен для непосвященных. Вход в хранилище магов охраняется так, что ни одна букашка не пролетит незамеченной. Ты думаешь, у тебя будет время войти в хранилище, поискать то, что требуется, дать Чапе время выучить инструкцию, а потом неспешно удалиться?

- Я хочу помочь и Чапе, и Квинситу – твердо ответил Давкалеон.

- Если ты будешь таким упрямым, ты сломаешь себе шею задолго до того, как станешь главнокомандующим дэйской армии.

- У меня шея крепкая – улыбнулся Давкалеон – Лучше расскажи, что ты еще знаешь о магах Твиркса и их хранилище.

- Об этом даже их ученикам известно очень мало.

The students of Llill's witches are not the only ones being initiated in the temple during Lughnasadh night. Apprentices of Twierks magicians are initiated, too. You won't likely see the initiation itself, but you don't need to. To enter the rock, you'll need a cape made of Adolees dragon's skin."

"I have it. I bought it last year."

"You mean the one that you bragged about to everyone?"

"I wasn't bragging," objected Davkaleon.

"So sorry. You mean the one that you bought from a dealer of magic nonsense and were showing off? It won't do. You need a cape of Adolees fighting dragon's skin. All magician students will be wearing these capes."

Elfid shook his head before continuing.

"You'll go to the depository instead of the initiation. However, I can't imagine how you'll survive there. Every thought is captured in the depository. Even if you force yourself not to think, then your physical efforts will be seen. I'll try to find a clue in the runes how you can survive in the magicians' depository. So far, I don't know if that's even possible."

"My father will give you the most powerful transmitter of thoughts that exists in Adolees, if you help me return home," promised Chapa.

"Adolees's transmitter of thoughts?" Elfid was surprised.

"How is he going to do it? Can you buy such transmitter in Adolees?"

"My father works at a place where they are made," explained Chapa.

"That is a terrific bribe," smiled Elfid. "If you survive, I won't refuse it."

"Who are the Twierks magicians?" asked Chapa.

"No one knows for sure. It's forbidden to talk and think about them in Daeya, under a threat of death penalty. Priests say that the word *Twierks* is the password for entering the black world of the black magicians," explained Elfid. "When we come out of the dungeon, never utter the word *Twierks*."

В ночь Лугнасада не только ученицы колдуний Ллилля проходят инициацию в храме. Ученики магов Твиркса проходят её тоже. На саму инициацию ты вряд ли попадешь, да тебе это и не надо. Чтобы войти, в тебе нужен плащ из кожи адолиситского дракона.

- У меня есть. Я в прошлом году купил.

- Ты имеешь в виду тот, которым ты хвастался перед всеми?

- Я не хвастался – возмутился Давкалеон.

- Неважно. Тот, который ты купил у торговца волшебной ерундой, и всем показывал? Он не годится. Тебе нужен плащ из кожи боевого адолиситского дракона. В этих плащах будут все ученики магов.

Эльфид кивнул головой и продолжил.

- Вместо инициации ты отправишься в хранилище. Правда, как ты в нем выживешь, я не представляю. В хранилище улавливается любая мысль. Если ты заставишь себя не думать, то твои усилия будут тоже замечены. Я постараюсь найти в рунах подсказку, как можно выжить в хранилище магов. Пока что я не знаю, возможно ли это.

- Мой отец подарит тебе самый мощный кодировщик мыслей, который существует в Адолисе, если ты поможешь мне вернуться домой – пообещал Чапа.

- Адолиситский кодировщик мыслей? – удивился Эльфид – Как он это сделает? Разве в Адолисе можно свободно купить такой кодировщик?

- Мой отец работает там, где их изготавливают – объяснил Чапа.

- Это шикарная взятка. – Улыбнулся Эльфид – Если ты выживешь, то я от нее не откажусь.

- Кто такие маги Твиркса? – спросил Чапа.

- Этого никто наверняка не знает. В Дэе под страхом смертной казни запрещено о них говорить и думать. Жрецы утверждают, что слово *Твиркс* служит паролем для входа в черный мир черных колдунов – объяснил Эльфид - Когда мы выйдем из подземелья, никогда не произноси слово *Твирк*.

Chapter 10. Elfid's Gift

The next day, Elfid asked, "On which dragon will you fly to Llill?"

"On Aleurh, of course," replied Davkaleon, surprised by the question.

"Aleurh is devoted to you. But he isn't a mature dragon yet. He will not withstand a battle with a real fighting dragon."

"He will," Davkaleon replied, his face full of confidence. "I trained him."

"Davkaleon! You yourself are not an expert."

"I am! I haven't missed even one of Kvinsit's training sessions!"

"Then you'll need the nail of a mature fighting dragon. Ask Aleurh to negotiate with his mother, and cut some from her. Moreover, you will also need the tooth of a mature fighting Adolees's dragon Adolgon. Here it is."

Elfid handed over a tooth, nearly eight inches long.

"I prepared everything needed for your trip. All the disciples of the Magicians appear in the Temple wearing masks like this one." Elfid held out a black mask adorned with silver symbols.

"You will need to suit up before entering the temple. This cloak is made of the skin of a fighting Adolgon. I borrowed it from my mother." Elfid passed the package to Davkaleon. "Be careful with it! It is enormously expensive." Next, Elfid handed Davkaleon a dagger. "This is made of adamant. Adamant daggers are made only in Twierks. Its price is not just enormous, it's....it's...fabulous! The dagger belongs to my grandfather, and you will give it back to me after you return. Keep in mind that an adamant weapon is the only weapon you can bring with you to the main temple of Llill's sorceresses. Metal weapons won't be allowed to pass into the temple."

Davkaleon nodded and Elfid continued his instructions.

"This little cauldron is a real cauldron used by Llill's sorceresses. And this set of two adamant flasks is my gift to you. It's not just an adamant flask—it's a flask for storing the potion of the Twierks magicians. Try to open it." Elfid passed the set.

Глава 10. Подарок Эльфида

- На каком драконе ты будешь лететь в Ллилль? – спросил Эльфид на следующий день.

- На Алеурхе, конечно – ответил Давкалеон, удивляясь вопросу.

- Алеурх тебе предан. Но он еще не взрослый дракон. Боя с настоящим боевым драконом он не выдержит.

- Выдержит – уверенно ответил Давкалеон – я его тренировал.

- Давкалеон, ты ведь сам еще не все умеешь.

- Умею! – Уверенно ответил Давкалеон - Я не пропустил ни одной тренировки Квинсита.

- Тогда тебе понадобится коготь взрослого боевого дракона. Попроси Алеурха, чтобы он договорился со своей матерью, и срежь немного у нее. Кроме того тебе нужен будет зуб взрослого боевого адолиситского дракона адолкона. Вот он.

Эльфид вручил зуб размером около 20 сантиметров.

- Я подготовил всё необходимое для твоей поездки. Все ученики магов появляются в храме в таких масках – Эльфид протянул черную маску, украшенную серебряными символами.

- Тебе надо будет её надеть перед тем, как войти в храм. Этот плащ из кожи боевого адолкона. Я одолжил его у своей матери – сказал Эльфид, передавая сверток Давкалеону - Будь с ним осторожен, его цена огромна. Этот кинжал из адаманта. Изготавливают такие кинжалы только в Твирксе. Цена его не просто огромна. Она баснословна. Этот кинжал принадлежит моему деду, и ты мне его вернешь после твоего возвращения. Имей в виду, адамантовое оружие это единственное оружие, которое ты сможешь пронести с собой в Главный Храм ллилльских колдуний. Металлическое оружие храм не пропустит.

Давкалеон кивнул и Эльфид продолжил свои наставления - Этот небольшой котелок – настоящий котел ллилльских колдуний. А эти два адамантовых флакона – мой тебе подарок. Это не просто адамантовые флаконы, это флаконы для хранения зелья магов. Попробуй открыть – предложил Эльфид, передавая флаконы.

Davkaleon tried to pull out flask's adamant cork, but the cork wouldn't budge. He needed to use more force, but that might break the flask.

"Don't be afraid. You won't break it," smiled Elfid.

Davkaleon squeezed the flask and pulled with all of his strength. The cork remained fixed.

Elfid pointed to some artwork on the flask. "This image represents a battle between Daeya's and Adolees's dragons. Push the wings of both dragons at the same time and after that try to open it."

Davkaleon did as Elfid suggested, and opened the flask easily.

"In this flask you can store the potion of wizards, which you will prepare yourself. In addition to all I gave to you, you will need a sulfur flint, a few dry stems and the root of a grown mandrake. Usually, the blood of Twierks' wizards flows in the veins of wizard's apprentices. They prick themselves with a dagger and spill few drops of their blood in front of the Temple. The Temple accepts them and opens the doors in front of them. There's not even a little drop of wizard's blood in your veins, so you'll have to prepare a substitute. You will store it in this flask. You have to prepare this potion in advance."

Elfid continued, "It's not worth trying to prepare the potion here at the estate. During preparation, a strong specific smell stands out, which surely will attract attention. There are a lot of caves near Llill. Stay in one of them and do everything there. Here is detailed recipe." Elfid passed the scroll to Davkaleon.

After quickly checking what was written, Davkaleon nodded his head and said, "Elfid, last year you and your mother took me to the Lughnasadh feast in Llill. At Lughnasadh night, neither you, nor Dallilla, nor your relatives, whose house we stayed in, were there. Did you go through initiation that night?"

Elfid frowned. "Davkaleon, it's prohibited to talk about this."

"I got it. I'm silent. I won't pester you with questions anymore."

"Your silence is even worse. You will think for the rest of your life that I became a wizard of Twierks. *I'm not any such thing.* I didn't go through initiation. Now, let's not talk about that anymore."

Давкалеон попробовал вытащить из флакона адамантовую пробку, но та не поддалась. Следовало приложить больше сил, но он опасался поломать флакон,

- Не бойся, не поломаешь – улыбнулся Эльфид.

Давкалеон сжал флакон и потянул пробку изо всех сил. Она все равно не поддалась.

- На флаконе изображена битва дэйского и адолиситского драконов. Нажми одновременно на крылья обоих драконов и попробуй открыть флакон после этого – предложил Эльфид.

Давкалеон сделал, как предлагал Эльфид, и легко открыл флакон.

- В этом флаконе ты сможешь хранить зелье магов, которое приготовишь. Кроме всего того, что я тебе дал, тебе понадобится серное огниво, несколько сухих стеблей и корень взрослой мандрагоры. Обычно в жилах учеников магов течет кровь магов Твиркса. Они делают себе укол кинжалом и проливают перед храмом несколько капель крови. Храм их признает, и перед ними открываются двери. В твоих жилах нет ни малейшей примеси крови магов, так что тебе придется изготовить зелье. Хранить его ты будешь в этом флаконе. Сделать его надо будет заранее.

Не стоит пробовать изготовить зелье здесь в поместье. Во время приготовления стоит сильный специфический запах, который наверняка привлечет внимание. Возле Ллилля есть множество пещер. Остановись в одной из них и сделай все там. Вот подробный рецепт – Эльфид протянул листок Давкалеону.

Пробежав глазами написанное, Давкалеон с изумлением покачал головой и спросил: "Эльфид, в прошлом году вы с матерью брали меня на праздник Лугнасада в Ллилль. В ночь Лугнасада ни тебя с Даллиллой, ни ваших родственников, в чьем доме мы останавливались, не было. Ты тогда прошел инициацию?

- Давкалеон, об этом запрещено говорить – нахмурился Эльфид.

- Понял. Замолкаю. Больше я к тебе не пристаю.

- Так еще хуже. Ты будешь пребывать всю свою жизнь в полной уверенности, что я стал магом Твиркса, *а я им не стал*. Я не прошел инициацию. И давай больше об этом не говорить.

"Elfid, how is it possible that you didn't—"

"Davkaleon, enough about me! This conversation has to end! Let's go back to you and Chapa."

Elfid took a deep breath before continuing.

"As you understood from the recipe, this potion must be prepared exclusively for you. The wizard's potion is always prepared for someone specific. Keep in mind that the potion will be prepared in such way that the Temple will accept you and Chapa as one person. In this case, the Temple's alarm won't go on when you both enter. Is this clear?"

Davkaleon nodded and Elfid continued "If anyone under *any* pretext asks you to share wizard's potion with him, *don't do it.* Don't you dare. Compassion is your weak point. If anyone wants something from you, he will play on that weakness."

Davkaleon was going to argue, but changed his mind.

"As soon as you come to the rock, put on the cloak made from the skin of a fighting dragon. You will see a passageway in the rock that was invisible before. Going through it, you will see the temple, but it will have no windows and no doors. Go around the temple three times, counter-clockwise. Come close to the temple and prick yourself. At the moment when your blood spills, spill few drops from the flask. The temple will accept you as an apprentice of the Twierks wizards and will open the doors for you."

Elfid pointed to the flask. "When you add the content of the flask, try to do so in such a way that nobody sees. Usually, the blood of wizards flows in the veins of the apprentices of Twierks. They don't need to add the potion of wizards to their blood, and they look down with disdain at those who need to do that. I know you very well. If anybody says anything you don't like, a fight will start immediately. I believe you would win such an encounter. I even believe that you could break the offender's neck. But you would have to forget about the depository."

"Okay, okay," muttered Davkaleon. "I will."

Elfid nodded and continued.

"When you enter the Temple, you will see the apprentices of wizards, who came for the initiation. They have their own traditions and you have to be careful not to violate them. Getting inside the Main Temple of the Llill's sorceresses doesn't mean that
you'll be automatically accepted for initiation.

- Эльфид, как может быть, что бы ты не ....

- Давкалеон, обо мне все. Давай вернемся к тебе и Чапе - оборвал его Эльфид - Как ты понял из рецепта, это зелье будет приготовлено исключительно для тебя. Зелье магов всегда готовится конкретно под кого—то. Имей в виду, зелье будет сделано так, чтобы Храм принял вас с Чапой за одного. Таким образом, Храм не поднимет тревогу, когда вы вдвоем будете входить внутрь. Это понятно?

Давкалеон кивнул и Эльфид продолжал: "Если кто-нибудь под любым предлогом будет просить тебя поделиться с зельем мага, ни в коем случае не вздумай это делать. Жалость – твое слабое место. Если кто—то захочет на этом сыграть, он получит от тебя все, что угодно."

Давкалеон собрался было спорить, но потом передумал.

- Как только ты подойдешь к скале, надень плащ из кожи боевого адолкона. Ты увидишь проход в скале, который до этого был незаметен. Пройдя по нему, ты окажешься внутри скалы. Ты увидишь храм, но ни окон, ни дверей в нем не будет. Обойди храм трижды против хода часов. Подойди вплотную к храму и уколи себя. В тот момент, когда твоя кровь прольется, капни несколько капель из флакона. Храм примет тебя за ученика магов Твиркса, и перед тобой откроются двери.

Эльфид указал на флакон: "Когда будешь добавлять содержимое флакона, старайся делать это незаметно. Обычно учениками магов Твиркса становятся те, в чьих жилах течет кровь магов. Им не требуется добавлять напиток магов к своей крови, и они свысока смотрят на тех, кому приходится это делать. Я тебя знаю хорошо. Если кто—то скажет, что-то, что тебе не понравится, драка обеспечена тут же. Я верю, что ты выиграешь, я даже верю, что ты свернешь обидчику шею, но про хранилище тебе придется забыть.

- Ладно, ладно – проговорил Давкалеон – я сделаю это незаметно.

Эльфид кивнул и продолжил свои наставления.

- Когда ты войдешь в храм, ты увидишь учеников магов, прибывших для инициации. У них есть свои традиции, и тебе надо быть осторожным, чтобы не нарушить их. Вход в Главный Храм колдуний Ллилля вовсе не означает, то ты автоматически будешь допущен к инициации.

It's easiest for those who already study in the schools of the wizards of Twierks.

The name of the school works for them and the refusal to initiation is considered as a personal insult of the school. Unfortunately, you won't be able to use a school's name. Schools usually send few students to the initiation rite and, if you call yourself one of them, you will be discovered immediately."

"You told me I don't need the initiation," Davkaleon reminded him.

"Not only is the initiation not needed, if you went through the ceremony, it would *kill* you. But under no circumstances can you be refused for the initiation, as you'd be immediately thrown out of the temple and not be allowed to re-enter. Therefore, your task is to get permission for initiation, enter the hall with everyone else, and get into the depository from there. Your deception will be revealed at the moment when your name is called to pass the rite and you aren't in the hall. But before this unpleasant moment comes, you have to get into the hall."

"What do I need for that?" asked Davkaleon.

"Since you can't present yourself as a student of the magician's school, you have two options. First, call out for an imaginary teacher by the first name that comes to your mind. If you happen to call the name of an existing Twierks magician, you won't be able to avoid the trouble. Even if the magician is not present in the Temple, he will find out about it immediately, and such insolence will cost you your life. If you call a name that nobody knows, they will treat you as a third-rate impostor."

Davkaleon frowned.

"You'll be asked one or more questions, which you won't be able to answer, of course, because you have never studied magic, and you'll be thrown out of the Temple. To have at least some chance, you can refuse to name your teacher. The fact is, Twierks magicians don't like their names to be mentioned. Powerful magicians always know when they are called by name, and they don't wish to be disturbed without reason. They often treat the magician schools with contempt, believing that they prepare artisans, not magicians.

Проще всего тем, кто уже учится в школах магов Твиркса. Имя школы работает на них, и школа воспринимает отказ в инициации, как личное оскорбление. К сожалению, ты не сможешь пойти этим путем. Школы обычно посылают несколько учеников на обряд инициации, и, если ты назовешься одним из них, ты будешь мгновенно разоблачен.

- Ты говорил, что мне инициация не нужна – напомнил Давкалеон.

- Сама инициация тебе не только не нужна, тебе ее нельзя проходить, она тебя *убьёт*. Но тебе ни в коем случае нельзя получить отказ в инициации, потому, что, в этом случае, ты будешь немедленно вышвырнут из храма, и зайти вновь тебе не позволят. Поэтому твоя задача – получить разрешение на инициацию, войти вместе со всеми в зал, а оттуда попасть в хранилище. Твой обман будет раскрыт в тот момент, когда назовут твое имя для прохождения обряда, а тебя в зале не окажется. Но прежде, чем этот неприятный момент наступит, тебе надо попасть в зал.

- Что мне для этого надо? – Спросил Давкалеон.

- Поскольку, представиться учеником школы магов, ты не сможешь, у тебя будет два пути. Первый – назвать мнимого учителя первым пришедшим на ум именем. Если ты случайно назовешь имя существующего мага Твиркса, то тебе не сдобровать. Даже если маг не будет присутствовать в храме, он узнает об этом мгновенно, и подобная наглость будет стоить тебе жизни. Если ты назовешь никому не известное имя, то к тебе отношение будет, как к третьесортному самозванцу.

Давкалеон нахмурился.

- Тебе зададут один или несколько вопросов, на которые ты, естественно, не сможешь ответить, потому что никогда магии не обучался, и вышвырнут из храма. Единственный путь, который даст тебе хоть какой-то шанс, это отказ назвать имя своего учителя. Дело в том, что маги Твиркса не любят, чтобы упоминали их имена. Сильные маги всегда знают, когда их называют по имени, и не желают, чтобы их беспокоили по пустякам. К школам магов они часто относятся с презрением, считая, что там готовят ни магов, а ремесленников.

They don't accept a large number of apprentices. They don't waste their precious time on ignorant ones. But sometimes, they accept the apprentice if they see great talent or if they are really obligated to someone for something. Such an apprentice inevitably learns his teacher's demeanor after spending a few years with him. But you have an advantage here." Elfid paused and smirked. "If they don't know that you're the kindest Daeyat in the whole Daeya, then your unlimited conceit and arrogance will greatly benefit you. Be yourself, and you will match exactly the profile of a talented, impudent person who learns from another talented impudent one. Your quirks will appeal to a Twierks magician."

Elfid waited for a reaction, but Davkaleon sat silent.

"If asked whose student you are, you may have to answer something," Elfid said. "Say, *my teacher prohibits calling his name*. Or even better, *my teacher is furious when someone dares to disturb him, calling his name*. Prepare three to four similar answers, because you can be asked by different students and their mentors. The most important thing is that you will get a similar question during the official presentation. Speaking about yourself, you'll need to tell your name and your teacher's name. You shouldn't call yourself Davkaleon. Tell them that your teacher calls you by a certain name. Come up with something you like. If you play your role well, then you are unlikely to be asked simple questions like, *what is the difference between vartereza of agnezita and agnezita of vartereza*, and such."

"Simple?" Davkaleon was suddenly indignant. "I've never heard anything about either *vartereza* or *agnezita*, not in my life".

"You don't have the time to learn," replied Elfid. "Your chance lies in provoking the most difficult tasks. For Llill's witches and Twierks's magicians, the most difficult task for beginners who haven't even gone through initiation yet is to communicate mentally with different people on different topics at the same time. Chapa will be with you. *Nobody in the temple will know this.*

Большого количества учеников они не берут. Вот еще, будут они тратить свое бесценное время на всяких недоучек. Но иногда они делают исключение. Если уж кто-то талантливый пришелся им по душе или, если они кому-то в чем-то сильно обязаны, они могут взять ученика. Этот ученик, проведя несколько лет со своим учителем, неминуемо усвоит его манеру поведения. Здесь у тебя полный порядок. Эльфид усмехнулся: "Если не знать, что ты самый добрый дэец во всей Дэе, то в остальном твое безграничное самомнение и гонор будут играть тебе на руку. Будь самим собой, и ты в точности будешь соответствовать портрету талантливого нахала, который обучается у другого талантливого нахала, то бишь у мага Твиркса. Твой апломб придётся по душе Твиркским магам".

Эльфид взглянул на Давкалеона, но тот промолчал.

- На вопрос, чьим учеником ты являешься, ты можешь ответить что-нибудь в таком стиле – *мой учитель запрещает называть его имя. А еще лучше - мой учитель приходит в ярость, когда кто-то осмеливается беспокоить его, называя по имени.* Подготовь три-четыре подобных ответа, потому что тебя могут спрашивать разные ученики и их наставники. Самое главное, ты получишь подобный вопрос во время официальной церемонии. Рассказывая о себе, тебе надо будет назвать своё имя и имя своего учителя. Давкалеоном тебе называться не стоит. Скажи, что твой учитель называет тебя – придумай, что тебе нравится. Если ты сыграешь свою роль хорошо, то тебя вряд ли будут спрашивать простенькие вопросы вроде, *чем отличается вартереза агнезиты от агнезиты вартерезы* или другие подобные.

- Простенькие? – Удивился Давкалеон – Да я никогда в жизни не слышал ни про *вартерезу*, ни про *агнезиту*, ни про них обоих.

- Учить это у тебя времени нет – ответил Эльфид – твой шанс в том, чтобы спровоцировать самые сложные задания. В понимании колдуний Ллилля и магов Твиркса самые сложные задания для, еще непрошедших инициацию, начинающих учеников, заключаются в том, чтобы одновременно общаться мысленно с разными людьми на разные темы. С тобою вместе будет Чапа. *В храме об этом никому не будет известно.*

Take advantage of it! Put Chapa under your cloak so that he can't be seen. Telepathic abilities of Adoleeseets significantly exceed the abilities of Daeyats."

"Not mine, I'm still a little kid," squeaked Chapa.

- Только не у меня, я же еще маленький – запищал Чапа.

"Do you want to get home?" asked Elfid. "Then pretend that you are big, forget that you are afraid of everything and answer questions as arrogantly as Davkaleon does. And maybe in a week or two, you will be eating delicious pies under your mom's wing."

"I love pies," Chapa said dreamily.

"Then imagine a big tasty pie that lies on a plate in front of you during the questions," advised Elfid.

"Take two to three people upon yourself," Elfid continued, addressing Davkaleon, "and mentally answer them something different at the same time. Prepare in advance a couple dozen phrases like, *you couldn't come up with anything more difficult?* Let Chapa do the same. You will have several communication channels for the two of you. For a young teen apprentice, this is quite bearable. Let Chapa answer someone in the way of little Adoleeseet, and someone else in the way of Adolees's dragon Adolgon. Daeyat, Adoleeseet and Adolgon, supporting different communication channels at the same time. This is a high-level feat. If you're lucky, you'll have a chance to get to the initiation."

"How do I find the depository?" asked Davkaleon.

"If you find yourself in the *Hall of Initiation*, you'll be able to get to the depository from any place. If possible, hover near the closest column to the lodge. It's even better if you can touch the column. Then you don't have to strain so hard and no one in the hall will intercept your attempt to enter. Is all that clear?"

Davkaleon nodded as if no problem was possible.

"According to the runes, the depository accommodates many different depositories. The one in which you will appear depends on who you are. If you give the order, you'll find yourself in one place. If Chapa gives the order, you'll end up in another. Chapa needs to get to the depository that contains information about Adoleeseets. Consequently, the order must be given by him. Ordinary Adoleeseet and an Adoleeseet with the ability to turn into a dragon will arrive in different depositories.

Воспользуйся этим. Помести Чапу к себе под плащ, чтобы его не видели. Способности адолиситов к телепатии значительно превышают способности дэйцев.

- Домой хочешь? – Спросил Эльфид – Тогда притворись большим, забудь, что ты всего боишься, отвечай нахально, как это делает Давкалеон. И, может быть, через недельку – другую будешь кушать вкусные пирожки под крылышком у мамочки.

- Я люблю пирожки – мечтательно произнес Чапа.

- Тогда во время вопросов представляй себе большой вкусный пирог на тарелке – посоветовал Эльфид.

- Возьми на себя двух-трех человек – продолжал Эльфид, обращаясь к Давкалеону – и мысленно отвечай им одновременно что-то разное. Заготовь заранее пару десятков фраз типа *Вы не могли ничего сложнее придумать*? Пусть то же самое сделает Чапа. На двоих у вас будет несколько каналов связи. Для непрошедшего инициацию ученика это вполне сносно. Пусть Чапа кому – то отвечает в образе адолисенка, а кому-то в образе адолиситского дракона адолкона. Дэец, адолисит и адолкон, поддерживающие одновременно разные каналы разговоров – это уже высокий уровень. В таком варианте у тебя будет шанс попасть на инициацию.

- Как я найду хранилище? – Спросил Давкалеон.

- Если ты окажешься в зале для инициации ты сможешь попасть в хранилище с любого места. Если будет возможность, то лучше делать это возле ближайшей к ложе колонны. Еще лучше, если можно будет дотронуться до колонны. Тогда не надо сильно напрягаться, и никто в зале не перехватит попыток войти в хранилище. Это понятно?

Давкалеон кивнул, как будто все было ясно и просто.

- Согласно рунам, хранилище вмещает много разных хранилищ. То, в какое именно хранилище ты попадешь, зависит от того, кем ты являешься. Если команду будешь давать ты, вы попадете в одно место. Если команду отдаст Чапа, вы попадете в другое место. Чапе надо в то хранилище, которое содержит информацию об адолиситах. Следовательно, команду должен отдавать он. Обычный адолисит и адолисит, способный превращаться в дракона, попадут в разные хранилища.

Let Chapa turn into Adolgon and pronounce inwardly the name of this symbol in dragon's language."

"The DRAGON's symbol? This is the secret symbol of Adolees!" Chapa said, amazed. "How did you know it?"

"I didn't know it. Or rather, I didn't know it until now. I read about it in runes. What does it mean?"

"I'll die immediately if I say what it means," Chapa trembled.

"Then don't say it," advised Elfid.

"Wait, Chapa," Davkaleon interrupted. "Does any little Adoleeseet in Adolees know a secret symbol from birth? What kind of secret is this, then?"

"No, no, of course not. But I told you the story of my official name. Before taking me to the guild of fire-breathing Dragons, my parents prepared me for all sorts of questions. They prepared me for the secret questions, too, though that's not allowed. I answered all the theoretical ones perfectly. No one complained. But the guild didn't like my small stature and my weak ability to transform."

"Alright, let's continue," Elfid said, yawning.

"After Chapa mentally speaks the symbol's name, you will instantly find yourself in a depository. When you would like to leave, Chapa must imagine the hidden meaning of the secret symbol. Runes do not have any explanation as to what this may be."

Elfid turned to Chapa. "Do you know what it is?"

"Yes," Chapa nodded.

"Good. I must explain to you about the time in depository. You see, time runs its own way there. Runes do not have any explanations. You can spend one hour in the depository. Returning, you may discover that only one minute or one second has passed in the Hall of Initiation. I do not know what factors influence that time's variance. If Chapa goes to the depository alone, it is possible that he will face no problems or difficulties. An Adolgon, in the Adolgon's depository, finds himself in perfectly acceptable position. Entrance to the depository itself is the only thing that could bring some suspicion, because Adoleeseets should not be in Daeya. However, the runes affirm that an Adoleeseet can enter his depository from anywhere.

Пусть Чапа превратится в адолкона и произнесет про себя название вот этого символа на драконьем языке.

- Символ ДРАКОНа? Это секретный символ Адолиса! – Изумился Чапа – откуда он тебе известен?

- Он мне не известен. Точнее, он не был мне известен до сих пор. Я прочел о нем в рунах. Что он означает?

- Я умру на месте, если скажу, что он означает – испуганно ответил Чапа.

- Тогда не говори – согласился Эльфид.

- Подожди, Чапа – вмешался Давкалеон – у вас в Адолисе, что, любой адолисенок с самого рождения знаком с секретным символом? Что же это за секрет в таком случае?

- Нет, что ты, конечно нет. Но я рассказывал тебе историю с моим официальным именем. Перед тем, как взять меня в гильдию Огнедышащих Драконов, родители готовили меня к всевозможным вопросам. Хотя это и не разрешается, но они готовили меня и к секретным вопросам. По теории я ответил хорошо. Никто не жаловался. Гильдии вне понравился мой маленький рост и мои слабые способности к превращениям.

- Хорошо, давайте продолжим – предложил Эльфид.

- После того, как Чапа мысленно произнесет название символа, вы мгновенно окажитесь в хранилище. Когда вы захотите выйти, Чапа должен представить тайное значение секретного символа. В рунах нет объяснений того, что это такое. Ты знаешь, что это? – спросил Эльфид у Чапы.

- Да – кивнул Чапа.

- Хорошо. Я должен рассказать вам о времени в хранилище. Дело в том, что время в нем течет по-своему. Руны не объясняют, как это происходит. Ты можешь провести в хранилище один час, а в Зале Инициаций пройдет одна минута или одна секунда. Будет ли это больше или меньше, и от чего это зависит, я не знаю. Если Чапа будет в хранилище один, у него, возможно, не будет неприятностей. Адолкон, который попал в хранилище адолконов, выглядит вполне нормально. Единственное, что может вызвать подозрение – это место входа в хранилище, а именно Дэя, где адолиситов не должно быть. Но руны утверждают, что адолисит может войти в свое хранилище с любого места.

Whether the entrance to the place from Daeya will arouse suspicion, I do not know. Chapa has a chance of finding what is needed without any unwelcome guard encounters."

Chapa's eyes filled with fear. He had already opened his mouth to complain, but upon understanding that his complaints would compel Davkaleon to journey to the dangerous depository with him, he firmly pressed his lips together.

Elfid continued. "If you two go together, Davkaleon will be presumed a stranger by the depository. However, any depository which one can enter through the Llill's Temple treats visiting Twierks mages and their apprentices favorably. The blood of a Twierks mage must run through the veins of an apprentice, of course. The trick with potion in front of the temple is not enough. The blood of a mage can appear in three ways—if you are a descendant of a Twierks mage, if you passed an official initiation, or if you drink the potion of the mages. You do not appear to be a descendant of a mage. The initiation would mean certain death for you. This means that your only option is to *drink* the potion."

"Wait a minute," Davkaleon interrupted. "Why would the initiation be certain death for me?"

"Because during the initiation, a Twierks mage gives his apprentice a drop of his blood. If, at the time of this ceremony, none of the mages wishes to share his blood with you, you will be killed." Elfid explained.

"So, I must either send Chapa to the depository alone, or drink your potion," Davkaleon observed.

"You will have to drink the potion in any case. It will be brewed so that the Temple presumes the two of you to be one person. This is why the Temple will not raise an alarm when both of you enter it. If you separate, and Chapa enters the Temple alone, then the Temple will see the situation as though the apprentice of the mage disappeared. Instead of the apprentice, the Temple would find an unwelcome, uninvited Daeyat imposter."

"You are speaking of the Temple as though it is a living being."

"There are many legends concerning this Temple."

"How much of this cocktail must I drink?" asked Davkaleon.

Покажется ли хранилищу вход с Дэи подозрительным или нет, я не знаю. Шанс у Чапы найти то, что надо, и обойтись без хранителей есть.

Чапины глаза наполнились ужасом. Он уже открыл рот, чтобы пожаловаться. Но сообразив, что его жалобы вынудят Давкалеона отправиться с ним в опасное хранилище, он плотно сжал губы.

Эльфид продолжал: "Если вы пойдете вдвоем, то Давкалеон будет воспринят хранилищем, как чужой. Однако любое хранилище, в которое можно попасть из ллилльского храма, благосклонно относится к посещениям магов Твиркса и их учеников. Естественно, в крови ученика должна присутствует кровь магов Твиркса. Уловки с зельем перед храмом недостаточно. Кровь магов может появиться в трех случаях: если ты потомок мага Твиркса, если ты прошел официальную инициацию, и если ты принял зелье магов. Ты не являешься потомком мага. Прохождение инициации означает для тебя верную смерть. Значит, единственный путь для тебя – *выпить* зелье".

- Минутку – перебил Давкалеон – почему прохождение инициации означает для меня верную смерть?

- Потому что во время инициации маг Твиркса дает своему ученику капельку своей крови. Если во время обряда ни один из магов Твиркса не пожелает поделиться с тобой своей кровью, ты будешь убит – объяснил Эльфид.

- То есть либо я должен отправить в хранилище одного Чапу, либо выпить твое зелье – уточнил Давкалеон.

- Зелье ты должен будешь выпить в любом случае. Оно будет сделано так, чтобы Храм принял вас двоих за одного. Именно поэтому Храм не поднимет тревогу, когда вы вдвоем будете входить внутрь. Если вы разделитесь, и Чапа войдет в хранилище один, то с точки зрения Храма, ученик мага, которому был разрешен вход, куда-то исчез. Вместо него появился дэйский самозванец, которого никто не приглашал.

- Ты говоришь о храме, как о живом существе.

- Об этом храме ходит много легенд.

- Сколько я должен выпить этого коктейля? – спросил Давкалеон.

"The entire flask. If you drink it, you will feel very dizzy, and perhaps even lose consciousness. The runes say that one who does this may not survive."

"This is all very complicated. Maybe it would be better to drink it beforehand?" asked Davkaleon.

"*No.* The taken drink is effective only for a certain amount of time. Two hours are guaranteed. Thus, you must drink just before entry to the depository, regardless of whether Chapa goes in alone or with you. When the potion of the mage begins to weaken, you will, before anything else, feel dizzy once more. You may drink one more flask and get two more hours, but I don't recommend doing this. I will not advise what is safer for you—to go with Chapa or remain in the hall. What do you intend to do."

"We will see," answered Davkaleon. "Is there anything else."

"Once you fly to the Llill's rock, you will have the opportunity to give your dragon to the guards of the Temple to care for. If you choose to do this, do not forget to warn Aleurh to be on alert. You may have pursuers after you, and the guards may try not to release your dragon back to you."

- Весь флакон. Если ты выпьешь, ты почувствуешь сильнейшее головокружение, возможно даже потеряешь сознание. В рунах говорится, что тот, кто это сделает, может не выжить.

- Это всё очень сложно. Может лучше выпить заранее? – Спросил Давкалеон.

- *Нет*. Напиток действует в течение ограниченного времени.

Два часа тебе гарантировано. Поэтому ты должен выпить напиток непосредственно перед входом в хранилище независимо от того пойдет ли туда Чапа один или вместе с тобой. Когда действие напитка магов начнет ослабевать, ты опять почувствуешь головокружение. Ты можешь выпить ещё один флакон и получить дополнительные два часа, но я не советую тебе это делать. Я не берусь советовать, что для тебя безопаснее: идти с Чапой или остаться в зале. Что ты намерен делать?

- Посмотрим – лаконично ответил Давкалеон – Что еще?

- Когда подлетишь к скале Ллилля, у тебя будет возможность передать твоего дракона служителям храма, чтобы они о нем позаботились. Если ты будешь это делать, то не забудь предупредить Алеурха, чтобы он был начеку. За вами может быть погоня, и твоего дракона могут постараться не выпустить.

Chapter 11. Temple of Llill's witches

The next day, Aleurh, Davkaleon, and Chapa flew towards Llill. The journey was quiet. Nobody attacked, tried to eat or to roast them, so they enjoyed traveling as if they were not in Daeya. Within hours, they'd flown up to Llill. They could see mountains and caves below. Aleurh landed near some large boulders that hid the entrances to several caves. After scouting the caves, Davkaleon chose the one with branched corridors and several exits. He hid the weapon he had brought. Remembering Elfid's warning about a possible chase, Davkaleon spread his various surprises between boulders.

"You can rest," he told Chapa, entering the cave.

The little Adoleeseet stretched out on the floor of the cave as if it was the most natural thing in the world. Tired from the effort of being a bug, he changed back to his normal shape. Aleurh fluttered his wings, ready to fry the cheeky Adoleeseet who dared to disturb the proud Daeya's dragon with his presence.

"Calm down, Aleurh. This is my friend," Davkaleon murmured. Aleurh was taken aback. He looked with mistrust at Chapa then at Davkaleon and again at Chapa. The look in his eyes made it clear that the dragon doubted Davkaleon's wisdom.

"He is a future DRAGON of Adolees," Davkaleon explained.

Aleurh bounced up and prepared to exhale a barrage of fire on the future DRAGON. As Davkaleon continued his efforts to calm Aleurh down, he imagined a future friendship between the armies of Adolees and Daeya. Davkaleon continued to hug and pet Aleurh, and the dragon finally calmed himself. Aleurh shook his head and hummed something about Davkaleon needing to undergo a treatment from Llill witches. Aleurh did not yet agree with Davkaleon, but the little Adoleeseet seemed so little and harmless, that any anxiety passed away.

Davkaleon unfolded Elfid's recipe.

Глава 11. Храм колдуний Ллилля

На следующий день Алеурх с Давкалеоном и Чапой вылетел в направлении Ллилля. Путешествие проходило на редкость спокойно. Никто не нападал, не норовил съесть или изжарить. Лети себе спокойно, наслаждайся, как будто не в Дэе находишься. Через несколько часов они подлетали к Ллиллю. Внизу показались горы с множеством пещер. Алеурх приземлился возле больших валунов, скрывающих входы в несколько пещер. Заглянув в пещеры, Давкалеон выбрал ту, которая имела разветвляющиеся коридоры и несколько выходов. Принесенное оружие он спрятал. Помня предупреждение Эльфида о возможной погони, Давкалеон разложил между валунами заготовленные сюрпризы.

- Можешь отдохнуть – сказал он Чапе, входя в пещеру.

Адолисенок принял естественный вид и растянулся на полу. Он устал быть букашкой в течение нескольких часов. Алеурх забил крыльями и приготовился поджарить нахального адолисита, осмелившегося потревожить своим присутствием славного дэйского дракона.

- Успокойся, Алеурх. Это мой друг – вмешался Давкалеон.

Алеурх опешил. Он с недоверием переводил взгляд с Чапы на Давкалеона и опять на Чапу. В его взгляде явно читались сомнения в разумности Давкалеона.

- Это будущий ДРАКОН Адолиса –объяснил Давкалеон.

Алеурх отскочил назад и приготовился выдохнуть шквал огня на будущего ДРАКОНа. Давкалеон продолжал успокаивать Алеурха и заодно развивать мысли про будущую дружбу между армиями Адолиса и Дэи. Алеурх с сомнением качал головой и что-то курлыкал насчет того, что не мешало бы Давкалеону сходить полечится у ллилльских ведьм. Благо Ллилль совсем рядом. Давкалеон обнимал и гладил Алеурха, и тот, в конце концов, дал себя успокоить. Не то, что бы Алеурх согласился с Давкалеоном, но адолисенок казался таким маленьким и безобидным, что тревога прошла сама собой.

Давкалеон развернул рецепт Эльфида.

"Prick yourself with adamant dagger and let the blood flow into

the cauldron of Llill's sorceresses. You will need half a pint of blood. There are marks on the pot to make it easy."

The next step was not so easy.

"Prick your dragon with a dagger. It's your business how you convince him to cooperate, but you'll need a quarter of a pint of a Daeya's dragon's blood." The instructions were clear.

"Aleurh, my friend, where should I prick you? I need a drop of your blood."

Aleurh looked at Davkaleon with indignation and breathed a little fire onto the ceiling. Davkaleon smiled.

"My dear friend, I swear to gods, I can do nothing without it."

Aleurh shook his head and went into the cave.

"Have a heart[7]. Come here!"

Apparently, Aleurh and Davkaleon had different ideas about heart.

Aleurh hummed with indignation, then asked, "Where is dinner?"

"Dinner will certainly be here! As soon as I finish cooking this potion, we will fly to the best restaurant in Llill, and I will order a luxurious dinner for you. Whatever you wish," promised Davkaleon.

Sighing, Aleurh stretched out his wing to Davkaleon. A quarter of a pint of blood for an almost mature Daeya's dragon was nothing.

Having finished the first two ingredients, Davkaleon continued with the recipe. "Since Aleurh is not mature yet, add the claw of a mature dragon to the cauldron."

Davkaleon added the claw and shook sleeping Chapa. "I didn't want to wake you, but Elfid wrote that I couldn't do without a little bloodletting. I need a quarter of a pint of your blood for magician's potion."

"Is that a lot?" Chapa asked, worry showing on his face.

"Not really. Here, you can see the marks on the cauldron."

With his eyes shut, Chapa extended his hand.

"Now turn into a dragon. I need a quarter of a pint of Adolgon's blood as well."

- Уколоть себя адамантовым кинжалом и дать крови стечь в котелок ллилльских колдуний. Понадобится пол пинты крови. В котелке есть отметки, это очень удобно – прочел Давкалеон инструкцию Эльфида.

Следующий пункт был сложнее.

- Уколи кинжалом своего дракона. Как ты с ним будешь договариваться – твое дело, но тебе понадобится четверть пинты крови дэйского дракона – говорилось в инструкции.

- Алеурх, дружок, где у тебя самое безболезненное место? Мне надо капельку твоей крови – попросил Давкалеон.

Алеурх возмущенно глянул на Давкалеона и слегка выдохнул в потолок огнем. Давкалеон улыбнулся.

- Дружочек, клянусь богами, мне без этого не обойтись.

Алеурх отрицательно покачал головой и отошел вглубь пещеры.

- Имей совесть[7], иди сюда – уговаривал Давкалеон.

Видимо, представления о совести у Алеурха и Давкалеона были разные. Алеурх с возмущением прокурлыкал в ответ свои представления о совести. Они были кратки - Где обед?

- Обед обязательно будет! Как только я закончу готовить зелье, мы полетим в лучшее заведение Ллилля, и я закажу для тебя самый роскошный обед, какой ты пожелаешь – с готовностью пообещал Давкалеон.

Вздохнув, Алеурх протянул Давкалеону свое крыло. Четверть пинты крови для почти взрослого дракона Дэи, это почти ничего. Покончив с первыми двумя ингредиентами, Давкалеон продолжал читать рецепт Эльфида.

- Поскольку Алеурх еще не достиг зрелого возраста, добавь в котелок коготь взрослого дракона.

Давкалеон добавил коготь и растолкал спящего Чапу.

- Не хотел тебя будить, но Эльфид написал, что мне не обойтись без маленького кровопускания. Для зелья магов понадобится четверть пинты твоей крови.

- Это много? – с тревогой спросил Чапа.

- Не очень. Вон в котелке видны отметки.

Зажмурив глаза, Чапа протянул руку.

- Теперь превратись в дракона. Мне надо четверть пинты крови адолкона.

"But the two quarters together are a whole half of a pint!" Chapa moaned.

Davkaleon left Chapa's complaints unanswered. Then he returned to Elfid's recipe. "Add the tooth of a fighting dragon Adolgon. Mix everything with the adamant dagger in a cauldron of Llill's sorceresses. Grind the mandrake's root and place it in the adamant flask. The flask is sized to the amount you need for the potion exactly. Empty the flask's content into the cauldron. Use sulfur flint to burn up dry stems of mandrake and put the cauldron on them. Continuously stir the contents with the adamant dagger. As soon as the first bubble appears on the boiling potion, take the cauldron and pour half of the contents on the fire. Be careful. The fire will change color and the blue flame will flash high into the air. Drip a few drops of your blood on it, and the flame will go down. Again, put the cauldron on the flame and continue to stir the contents until the mandrake root is completely dissolved. When everything is ready, the fire will extinguish itself. There will be very little potion left in the cauldron. Add a few more drops of your blood, stir it with dagger and pour into the flasks. You should have just enough potion to fill the flasks. After that, you can go to the Main Temple of Llill's witches."

"Seems easy," Davkaleon said. As he stirred, Aleurh watched the actions of his reckless friend with apparent curiosity. Or maybe he was just waiting for the promised dinner.

Chapa slept.

It was already evening in Daeya when Davkaleon finally finished the potion. Having hidden his other weapon, Davkaleon took only the adamant dagger with him. Chapa turned into a bug once again, and they all went to the tavern, *Dragon's Delicacies*. Having received a lavish dinner, Aleurh was pleased.

Settling under Davkaleon's cloak and increasing his size several times, Chapa swallowed his own dinner without stopping.

"I need to store my energy," he explained to an astonished Davkaleon!

- Но две четвертушки вместе это уже целая половинка пинты – жалобно сказал Чапа.

Давкалеон оставил Чапины жалобы без ответа и вернулся к рецепту Эльфида. "Добавь зуб боевого дракона адолкона. Смешай все адамантовым кинжалом в котелке ллилльских колдуний. Измельчи корень мандрагоры и насыпь в адамантовый флакон. В нем поместится ровно столько, сколько требуется для зелья магов. Высыпь из флакона в котелок. Зажги серным огнивом сухие стебли мандрагоры вместе с оставшимся корнем и поставь на них котел. Непрерывно мешай содержимое адамантовым кинжалом. Как только в закипающем зелье появится первый пузырек, возьми котелок и плесни половину содержимого на огонь. Будь осторожен, огонь изменит цвет и синее пламя взлетит высоко вверх. Капни на него несколько капель своей крови, пламя опустится вниз. Опять поставь на пламя котелок и продолжай мешать содержимое до полного растворения корня мандрагоры. Когда все будет готово, огонь потухнет сам. В котелке останется совсем немного зелья. Капни несколько капель своей крови, перемешай кинжалом и перелей в флаконы. Зелья, как раз, должно хватить, чтобы наполнить оба флакона. После этого ты можешь отправляться к Главному Храму колдуний Ллилля.

- Кажется, несложно – сказал Давкалеон.

Алеурх с любопытством наблюдал за действиями своего безрассудного друга. А может он просто ждал обещанного обеда.

Чапа спал.

В Дэе уже наступил вечер, когда Давкалеон, наконец, закончил с зельем. Взяв с собой только адамантовый кинжал, Давкалеон спрятал другое оружие. Чапа опять превратился в букашку, и они отправились в таверну *Драконьи Деликатесы*. Получив роскошный обед, Алеурх был доволен. Давкалеон тоже. Сидя под плащом Давкалеона и, увеличив свои размеры в несколько раз, Чапа без остановки поглощал еду.

- Мне надо накопить силы – объяснил он удивленному Давкалеону, наблюдающему, как маленький Чапа поглощает седьмой или восьмой стэйк.

"When we approach the rock, I'll give you to the Temple's attendants. All sorts of dragon's entertainments and refreshments will be at your service. Have fun, but be careful. There will probably be a chase behind us, and they will try to not release you."

Aleurh raised his head and took a fighting position, as if to say, "Not release me? *Me?* Ha! Let them try!"

After approaching the rock, Davkaleon put the mask and cloak from a fighting Adolgon's skin on. The passage appeared in the rock. It was too narrow, so Aleurh could not spread his wings in flight.

"If they chase Chapa and me, wait for us here," Davkaleon whispered, leaning toward Aleurh.

After going through the passage, they found themselves inside the rock. There, they found the beautiful Temple made of white marble. The building looked like the Temple of Llill's sorceresses in the main square of Llill, with one important difference—there were neither windows nor doors. Elfid had warned of this. After passing Aleurh to attendants, Davkaleon walked around the Temple three times. Davkaleon remembered Elfid's advice to add the potion in secret, and tried to walk ahead of the others to keep a safe distance. When the time was right, Davkaleon stopped and pricked his left hand with a dagger. The blood poured down and Davkaleon opened the flask.

"How many drops should be added? I poured two drops, but the door didn't open," an applicant explained, desperately looking to Davkaleon for advice. He seemed confused.

"I don't need to add anything," said Davkaleon proudly, remembering Elfid's warning. He quietly added a few drops from the flask. Drops of blood flashed against the wall and Davkaleon found himself in front of a wide-opened door.

Elfid had given *excellent* instructions. The Temple had accepted him! Davkaleon entered.

"Two cannot enter! One must leave the Temple!" The loud voice

Теперь можно было отправляться в Главный Храм колдуний Ллилля. Наклонившись к Алеурху, Давкалеон прошептал: "Когда мы подлетим к скале, я передам тебя служителям храма. К твоим услугам будут всякие драконьи развлечения и угощения. Развлекайся, но будь начеку. За нами, вероятно, будет погоня, и тебя могут постараться не выпустить."

Алеурх вскинул голову и принял боевую позу, по-видимому, означающую: Не выпустить? Меня? Ха! Пусть попробуют!

Подлетев к скале, Давкалеон надел маску и плащ из кожи боевого адолкона. В скале показался проход. Он был слишком узким, чтобы Алеурх мог расправить свои крылья в полете.

- Если за мной и Чапой будет погоня, жди нас здесь – прошептал Давкалеон, наклонившись к Алеурху.

Пройдя по проходу, они оказались внутри скалы. Перед ними был красивый храм из белого мрамора. Строение выглядело, как храм ллилльских колдуний на главной площади Ллилля с единственным отличием – в нем не было ни окон, ни дверей. Впрочем, Эльфид об этом предупреждал. Передав Алеурха служителям, Давкалеон трижды обошел храм. Давкалеон помнил совет Эльфида добавлять зелье незаметно, и постарался, обогнав остальных, держаться на безопасном расстоянии. Рядом никого не было, Давкалеон остановился и уколол левую руку кинжалом. Полилась кровь, и Давкалеон открыл флакон.

- Сколько капель надо добавлять? Я капнул две капли, но двери не открылись – растерянный претендент в маги Твиркса с отчаянием смотрел на Давкалеона.

- Мне добавлять ничего не надо – гордо ответил Давкалеон, помня предупреждение Эльфида, и незаметно добавляя несколько капель из флакона. Капли крови у стены вспыхнули и Давкалеон оказался перед настежь открытой дверью.

Эльфид дал *превосходные* инструкции. Храм принял его за своего! Давкалеон вступил внутрь.

- Двое не могут войти! Один должен покинуть Храм –

echoed in his ears, and Davkaleon got chills. Had the Temple discovered that the little Adoleeseet was hiding under his cloak? Davkaleon didn't have time to answer—he heard the voice of an applicant—the same one who'd asked about the number of added

drops a few moments ago. He'd crept through the doorway behind

"I did everything honestly! He was the one who slipped in front of me. He doesn't even have the slightest hint of Twierks magicians' blood. He had to add a potion!"

"You are donkey droppings!" roared Davkaleon, realizing that the Temple's warning wasn't about Chapa. Davkaleon grabbed the slanderer by the neck and lifted him up. At the same moment, the lightning flashed and Davkaleon's offender was thrown a few steps back and away. He fell to the floor, clutching his throat. Laughter filled the hall. Davkaleon barely stayed on his feet from the force of the blow. To his surprise, Davkaleon noticed that Chapa's hand stretched out from under his cloak toward the enemy lying on the floor.

"Disgrace, trihorndog's larva!" roared Chapa, rewarding the opponent with angry Adolees's words.

Lightning flashed in the hall again and Chapa's hand disappeared under the cloak. In the next moment, the Adolees's dragon's face appeared from under the cloak, shielding Davkaleon's head. The applicant, lying on the floor, rolled away in horror.

"Maybe you want me to pour magician's blood into your lousy throat?" growled the dragon in the language of Adolees's Adolgons.

"Stop!" roared the Temple in a thousand voices.

The Adolgon's face disappeared back under the cloak.

"Did I do everything right?" Chapa's voice squeaked into Davkaleon's ear.

"Does anyone have any questions?" asked Davkaleon.

"I didn't cheat, I honestly added the magicians' blood," whined the applicant, lying on the floor.

The hall resounded laughter again.

"Really? Say your name," sounded a contemptuous voice.

раздался громкий голос. Давкалеон похолодел. Выходит, Храм определил, что под плащом у него скрывается адолисенок. Но ответить Давкалеон не успел. Сзади раздался голос вошедшего следом за ним претендента. Того, кто несколько мгновений назад спрашивал о количестве добавляемых капель. Он пробрался через дверной проем следом за Давкалеоном.

- Я сделал все честно! Это он прошмыгнул впереди меня. У него даже нет ни малейшего намека на кровь магов Твиркса, ему пришлось добавлять зелье.

- Ах ты ослиный помет! – взревел Давкалеон, сообразив, что Чапа здесь ни при чем. Давкалеон схватил клеветника за горло и поднял его вверх. В тоже мгновение сверкнула молния, и обидчик Давкалеона отлетел на несколько шагов. Он упал на пол, схватившись за горло. В зале раздались смешки. Давкалеон от полученного удара едва устоял на ногах. К своему удивлению Давкалеон заметил, что из-под плаща в сторону лежащего на полу врага тянется Чапина рука.

- Позорище, рогатой собаки недоносок – взревел Чапа, награждая соперника нелестными прозвищами адолиситов.

В зале опять сверкнула молния и Чапина рука исчезла под плащом. В следующее мгновение, из-под плаща, заслонив голову Давкалеона, показалась морда адолиситского дракона. Лежащий на полу противник в ужасе откатился в сторону.

- Может, желаешь, чтобы я влил кровь магов в твою паршивую глотку? – прорычал дракон на языке адолиситских адолконов.

- Прекратить – взревел храм тысячью голосами.

Морда адолкона исчезла под плащом.

- Я сделал все правильно? - Пропищал голос Чапы в самое ухо Давкалеона.

- У кого-нибудь есть вопросы? – сощурился Давкалеон.

- Я не жульничал, я честно добавил кровь магов – захныкал лежащий на полу претендент в ученики.

В зале опять раздались смешки.

- Да ну?! Назови свое имя. – Раздался презрительный голос.

"Drong."

"Say the name of the Twierks magician, willing to have you as his apprentice," demanded the Temple.

"My master forbids saying his name," said Drong, getting up from the floor.

"Which domain does your master belong to?" the next question followed.

"My master forbids saying the name of the domain, which he belongs to," said Drong.

The next moment Drong was raised up in the air. He was twisted and spun with furious force. The Temple door opened and Drong was thrown out.

"Fool!" rumbled the Temple. "Twierks magicians belong only to themselves. They don't have domains! Find out who he is, who sent him, and whether he needs to be eliminated."

Several shadows rushed towards to the door and disappeared.

"Now, you!" The lightning struck in front of Davkaleon.

"What is the name of your master?"

"My master is furious when someone dares to disturb him, calling him by name," said Davkaleon.

"Of course!" The voice was clearly sarcastic. "And you yourself are getting ready to become the most powerful Twierks magician, so you don't allow anyone to pronounce your name either."

Davkaleon hesitated for a moment. He, of course, prepared the name in advance, as Elfid advised. But now it didn't sound impressive enough.

"My master calls me ChapaShka."

Chapa realized what Davkaleon was up to and his teeth chattered with fear.

Laughter filled the Temple as the applicant's name didn't sound serious at all.

"And we all must call you ChapaShka? How about Sweetie or Baby[10]?"

The laughter in the Temple got louder.

"I can say my name in Adolgon's language," said Davkaleon.

The Temple went silent.

- Дронг.

— Назови имя мага Твиркса, желающего иметь тебя в качестве своего ученика – потребовал Храм.

- Мой учитель запрещает называть его имя – ответил Дронг, поднимаясь с пола.

- К какому дому принадлежит твой учитель? – Последовал новый вопрос.

- Мой учитель запрещает называть имя дома, к которому он принадлежит – проговорил Дронг.

В следующее мгновение Дронг был поднят в воздух. Его закрутило, завертело с бешеной силой. Дверь Храма открылась, и Дронг был выброшен наружу.

- Глупец! – Пророкотал Храм – Маги Твиркса принадлежат только самим себе. У них нет домов! Выясните кто он, кто его послал и нужно ли его ликвидировать.

Несколько теней метнулись к выходу и исчезли.

- Теперь ты! – Перед Давкалеоном ударила молния.

- Имя твоего учителя?

- Мой учитель приходит в ярость, когда кто-то осмеливается беспокоить его, называя по имени – ответил Давкалеон.

- Естественно! – В голосе явно звучал сарказм – А сам ты готовишься стать самым могущественным магом Твиркса, поэтому твое имя нельзя произносить уже сейчас.

Давкалеон на мгновение замешкался. Он, конечно, заготовил имя заранее, как советовал Эльфид. Но теперь ему казалось, что имя прозвучит недостаточно внушительно.

- Мой учитель зовет меня ЧапуШка.

Чапа сообразил, что задумал Давкалеон, и его зубы застучали от страха.

В Храме раздался смех, настолько несерьезно звучало имя претендента.

- Нам, что же, тоже прикажешь называть тебя ЧапуШкой? Может, еще Лапочкой или Крошечкой[10]?

Смех в Храме зазвучал громче.

- Я могу назвать свое имя на языке адолконов – произнес Давкалеон.

В Храме воцарилась тишина.

"All right, let it be in Adolgon's language. Please go on."

Chapa hesitated for a moment and Davkaleon elbowed him. Davkaleon thought he heard knocking of Chapa's teeth when terrible humming, more like a growl, resounded throughout the Temple.

"Confirm!" the voice demanded.

"How do you want me to confirm my name?" asked Davkaleon.

"Come close to the Telatr."

Davkaleon didn't really know what Telatr was, or where it was located. But Chapa nudged him in the right direction from behind. Davkaleon faced a round bowl filled with a sparkling liquid. Looking closer, he realized that the fluid was rotating. Chapa pinched him for some reason and Davkaleon realized that Chapa demanded him to stop thinking.

"Put your hand on Telatr and say your name," demanded the Temple.

Chapa stretched out a hand and said his name in Adolees dragon's language.

"Swear!" demanded the voice of the Temple.

Chapa fulfilled the request. Everything froze in the Temple. No sound could be heard. All eyes were glued to Telatr. The sparkling liquid didn't boil, didn't rise up and didn't twirl in a deadly funnel. The liquid continued to rotate at the same speed as before.

The voice waited a minute, then another. The liquid in the bowl didn't change its rotation.

"Why didn't He warn us?" asked the Temple in a calmer, more peaceful voice.

"He didn't tell me. Maybe he wanted to evaluate my actions," said Davkaleon.

"Go to the Initiation Hall." A passage opened in front of Davkaleon. Davkaleon stared inside. There were a dozen applicants for magician's apprentice in the hall. A group of girls stood nearby—most likely they were the novice witches. Davkaleon entered the opened passage with a smile on his face. Having passed through the corridor, Davkaleon appeared in the grand initiation hall with columns.

- Ну что ж, пусть будет на языке адолконов. Милости просим.

Чапа на секунду замешкался и Давкалеон толкнул его локтем. Давкалеону казалось, что он слышит стук Чапиных зубов, когда в Храме прозвучало грозное курлыканье, больше напоминающее рычание.

- Подтверди! – потребовал голос.

- Как ты хочешь, чтобы я подтвердил свое имя? – спросил Давкалеон.

- Подойди к Телатру.

Давкалеон не знал, что такое Телатр, и где он находится. Но Чапа сзади направил его в нужную сторону. Давкалеон оказался перед круглой чашей, наполненной блестящей жидкостью. Приглядевшись, он понял, что жидкость вращается. Чапа его зачем-то ущипнул, и Давкалеон понял, что Чапа требует от него прекратить думать.

- Положи руку на Телатр и назови свое имя – раздалось требование Храма.

Чапа протянул руку и назвал свое имя на языке адолиситских драконов.

- Поклянись! – Потребовал голос Храма.

Чапа исполнил просьбу. В Храме замерли все, не было слышно ни звука. Все взгляды были прикованы к Телатру. Сверкающая жидкость не закипела, не вздыбилась, не закрутилась в смертельной воронке. Она продолжала спокойно вращаться с той же скоростью, что и раньше.

Голос подождал минуту, другую. Жидкость в чаше не изменила своего вращения.

- Почему Он нас не предупредил? – спросил голос весьма миролюбиво.

- Об этом Он мне не докладывал. Может, он хотел оценить мои действия – ответил Давкалеон.

- Пройди в Зал Инициаций – приказал голос.

Перед Давкалеоном открылся проход. В зале было около 12 претендентов в ученики магов. Поодаль стояла группа девочек. Наверное, это были начинающие ведьмочки. Улыбнувшись, Давкалеон вошел в открывшийся проход. Пройдя по коридору, он вошел в роскошный зал Инициаций с колоннами.

He was there alone—not counting Chapa, of course. Though, not entirely alone. Hardly having entered inside, Davkaleon saw a tiny white, fluffy animal cub that cowered from fear. Davkaleon had never seen such animals before. A black beast was ready to grab the white little cub. Although the black beast was not big, it was much bigger than the fluffy little one.

"No!" Davkaleon heard a desperate girl's voice. The girl rushed into the hall from another entrance. She obviously had no time to save her little pet. The black beast was already in a jump.

Davkaleon jumped as well, picking up the little white fluffy while shoving the black animal away. The girl ran to Davkaleon, grabbed and hugged her pet. She was not tall, though she was slender and graceful. Her long blonde hair was styled and luxurious. Because of a half-mask, Davkaleon could not see the details of her face, but he liked what he saw.

"Thank you for my Fluffy," The girl thanked him warmly as she kissed her pet.

"And what about me?" Davkaleon winked.

"Oh, I can't," the girl said, confused. She smiled and added, "The priestesses do not allow us."

"The priestesses? Are you one of those witches?"

"*Witches?* No, no, of course I am not!" the girl answered fervently.

"Ah, yeah, sorry, I meant one of the *enchantresses*," grinned Davkaleon.

"No, no." The girl shook her head. "I am an apprentice of the priestesses of the goddess Isida."

"Well, yes, of course," Davkaleon chuckled, remembering Dallilla, who worshipped Isida, and was also offended when they called her a witch.

"By the way, my name is Dav—" Chapa pushed him in the back and Davkaleon started over. "My name is Alfreydon. What's your name?"

The girl had no time to answer *Davkaleon-Alfreydon* before a stern voice interrupted them.

Он был в зале один, конечно, не считая, Чапу. Хотя, нет, не совсем один. Едва войдя внутрь, Давкалеон увидел, сжавшегося от страха маленького зверька. Зверёк был белый и пушистый. Давкалеон раньше никогда таких не видел. Черный зверь приготовился прыгнуть на белый комочек. Хотя черный зверь был небольшим, но он значительно превосходил размерами пушистого малыша.

- Нет! – услышал Давкалеон отчаянный девичий голосок. Девочка вбежала в зал с другого входа. Она явно не успевала спасти беленькую крошку. Черный зверь уже был в прыжке.

Давкалеон тоже прыгнул и, отшвырнув черного зверя, подхватил белого пушистого малыша. Девочка подбежала к Давкалеону, схватила своего зверька и прижала к себе. Девочка была изящной и невысокой. Длинные светлые волосы были уложены в пышную прическу. Из-за одетой полумаски Давкалеон не мог разглядеть во всех подробностях её лицо, но то, что он видел, ему нравилось.

- Спасибо за мою Пушинку – горячо поблагодарила девочка, и поцеловала своего зверька.

- А меня? – подмигнул Давкалеон.

- Ой, мне нельзя. Нам жрицы не разрешают – смутилась девочка и улыбнулась.

- Жрицы? Ты тоже из этих, из ведьмочек?

- Из *ведьмочек*? Конечно, нет! – горячо возразила девочка.

- Ах, ну да, извини. Я имел в виду *из волшебниц* - усмехнулся Давкалеон.

- Нет, нет - покачала головой девочка – я ученица жриц богини Айсайды.

- Ну да, конечно – хмыкнул Давкалеон, вспомнив Даллиллу, которая тоже обижалась, когда её ведьмой называли, и поклонялась своей Айсайде.

- Меня, кстати, зовут Дав... - Чапа сзади толкнул его в спину и Давкалеон продолжил – Меня зовут Альфрейдон. А тебя как?

Ответить на вопрос *Давкалеона-Альфрейдона* девочка не успела. Строгий голос прервал беседу.

"Heather! What are you doing here? And how did you get here?"

"We're not allowed to talk to strangers," she whispered, frightened.

Davkaleon quickly stepped behind a column and pulled out a flask with a wizard's potion.

"Please, don't be angry, priestess Mistletoe. I rescued my kitten. Gregbrag's cat chased him. We appeared in the hallway of the Goddess, and the hurricane brought us here," the girl explained.

"Well," said the priestess, who was apparently satisfied with the explanation, "follow me. We have to get back to Llill. You're too young to be here." Mistletoe went forward, and Heather followed her with the kitten in her hands. Near the exit of the hall, the girl turned around. Davkaleon waved his hand.

He liked feeling like a hero, and was sorry that the girl was going away. The light in the corridor where Mistletoe and Heather had entered began to fade. Davkaleon watched with amazement as darkness filled the passage. The last thing he remembered was the contrast between the brightly lit hall of Initiations and darkness of the corridor. Golden symbols and drawings gleamed brightly around the black corridor. One of the drawings resembled the symbol of Daeya.

Chapa started to bang on his back and Davkaleon drained the contents of the flask in one huge gulp. After turning into a little dragon, Chapa put his paw next to the column and mentally pronounced a password. In a moment, they were transported inside a room without either entrance or exit.

But Davkaleon couldn't see. Everything blurred in front of his eyes. A few minutes later, Davkaleon came to his senses. Chapa clapped his dragon paws with joy. Davkaleon looked around. There were racks along the walls, filled neatly by packed boxes with incomprehensible symbols. The boxes looked like small safes. Davkaleon walked around the small room. No windows. No doors. A table and two chairs sat in the middle of the room. One chair was a wooden chair, and the second one was more like a loveseat.

- Хезер! Что ты здесь делаешь? И как ты сюда попала?

- Нам нельзя говорить с незнакомцами – испуганно прошептала девочка.

Давкалеон быстро отошел за колонну и достал флакон с зельем магов.

- Пожалуйста, не сердитесь, жрица Омела. Я спасала своего котенка. За ним погнался кот Грэгбрэга, мы попали в коридор Богини, и ураган перенес нас сюда – объяснила девочка.

- Хорошо – кивнула жрица, которую, видимо, устроило объяснение – Следуй за мной. Нам пора возвращаться в Ллилль. Тебе рано здесь находиться. Омела прошла вперед, а Хезер с котенком на руках последовала за ней. Возле выхода из зала девочка оглянулась, Давкалеон помахал ей рукой.

Ему нравилось чувствовать себя героем-спасителем, и было жаль, что девочка уходит. Свет в ярко освещенном коридоре, куда вошли Омела с Хезер, начал меркнуть. Давкалеон с удивлением смотрел, как темнота затягивает проход. Последнее, что он запомнил, был контраст между ярко освещенным залом Инициаций и темным коридором. Вокруг черного коридора ярко блестели золотые символы и рисунки. Один из рисунков напоминал символ Дэи.

Чапа сзади начал сильно барабанить в спину и Давкалеон одним глотком осушил флакон. Превратившись в дракончика, Чапа поместил драконью лапу на колонну и мысленно произнёс пароль. В следующее мгновение они оказались внутри комнаты без входа-выхода.

Правда, Давкалеон этого не мог видеть. В голове шумело. Через несколько минут он пришёл в себя. Чапа с радостью захлопал. Давкалеон и оглянулся кругом. Вдоль стен стояли стеллажи. На них лежали аккуратно упакованные коробки с непонятными значками. По виду коробки напоминали небольшие сейфы. Давкалеон обошел комнату. Она была совсем небольшой. Ни окон, ни дверей в ней не было. Посреди комнаты стоял стол с двумя стульями. Один стул был настоящим стулом, а второй больше напоминал оттоманку или софу.

Chapter 12. The Depository

"The dragon lodge!" Chapa rejoiced. "I can lie comfortably." Chapa climbed onto the couch, apparently just his size.

Davkaleon came to the table and examined it carefully. There were a few drawers in the table. All of them were empty, but the bottom of each was covered with symbols. Davkaleon wanted to ask Chapa what these symbols meant, but decided not to distract the Adoleeseet. Instead, he tried to open one of the boxes. He failed. Meanwhile, Chapa opened one box after another.

"How can you do that?" Davkaleon asked.

"I'm reading what is written here and open what I need. Everything is arranged like the Adolees's school library here, but with more boxes and materials in them. I was afraid that we would have to go to Adolees's depository. They use a very complicated system. I could barely cope with it. But here, everything is like at school."

"But how do you open the boxes?" Davkaleon asked again.

"You have to visualize symbols on the box, and then the box will open. It's easier for me, of course. I understand what these symbols mean. But you could probably do the same," Chapa explained.

"I can't," Davkaleon said as Chapa dealt with boxes.

"The symbols are the inscription in the Adolees dragon's language. Start with a simple symbol. You need to imagine it correctly and very clearly, or the library will not understand what you want and won't open a box for you. Why should it waste energy if you do not know what you want?"

Davkaleon chose the easiest sign on one of the boxes and tried to imagine it. On the third or fourth try, he succeeded. The box opened. Containers with signs were neatly stacked inside. Davkaleon imagined a symbol and watched as signs appeared on inner side of a cover.

"This is the history of Adolees," Chapa said.

Глава 12. Хранилище

- Драконье ложе – обрадовался Чапа – чтобы мне было удобней лежать. Чапа забрался на ложе-оттоманку, явно подходящую ему по размеру.

Давкалеон вернулся к столу и осмотрел его внимательнее. В столе было несколько ящиков. Все они были пустые, но дно каждого из них было покрыто символами. Давкалеон хотел спросить Чапу, что эти символы означают, но подумав, он решил не отвлекать адолисенка. Вместо этого он попробовал открыть одну из коробок. У него не получилось. Между тем Чапа без труда открывал одну коробку за другой.

- Как ты это делаешь? – поинтересовался Давкалеон.

- Я читаю, что здесь написано и открываю то, что мне надо. Здесь все устроено, как в адолиситской школьной библиотеке, только коробок и материала в них больше. Я боялся, что мы попадем в Адолиситское хранилище. Там очень сложная система. Там я бы мог не справиться. А здесь почти все, как в школе – радостно объяснил Чапа.

- Как у тебя получается открывать коробки? – опять спросил Давкалеон.

- Тебе надо мысленно представить значки на коробке, тогда коробка откроется. Мне, конечно, легче. Я понимаю, что эти символы означают. Но у тебя, наверное, тоже получится – объяснил Чапа.

- Не выходит – разочарованно сказал Давкалеон, глядя, как быстро Чапа справляется с коробками.

- Символы – это надписи на языке адолиситских драконов. Начни с простого символа. Тебе надо его представить правильно и очень четко, иначе библиотека не поймет, что ты хочешь, и не откроет для тебя коробку. Зачем даром энергию тратить, если ты сам не знаешь, что хочешь?

Давкалеон выбрал самый простой знак на одной из коробок и попробовал его представить. С третьего или четвертого раза у него получилось. Коробка открылась. Внутри были аккуратно сложены футляры со значками. Давкалеон представил один из символов, и на внутренней стороне крышки появились знаки.

- Это история Адолиса – сказал Чапа.

160

The longer Davkaleon looked at box lids, the more he began to understand some of the writing. He couldn't read the Adolgon language. Instead, his understanding was like a mental record— voices sounding in his head. Davkaleon was sure that if someone stood next to him, they would not hear a sound. To Davkaleon, the voices were in an unfamiliar language, which he could comprehend with great difficulty. The longer the voice sounded, the better Davkaleon understood it. As Chapa said, the box was about the history of Adolees. Davkaleon carried the box away. He often heard the words *Dwork* and *Ankh*.

"Who are Dworks and Ankhes?" Davkaleon asked.

"Those who separated off," Chapa said.

The explanation was not helpful. But Davkaleon decided to postpone inquiries. Chapa tore through box after box. It was easy to see that Chapa was fluent in Adolgon language.

"I wonder if all Adoleeseets can read in the dragon's language or only those who can transform into a dragon," Davkaleon thought.

"Only those who can transform into a dragon," said Chapa, catching Davkaleon's thoughts. "Adoleeseets instantly learn to speak the dragon's language after the very first transformation. Adoleeseets who cannot transform into a dragon can master the written language. But that takes them a *long* time."

Davkaleon walked over to another box. Adoleeseet's medicine? Unlikely to be interesting. Adoleeseet's medicine focused on the treatment of Adoleeseets, not Daeyats. The next box contained a detailed anatomy of Adoleeseets. *That* was interesting. Davkaleon stared at the pictures.

"I found what I needed," said Chapa.

Chapa came and sat down in front of the table. He opened a drawer and closed his eyes. A few seconds later he pulled a flask, a jar and a round bowl with a lid out of the drawer. There were a few buttons on the lid. Davkaleon could swear that when he'd checked the table, the drawers had been empty! Chapa moved a box from the shelf to the table and focused on reading.

Чем дольше Давкалеон смотрел на испещренную значками крышку коробки, тем больше у него возникало ощущение, что он начинает понимать какие-то обрывки написанного. Нет, он не научился читать на языке адолконов. Больше всего это походило на мысленную запись. В голове звучал голос. Давкалеон был уверен, что, если бы кто-то стоял рядом с ним, то никакого звука он бы не услышал. Голос звучал на незнакомом языке, который Давкалеон с трудом, но понимал. Чем дольше звучал голос, тем лучше Давкалеон его понимал. Как Чапа и говорил, речь шла об истории Адолиса. Давкалеон увлекся. Часто звучали слова "дворк" и "анк".

- Кто такие дворки и анки? – спросил Давкалеон.

- Это отколовшиеся – объяснил Чапа.

Объяснение не слишком помогло. Но Давкалеон решил повременить с расспросами. Чапа быстро просматривал коробку за коробкой. Видно, языком адолконов Чапа владел свободно.

- Интересно, все адолиситы могут читать на языке драконов или только те, кто умеет превращаться в драконов – подумал Давкалеон.

- Только те, кто умеет превращаться в драконов – ответил Чапа - уловив мысли Давкалеона - адолиситы мгновенно учатся говорить на языке драконов после первого же превращения. А письменный язык могут освоить даже те адолиситы, кто не умеет превращаться в драконов. Правда, у них на это уйдет много времени.

Давкалеон подошел к другой коробке. Адолиситская медицина? Вряд ли интересно. Адолиситская медицина нацелена на лечение адолиситов, а не дэйцев. Следующая коробка содержала подробную анатомию адолиситов. Это было интересно. Давкалеон с интересом разглядывал картинки.

- Я нашел то, что мне надо – сообщил Чапа.

Подойдя к столу, Чапа сел в драконье ложе. Он открыл ящик стола и закрыл глаза. Через несколько секунд он вытащил из ящика флакон, контейнер, и круглую чашу с крышкой. На крышке было несколько кнопок. Давкалеон мог поклясться, что когда он осматривал ящики стола, они было пусты. Чапа поставил на стол коробку со стеллажа и полностью сосредоточился на чтении.

Having read, the little Adoleeseet removed the lid from the bowl, poured the contents of the flask and the powder from the jar to the bowl. After closing the lid, Chapa pushed one of the buttons. A few minutes later, he pushed another button and one more. Soon the procedure was completed, and Chapa drank the contents of the bowl. Then he hid everything back inside the table.

"Now I have to learn how to use it," Chapa said, diving into the symbols of another box. While Chapa was reading, Davkaleon looked into the drawer. The drawer was empty.

"There is a lot of information, I won't remember everything," Chapa said.

"Do you want to take a box with you?" Davkaleon asked.

"No, that's impossible. At least, it is impossible in our school library. The box will disappear if you try to take it out of the library. And those who try to do that will be thrown out of the depository. I'll make notes. You can take notes with you, right?" Chapa again opened a drawer and closed his eyes. A few seconds later he pulled a scroll out of the box. As soon as he began reading, the roll spun itself and its surface became covered with symbols.

Davkaleon felt a little dizzy. He remembered that Elfid warned him that effect of the potion was *temporary*. Becoming dizzy again was a warning sign.

"Chapa, how much time do you need?"

"I'm ready," Chapa said, hiding the scroll. He just took Davkaleon's hand and closed his eyes, imagining the symbol for returning, when someone in the depository whispered: "There is Daeyat here!"

"Daeyat? In Adoleeseet's depository? How could he appear here?"

But Chapa and Davkaleon did not wait to listen. They'd already appeared in the Hall of Initiations near the same column from which they had departed. At the opposite end of the hall there was a raised place, separated from the rest of the hall by a low railing. A few white marble steps led up to the raised place. Most likely it was the Lodge, a sort of stage, mentioned by Elfid. Two rows of columns ran along the hall, ending near the Lodge.

Дочитав, адолисенок снял с чаши крышку, налил содержимое фляги и высыпал порошок из контейнера в чашу. Закрыв крышку, Чапа нажал на одну из кнопок. Через несколько минут он нажал на другую кнопку, а потом ещё на одну. Вскоре все было закончено, и Чапа выпил содержимое чаши. Затем он спрятал всё в стол.

- Теперь мне надо научиться этим пользоваться – сообщил Чапа, углубляясь в чтение символов на коробке. Пока Чапа читал, Давкалеон заглянул в ящик стола. Ящик был пуст.

- Здесь слишком много, я всё не запомню - сказал Чапа

- Ты хочешь взять коробку с собой? – спросил Давкалеон.

- Нет, это невозможно. Во всяком случае, в нашей школьной библиотеке это невозможно. Коробка исчезнет, если ее попробовать взять из библиотеки. А тот, кто ее попробует вынести, будет выброшен из хранилища. Я сделаю записи. Записи можно брать с собой. Чапа опять открыл ящик стола и закрыл глаза. Через несколько секунд он вытащил из ящика рулон. По мере того, как он читал, рулон сам собой раскручивался, и его поверхность покрывалась символами.

Давкалеон почувствовал легкое головокружение. Он вспомнил, что Эльфид предупреждал его о том, что действие зелья временное. Головокружение – это предупреждение, что время истекает.

- Чапа, сколько ещё времени тебе нужно?

- У меня готово – сказал Чапа, пряча рулон.

Он, как раз взял Давкалеона за руку и закрыл глаза, представляя нужный символ для возвращения, когда в хранилище кто-то прошептал: "Это дэец".

- Дэец? В хранилище адолиситов? Как он здесь оказался? – спросил другой.

Но Чапа с Давкалеоном этого не слышали. Они оказались в Зале Инициаций возле той самой колонны, откуда попали в хранилище. В противоположном конце виднелось возвышение, отделенное от остального зала невысокой оградой. На возвышение вели несколько ступенек из белого мрамора. Скорее всего, это была ложа, о которой говорил Эльфид. Два ряда колонн, протянувшихся через зал, заканчивались возле Ложи.

Davkaleon looked to where the girl had disappeared with her fluffy white pet. The passage disappeared. Davkaleon came closer. There was not the slightest hint of a door in the wall. Mysterious symbols and drawings on the walls surrounding the passage disappeared as well.

They were alone in the hall. They did not know if the initiation had already been held. Davkaleon guessed not, because the next moment, three students entered the hall and came near.

"I'm Lenholm," one said.

"Grilski and Blumendeyl. We're from the Kovording School of magicians. Your presentation was impressive. Memorable. And your name made everybody laugh. You should have spent a lot of time to think it out. ChapaShka! How do you want us to call you?"

"Alfreydon," Davkaleon said. He had prepared this name in advance, on the advice of Elfid.

Давкалеон глянул туда, где исчезла девочка с белым пушистым зверьком. Проход исчез. Давкалеон подошел ближе. В стене не было ни малейшего намека на дверь. Таинственные знаки и рисунки на стене, окружающие проход, тоже исчезли.

Они были в зале одни. Прошла ли уже инициация, они не знали. По-видимому, она еще не начиналась, потому что в следующий момент в зал вошли три ученика и подошли к Давкалеону.

- Я Лэнхольм – представился один.

- Грилски и Блумендэйл. Мы из школы магов Ковординга. Твое представление было впечатляющим. Запомнится надолго. И с именем своим ты насмешил всех. Это же надо придумать – ЧапуШка. Как ты хочешь, чтобы мы тебя называли?

- Альфрейдон – ответил Давкалеон, назвав заранее заготовленное, по совету Эльфида, имя.

Chapter 13. Initiation

Two more magician apprentices entered the Hall and approached Davkaleon. It seemed as if the apprentices of the Twierks magicians were willing to accept him in their community! A group of young witches emerged and future magicians, as if on cue, turned their heads.

"Wonderful dolls. Thank your teacher, ChapaShka-Alfreydon, for he clearly cares about us," said Lenholm, referring to Davkaleon. It seemed that the Twierks magician's apprentices knew much more about Davkaleon's alleged teacher than Davkaleon himself!

Young witches sent furtive glances at them. One of them said, "We welcome you, Chapashka-Alfreydon." Davkaleon grinned. He was very flattered by young witches' attention. After a moment, he realized that the girls weren't in the room when he introduced himself as Alfreydon.

"Llill's sorceresses are required to read thoughts," smiled the one that called him ChapaShka-Alfreydon.

"All take their seats," a voice boomed from somewhere above.

Chairs, covered with red and blue velvet, appeared in front of the stage. Young witches took red chairs, magician's apprentices—blue ones. The light went out. Davkaleon decided it was time to disappear. But before he could, the Hall erupted in light again. Only the stage was in twilight. A few unclear figures stood there.

"Alfreydon, Twierks Gates await you," said the voice.

The honor to lead the list must have come from on high. Davkaleon, however, wasn't too pleased. He had a vague idea about where the Twierks Gates were, but decided that they had to be near the stage, so he turned in that direction. An iridescent, airy staircase appeared in front of him. The rainbow staircase looked impressive. Davkaleon stepped on a translucent step, then another one. He climbed higher and higher. The Initiation Hall, filled with magician and sorceress apprentices, lay far below and rainbow stairs seemed endless.

Глава 13. Инициация

В зал вошли еще два ученика магов и подошли к Давкалеону. Похоже, ученики магов Твиркса готовы были принять его в свое сообщество. Появилась группа юных ведьмочек, и будущие маги, как по команде, повернули головы.

- Чудные куколки. Спасибо твоему учителю, Чапушка-Альфрейдон, что заботится о нас – сказал Лэнхольм, обращаясь к Давкалеону. Видно, ученикам магов Твиркса было известно о предполагаемом учителе Давкалеона значительно больше, чем самому Давкалеону.

Проходя мимо группы учеников магов, юные ведьмочки стрельнули глазками. Одна из них произнесла: "Приветствуем тебя, ЧапуШка-Альфрейдон." Давкалеон расплылся в улыбке. Внимание юных ведьмочек ему льстило. Через секунду он сообразил, что девушек не было в зале, когда он представился именем Альфрейдон.

- Колдуньи Ллилля обязаны читать мысли — улыбнулась та, которая назвала его ЧапуШкой-Альфрейдоном.

- Всем занять свои места – прогремел голос откуда-то сверху.

Перед ложей появились стулья, обтянутые красным и синим бархатом. Молодые ведьмочки заняли красные стулья, ученики магов – синие. Свет погас. Давкалеон решил, что пора исчезнуть. Но исчезнуть он не успел. В зале опять вспыхнул свет. Полумраком оказалась окутана только ложа. В ней виделись несколько неясных фигур.

- Альфрейдон, Врата Твиркса ждут тебя – произнес голос. Честь возглавлять список, наверное, была высока. Но Давкалеона она не слишком обрадовала. Где находятся Врата Твиркса, Давкалеон смутно представлял, но решил, что они должны быть возле ложи, к которой он и направился. Перед ним возникли воздушные ступеньки, переливающиеся всеми цветами радуги. На фоне погруженной в полумрак ложи радужная лестница смотрелась впечатляюще. Давкалеон ступил на воздушную ступеньку, и еще на одну. Он поднимался выше и выше. Зал Инициаций с учениками магов и ученицами колдуний остался далеко внизу, а радужной лестнице не было конца.

Davkaleon stopped. A dark abyss spread out below. The lights of the Initiation Hall twinkled in the distance. Everything above was covered with impenetrable fog. Davkaleon climbed a few more steps. The darkness deepened. Davkaleon took another step. There was nowhere else to go. Nothing could be seen, above or below, as if he were suspended in nothing. Davkaleon tapped with his foot, looking for the next step. There was none.

"For some reason, I don't like any of this at all," he thought, wondering whether to continue to stand where he was or to try to go back down.

"But there's nowhere to go down," a mocking voice said, and the contour of a massive dragon lodge appeared in the darkness in front of Davkaleon. A mighty DRAGON lay on it, staring at Davkaleon.

Davkaleon turned cold. His father had a lot of experience fighting dragons on his estate. Some of them were very large, and even gigantic. But the creature lying in the floating dragon lodge could have effortlessly swallowed any of them. A dagger wouldn't help when meeting such a giant, even if the dagger was made of adamant. Chapa had told him about the dragons, the Dragons and the DRAGON. Davkaleon had no doubt that he was looking at the DRAGON.

"Somehow, I don't see much joy in you from meeting your beloved teacher," grinned the DRAGON. "You know, I don't like cowards, they don't *taste* good."

"And are you used to having your apprentices for breakfast?" asked Davkaleon, touching the dagger.

"Mostly for dinner. However, I don't like them raw. Roasted ones are much tastier," said the DRAGON. He tilted his head and breathed fire upward.

"Master, don't roast him. Allow me to take his blood beforehand." The figure of a hideous gray monster with a long trunk stretched towards Davkaleon, appearing next to the dragon lodge.

"How dare you distract me from talking to my beloved disciple, crud?" The DRAGON breathed fire at the monster and sent him away screaming.

"So, will you take me as an apprentice?" asked Davkaleon, looking around in hope of finding a way out.

Давкалеон остановился. Внизу простиралась темная бездна, на дне которой мерцали огни Зала Инициаций. Всё вверху было покрыто непроницаемым туманом. Давкалеон поднялся еще на несколько ступенек. Мгла сгустилась. Давкалеон сделал еще один шаг. Больше идти было некуда. Ни вверху, ни внизу ничего не было видно. Кажется, там и не было ничего. Давкалеон попробовал нащупать следующую ступеньку. Её не было.

- Что-то мне это совсем не нравится - подумал он, размышляя, стоит ли продолжать стоять, где он стоит, или попробовать спускаться вниз.

- А вниз тоже некуда спускаться – послышался насмешливый голос, и в темноте перед Давкалеоном проступил контур огромного драконьего ложа. Могучий ДРАКОН возлежал на нем и внимательно смотрел на Давкалеона.

Давкалеон похолодел. В поместье отца было много боевых драконов. Среди них встречались очень большие и даже гигантские. Но тот, что лежал в драконьем ложе, мог играючи, проглотить любого из них. При встрече с такой громадиной кинжал не поможет, даже если он сделан из адаманта. Чапа рассказывал ему о драконах, Драконах и ДРАКОНе. Давкалеон не сомневался, что видит самого ДРАКОНа.

- Что-то я не вижу у тебя особой радости от встречи со своим обожаемым учителем – усмехнулся ДРАКОН – я, знаешь ли, трусов не люблю, они невкусные.

- Ты, что же, привык завтракать своими учениками? – Спросил Давкалеон, дотрагиваясь до кинжала.

- Скорее, обедать. Правда, сырых я не люблю. Поджаренные значительно вкуснее – ответил ДРАКОН, и слегка выдохнул огнем вверх.

- Господин, не надо его поджаривать. Разреши раньше взять его кровь. Рядом с драконьим ложем появилась фигура отвратительного серого монстра с длинным хоботом, тянущимся в сторону Давкалеона.

- Ты как смеешь мешать мне беседовать с моим любимым учеником, тварь?! – ДРАКОН выдохнул огонь в сторону монстра, и тот с воплем исчез.

- Так ты возьмешь меня в ученики? – спросил Давкалеон, осматриваясь кругом в надежде найти выход.

"You?" laughed the DRAGON. "Thank you for making me laugh. A Daeyat apprentice is the last thing I need."

Then the DRAGON stopped laughing and growled, opening a terrible mouth. "How dare you call yourself by my name, nothingness?"

"It wasn't him. It was I," said Chapa, getting out from under Davkaleon's cloak.

"You?! You dared to call yourself by my name?"

"No, by my own name. My name is ChapiusKloyAlfreyDon. And you personally gave each of the names to my ancestors."

"And now a descendant of my servants decided that he could use the names of his ancestors?"

"My ancestors weren't servants! They were officers and defended Adolees!" Chapa said.

"Of course they defended Adolees. Officers have a duty to defend. What did *you* do personally, besides inheriting the names of ancestors by coincidence?"

"Nothing," Chapa sighed.

"What? You aren't even able to use your brain and embellish yourself?"

"For what? You are the Great DRAGON of Adolees! You'll know that I lied anyway."

"Give me at least one reason why I would want to keep you alive," grinned the DRAGON.

"I'm still a little Adoleeseet. How can I know what the Great DRAGON would like me to say? In Adolees, they say, the ways of the DRAGON are inscrutable. For some reason, you left me my name. You probably have some reason."

"I've looked enough at these imbeciles. You can take them," said the DRAGON.

Several hideous monsters instantly appeared out of the darkness. Their trunks stretched toward Davkaleon and Chapa.

"Hang on!" cried out Chapa. "Let Davkaleon go! It's not his fault that I appeared in Daeya. He didn't have to save me, find runes for me and go with me to the depository. Everyone in Adolees knows that the Great DRAGON is fair. You can't treat him like that."

"I can't treat the enemy of Adolees like that? I see that you have no brains at all!

171

- Тебя?! – Расхохотался ДРАКОН – Спасибо, насмешил. Дэйца в ученики мне еще не хватало.

В следующее мгновение ДРАКОН прекратил смеяться и, открыв страшную пасть, прорычал – Как ты посмел назвать себя моим именем, ничтожество?

- Это не он. Это я – ответил Чапа, выбираясь из-под плаща Давкалеона.

- Ты?! Ты посмел назваться моим именем?

- Нет, своим именем. Меня зовут ЧапиусКлойАльфрейДон. И каждое из имен моих предков было присвоено им лично тобой.

- И теперь потомок моих слуг решил, что может использовать имена своих предков?

- Мои предки не были слугами! – Возмутился Чапа – Они были офицерами и защищали Адолис!

- Естественно, защищали. Офицеры обязаны защищать. Что сделал лично *ты*? Кроме того, что по стечению обстоятельств унаследовал имена предков?

- Ничего – вздохнул Чапа.

- Что?! Ты даже не способен на то, чтобы напрячь мозги и чуть-чуть себя приукрасить?

- Зачем? Ты - Великий ДРАКОН Адолиса! Ты все равно будешь знать, что я соврал.

- Назови хоть одну причину, почему я могу захотеть оставить тебя в живых – усмехнулся ДРАКОН.

- Я всё еще маленький адолисит. Как я могу знать, что хочет услышать Великий ДРАКОН? В Адолисе говорят "Пути ДРАКОНа" неисповедимы. Зачем-то ты оставил мне мое имя. Наверное, какая-то причина у тебя есть.

- Я посмотрел достаточно на это позорище. Можете взять их – проговорил ДРАКОН.

Несколько отвратительных монстров мгновенно появились из темноты. Их хоботы протянулись к Давкалеону и Чапе.

- Подожди! – Вскричал Чапа – Отпусти Давкалеона! Он не виноват, что я оказался в Дэе. Он не обязан был спасать меня, добывать для меня руны, идти со мной в хранилище. В Адолисе все знают, что Великий ДРАКОН справедлив. Ты не можешь так с ним обойтись.

- Я не могу так обойтись с врагом Адолиса?! Я смотрю, у тебя совсем мозгов нет!

Given your age, I feel sorry for you, but you are the most pathetic Adoleeseet that I have seen in the entire 150 years of my reign. Show mercy to Daeyat who will destroy Adolees?! Look what your friend will do!"

The DRAGON waved a massive claw and the monsters stepped back, reluctantly. A vision unfolded in front of Chapa and Davkaleon. Two armies met in a deadly battle. Adoleeseets with Adolgons and Daeyats on fighting dragons filled the valley. There were significantly fewer Daeyats than Adoleeseets. Davkaleon father's estate was visible behind Daeya's army. A young Daeyat in armor and helmet was leading the army.

"Do you recognize Daeya's commander in chief?" the DRAGON asked Chapa.

The Daeyat in armor looked remarkably similar to Davkaleon, although much older.

"ChapiusKloyAlfreyDon, here's half of my army. The second half is in Adolees and there's no one to protect your homes. Command your army to retreat or I will destroy Adolees."

"Davkaleon, there's only half of your army here because the other half is destroyed," answered the voice.

"Blame yourself, then. I offered," said the Daeyat with a wave of his hand. A pillar of fire appeared in the distance. The DRAGON's vision changed—fire raged everywhere. The vision changed again. There was nobody left alive on the black scorched terrain.

"That's all that will be left of Adolees, and your friend Davkaleon will do this," said the DRAGON.

"Don't believe him, Chapa, I won't do this. Even at our first meeting I told you that together, we will win over any enemy. Why would I want to destroy Adolees?"

"Also, you offered to kill the DRAGON, which is me." The vision changed again. Chapa saw himself in a cave with Davkaleon.

"You simply must become the DRAGON! All you need to do now is kill the current DRAGON," said Davkaleon.

"I'll gladly offer the death of Daeyat instigator," said the DRAGON, waving again. Monsters rushed to Davkaleon. With his dagger out, Davkaleon cut off one trunk, then another. Several monsters jumped on Davkaleon from behind. Their trunks couldn't penetrate the cloak of fighting Adolgon's skin, but they dug into Davkaleon by climbing under the cloak.

Учитывая твой возраст, я могу тебя пожалеть, хотя ты самый жалкий адолисит, которого мне приходилось видеть за 150 лет моего правления. Но пожалеть дэйца, который разрушит Адолис?! Смотри, что твой друг сделает! ДРАКОН взмахнул огромной лапой, и монстры нехотя подались назад. Перед Чапой и Давкалеоном развернулось представление. Две армии сошлись в смертельной битве. Адолиситы с адолконами и дэйцы на боевых драконах заполнили долину. Дэйцев было значительно меньше, чем адолиситов. Позади дэйской армии виднелось поместье отца Давкалеона. Молодой дэец в доспехах и шлеме возглавлял армию.

- Узнаешь дэйского командира? – Спросил ДРАКОН.

Дэец в доспехах оказался удивительно похож на Давкалеона, хотя и был значительно старше.

- ЧапиусКлойАльфрейДон, здесь половина моей армии. Вторая половина в Адолисе, и защищать твой Адолис некому. Прикажи своей армии отступить или я разрушу Адолис.

- Давкалеон – раздался голос – здесь только половина твоей армии, потому что вторая половина уничтожена.

- Пеняй на себя, я предложил – сказал дэец и взмахнул рукой. Столб огня показался вдали. Сцена изменилась, кругом бушевал огонь. Сцена опять изменилась. На черной выжженной местности не было никого.

- Это все, что останется от Адолиса – проговорил ДРАКОН – и сделает это твой друг Давкалеон.

- Не верь, Чапа, я этого не сделаю. Я тебе еще при первой встрече говорил, что вдвоем мы победим любых врагов. Зачем мне уничтожать Адолис?

- Еще ты предлагал убить ДРАКОНа, то есть меня. Сцена опять изменилась. Чапа увидел себя и Давкалеона в пещере.

- Ты просто обязан стать ДРАКОНом! Тебе надо всего-навсего убить ДРАКОНа – произнес Давкалеон.

- Я с удовольствием посмотрю на смерть дэйского подстрекателя – проговорил ДРАКОН, кивнув монстрам. Те рванулись к Давкалеону. Он отрубил кинжалом хобот одному, другому. Сзади на Давкалеона прыгнули несколько монстров. Их хоботы не могли пробить плащ из кожи боевого адолкона, но, забравшись под плащ, они впились в Давкалеона.

Waving his dagger, Davkaleon stabbed one, then another. The other monsters jumped back in fear.

Chapa had found what he was looking for in the depository. Now he had long sharp metal claws at the end of his paws. He used them to hit one of the monsters. Chapa took advantage of a moment of confusion. He grabbed Davkaleon and jumped with him toward the black darkness. Tusks and trunks of the monsters grabbed for the two fugitives. Davkaleon cut off one's trunk and knocked out a fang. Chapa's claws grew even more. For the first time, Chapa was fighting for his life. Holding Davkaleon in one paw and fighting with the other, Chapa rushed through the Initiation Hall. Those in the Hall cried out in surprise when the terrible monsters appeared.

"Aleurh!" shouted Davkaleon mentally.

"Hold his dragon!" someone shouted, but they were too late.

There was a battle near the entrance to the Temple. Guards tried to capture Aleurh. Seeing Davkaleon, Aleurh let out a victorious cry and fired a barrage of fire, protecting his friend.

"Run!" shouted Chapa, jumping on Aleurh. He faced the guards and stretched out his long metal claws. Aleurh rushed to the exit, following Davkaleon.

Davkaleon caught a series of thoughts, floating through the air.

HE didn't believe it!

How do you know?

HE let them leave.

Did you manage to get their blood?

No, I did not.

Get their blood and kill them!

Взмахнув кинжалом, Давкалеон ударил одного, потом другого. Монстры в страхе отскочили.

Чапа нашел в хранилище то, что искал. Теперь его лапы заканчивались длинными острыми металлическими когтями. Он ими успешно орудовал. Ударив одного из монстров, Чапа воспользовался секундным замешательством. Чапа схватил Давкалеона и прыгнул с ним в черную темноту. Клыки и хоботы монстров впились в беглецов. Давкалеон отсек кому-то хобот, выбил клык. Чапины когти увеличились еще больше. Впервые Чапа сражался за свою жизнь. Держа Давкалеона одной лапой и сражаясь другой, Чапа мгновенно промчался через Зал Инициаций. Находящиеся в зале вскрикнули от неожиданности, когда вслед появились страшные монстры.

- Алеурх! – мысленно прокричал Давкалеон.

- Задержите его дракона! – услышал Давкалеон, как кто-то отдал команду.

Возле входа в храм шло сражение. Стража пыталась не пропустить Алеурха. Увидев Давкалеона, Алеурх издал победный крик и выпустил шквал огня, отгораживая друга.

- Беги – прокричал Чапа, вскакивая на Алеурха лицом к стражникам, и протягивая вперед длинные металлические когти.

Алеурх рванулся к выходу вслед за Давкалеоном.

- Он не поверил! – перехватил чью-то мысль Давкалеон.

- Откуда ты знаешь?

- Он дал им уйти.

- Удалось достать их кровь?

- Нет.

- Добудьте их кровь и убейте их – последовал приказ.

Chapter 14. Pursuit

The narrow passage began to collapse. Having run a few steps, Davkaleon flew into the abyss. Diving after him, Aleurh caught his friend and flew out of the rock. Davkaleon looked behind and saw a few adult dragons chasing them. Aleurh flew in zigzag pattern to dodge the fire.

"We need to get to the cave with the hidden weapons. Exhale fire in the direction of one of my surprises near the cave's entrance," shouted Davkaleon.

Approaching the cave, Aleurh blew fire toward a parcel hidden nearby. The air was filled with a roar and a pillar of fire. One of the pursuing dragons fell to the ground, tumbling, while Davkaleon, Chapa, and Aleurh raced inside the cave entrance.

"Do you know how to shoot?" Davkaleon asked Chapa.

"I've never tried," answered Chapa, "but I can—"

"So, you cannot. Here are different distractions. Just toss them," Davkaleon said, passing Chapa a box.

"Toss them around or toward the dragons?" asked Chapa, but Davkaleon wasn't there. Having grabbed a bag of weapons, Davkaleon was running out of the cave.

Aleurh shot fire at the explosives hidden between boulders, knocking another dragon senseless. Davkaleon launched an arrow at another approaching dragon. He aimed for the eye—an arrow could hardly break dragon's skin in any other place. The arrow hit the dragon's forehead and bounced. Davkaleon shot again. The dragon roared and rushed into the cave. Aleurh met him with raging fire. The dragon retreated and Davkaleon shot yet again, striking the eye. The dragon went blind—but not helpless. He could still hear and smell. Drawing his long sword, Davkaleon rushed the blinded dragon. One blow, and then another. Roaring, the dragon stood up on his feet and clawed at Davkaleon. Davkaleon ducked and hid behind a high boulder. Grabbing an explosive package, Davkaleon threw it into the dragon's roaring mouth. Aleurh joined the battle, burning the blind dragon with fire. The explosive ignited, and the blind dragon was gone in an instant.

Глава 14. Погоня

Узкий проход начал проваливаться. Пробежав еще несколько шагов, Давкалеон полетел в пропасть. Нырнув следом, Алеурх подхватил друга и вылетел из скалы. Давкалеон оглянулся, за ними гнались несколько взрослых драконов. Чтобы увернуться от огня, Алеурх летел зигзагами.

- Нам надо в пещеру к оружию. Возле самого входа в пещеру выдохни огнем в сторону одного из моих сюрпризов – прокричал Давкалеон.

Подлетев к пещере, Алеурх выпустил струю огня в спрятанный неподалеку сверток. Раздался грохот, столб огня поднялся высоко вверх. Один из гнавшихся драконов закувыркавшись, полетел на землю. Давкалеон, Чапа и Алеурх рванулись в пещеру.

- Ты умеешь стрелять? – Спросил Давкалеон Чапу.

- Я никогда не пробовал – ответил Чапа – но я могу ...

- Значит, не можешь. Здесь разные отвлекалки, просто швыряй ими – перебил Давкалеон, передавая Чапе коробку.

- Швырять куда попало или в драконов? – Спросил Чапа, но Давкалеона рядом не было. Схватив сумку с оружием, Давкалеон бежал к выходу из пещеры.

Алеурх стрелял огнем в разложенную между валунами взрывчатку. Еще один дракон был выведен из строя. Давкалеон запустил стрелу в подлетевшего слишком близко, дракона. Он целился в глаз. Пробить шкуру дракона в другом месте стрела вряд ли могла. Ударив дракона в лоб, стрела упала. Давкалеон выстрелил опять. Дракон взревел и кинулся в пещеру. Алеурх встретил его шквалом огня. Дракон отступил, и Давкалеон выстрелил еще раз. Дракон ослеп, но это не значит, что он стал беспомощным. Он мог ориентируются на слух и запах. Выхватив длинный меч, Давкалеон бросился к ослепшему дракону. Удар, еще удар. Взревев, дракон поднялся на лапы и ринулся к Давкалеону. Давкалеон увернулся и спрятался за высоким валуном. Схватив пакет с взрывчаткой, Давкалеон швырнул его в драконью пасть. Алеурх налетел на ослепшего дракона и обжег огнем. Рядом раздался взрыв и нападавший дракон затих.

Meanwhile, Chapa believed that he had diverted the remaining dragons very successfully. However the little Adoleeseet overestimated his cunning. One of the dragons burst into the cave and appeared next to Chapa. The little Adoleeseet screamed with fear. Making a gigantic leap, Davkaleon jumped on the dragon's back and swung a sword at the neck. It wasn't possible to prick dragon's skin from the back—but the skin is thinner in the front. The dragon turned his head for a moment to look at the arrogant rider and burn him with fire. Davkaleon slid down. Chapa got out his long metal claws and thrust them into the dragon's throat. Streams of blood poured down, preventing wounded throat from breathing any fire. The dragon stood up on his back legs, ready to crush the attackers. Aleurh breathed fire from behind while Davkaleon thrust his sword from the front. Chapa stared at his metal claws with surprise, not believing that he was able to take such good advantage of what he'd discovered in the depository. Another dragon neared the cave—the last one. Getting on top of Aleurh, Davkaleon rushed into the battle. It was much easier to fight the dragon sitting on Aleurh than standing on the ground. Aleurh was able to sense when the dragon was going to shoot fire and skillfully dodge the attack. Aleurh knew a dragon's vulnerable places and flew up to the enemy so that Davkaleon could strike with the sword or spear. The former chief of guards, Kvinsit, had trained Davkaleon and Aleurh well. Chapa enthusiastically watched the battle. Aleurh and Davkaleon were clearly winning.

Watching the battle and anticipating his friend's victory, Chapa didn't notice that someone, face hidden in a black cloak with a hood, crept up behind him. Taking a rope from his pocket, the stranger threw it onto Chapa. The rope curled up in a loop on the fly, stretched and fell, forming a circle, around Chapa. Chapa felt terrible heaviness race throughout his body. He wanted to reach out to the attacker with claws, but he couldn't move—as though every finger, every part of his body weighed as much as a mountain. Chapa thought he was going to be flattened by his own weight.

"Who sent you?" demanded the stranger.

Chapa tried to answer, but he couldn't move his lips. The stranger in black waved his hand and the grip eased just enough for the little Adoleeseet to answer.

Между тем, Чапа считал, что он весьма успешно отвлекает оставшихся драконов. Адалисенок переоценил свои силы. Один из драконов ворвался в пещеру и оказался рядом с Чапой. Адалисенок от страха закричал. Сделав гигантский прыжок, Давкалеон прыгнул на спину дракона и с размаху ударил острым мечом в шею. Со спины толстую драконью шкуру не пробить. Но спереди она тоньше. Дракон на мгновение повернул голову взглянуть на нахального седока и опалить его огнем. Давкалеон соскользнул вниз. Чапа выпустил длинные металлические когти и вонзил их спереди в горло дракона. Струя крови полилась вниз, раненое горло не позволяло выдохнуть огонь. Дракон поднялся на задние лапы, готовясь раздавить нападавших. Алеурх сзади выдохнул огнем и Давкалеон вонзил спереди свой меч. Чапа с удивлением рассматривал свои металлические когти, не веря, что сумел так хорошо воспользоваться подсказкой хранилища. Возле пещеры был еще один дракон. Кажется, последний. Вскочив на Алеурха, Давкалеон помчался в бой. Драться с драконом, сидя на Алеурхе значительно легче, чем стоя на земле. Алеурх чувствовал, когда дракон собирается выстрелить огнем и виртуозно изворачивался. Алеурх знал все уязвимые места драконов и подлетал к противнику так, чтобы дать возможность Давкалеону ударить мечом или копьем. Бывший начальник стражи Квинсит хорошо натренировал Давкалеона и Алеурха. Чапа с восторгом смотрел на битву. Алеурх с Давкалеоном явно побеждали.

Глядя на сражение, и предвкушая победу друзей, Чапа не заметил, как некто в черном плаще с капюшоном, скрывающим лицо, подкрался к нему сзади. Достав из кармана веревку, неизвестный бросил ее в Чапу. Веревка на лету свернулась в петлю, растянулась и упала, образовав вокруг Чапы круг. Чапа почувствовал страшную тяжесть во всем теле. Он хотел дотянуться до нападавшего когтями, но не мог пошевелиться. Каждый палец, каждая частичка его тела весила, как гора. Чапа подумал, что он сейчас будет расплющен собственной тяжестью.

- Кто послал тебя? – спросил незнакомец.
Чапа попытался ответить, но он не мог пошевелить губами. Некто в черном взмахнул рукой, и тяжесть чуть-чуть отпустила. Ровно настолько, чтобы адолисенок мог отвечать.

"No one." Chapa was surprised at how slow his voice sounded.
"How did you get here?"

"I don't know," said Chapa and felt the weight increase again.

"Don't lie, otherwise you will be crushed," said the stranger.

Chapa tried to tell his story, but he couldn't speak again. The dark stranger eased the grip again.

Having finished with the last dragon, Davkaleon entered the cave. He saw the stranger sitting on the ground and Chapa standing in front of him. The little Adoleeseet was telling his story. Chapa's voice surprised Davkaleon, it sounded low and slow. Coming closer, Davkaleon saw a circle around Chapa. The little Adoleeseet looked at Davkaleon—his eyes seemed terrified. Davkaleon waved his sword. At the same moment the stranger, without turning around, threw the rope over his shoulder. As before, the rope curled into a loop on the fly and stretched, ready to form a circle around Davkaleon. But before it fell, Aleurh managed to jump inside. Davkaleon felt that he couldn't hold his sword, and it fell out from his hand with a crash.

"What is the name of your real teacher?" asked the stranger, turning to Davkaleon and loosening the grip to give Davkaleon an opportunity to respond.

The question surprised Davkaleon. Even after his escape, someone continued to believe that he was an apprentice of Twierks magician!

Aleurh's paw was touching the circle. When the stranger eased his grip slightly, the dragon was able to move his claw. The weight weakened drastically. Aleurh threw the rope up and the weight disappeared altogether. Aleurh jumped on the man in black and knocked him to the ground. The stranger tried to get something out of his pocket. Another rope? Grabbing a sword, Davkaleon hit the stranger's arm and dark brown liquid spurted across the ground of the cave. Davkaleon had never seen blood of such color.

Davkaleon couldn't believe his eyes. The stranger's cut off arm was crawling to its master! Davkaleon hit it with the sword. Chipped, it tried to rejoin the hooded man. Aleurh breathed fire.

- Никто - Чапа удивился, как медленно звучит его голос.

- Как ты попал сюда?

- Я не знаю – ответил Чапа и почувствовал, как тяжесть опять увеличивается.

- Не лги, иначе будешь раздавлен – сказал незнакомец.

Чапа попытался рассказать свою историю, но опять не мог говорить. Незнакомец чуть-чуть ослабил тяжесть.

Расправившись с последним драконом, Давкалеон вошел в пещеру. Он увидел сидящего на земле незнакомца и стоящего перед ним Чапу. Адолисенок рассказывал свою историю. Голос Чапы удивил Давкалеона, он звучал медленно и низко. Подойдя ближе, Давкалеон увидел круг вокруг Чапы. Адолисенок смотрел на Давкалеона, и в его глазах читался ужас. Давкалеон взмахнул мечом. В то же мгновение незнакомец, не оборачиваясь, бросил через плечо веревку. Так же, как и первая веревка, эта на лету свернулась в петлю и растянулась, готовясь образовать вокруг Давкалеона круг. Но прежде, чем она упала, Алеурх успел вскочить внутрь. Давкалеон почувствовал, что не в силах удерживать меч и тот со звоном выпал из его руки.

- Как зовут твоего настоящего учителя? – спросил незнакомец, резко поворачиваясь к Давкалеону и чуть-чуть ослабляя тяжесть, чтобы дать Давкалеону возможность ответить.

Вопрос удивил Давкалеона. Выходит, даже после его бегства, кто-то продолжал верить, что он является учеником мага Твиркса!

Лапа Алеурха касалась круга. В тот момент, когда незнакомец чуть-чуть ослабил тяжесть, дракон сумел подвинуть свой коготь под верёвку. Тяжесть резко ослабла. Алеурх подбросил веревку вверх, и тяжесть исчезла совсем. Алеурх прыгнул на человека в черном и повалил на землю. Незнакомец попытался достать что-то из своего кармана. Наверное, очередную веревку. Схватив меч, Давкалеон ударил по руке незнакомца, на пол пещеры полилась темно-коричневая жидкость. Давкалеону никогда не приходилось видеть кровь такого цвета.

Давкалеон не верил своим глазам – отсеченная рука незнакомца ползла к своему хозяину! Давкалеон ударил ее мечом. Разрубленная, она попробовала добраться до хозяина в капюшоне. Алеурх выдохнул огнем.

What was left of the arm didn't move again. The stranger sat stunned for a few moments. Davkaleon stripped the black cloak but recoiled from the monster's ugly face. The monster turned to stare at where, until recently, his arm had been. Davkaleon saw a sprout appear from the shoulder and begin to grow. The next minute the sprout took the form of an arm.

"Oh, gods, what is this?" asked Davkaleon to no one in particular.

"*Difeserant.*" He heard an unfamiliar voice in response and turned his head.

Behind him stood a man in a purple cloak. It seemed that Davkaleon had seen him somewhere before.

"Don't be distracted," said the man in the purple. "Difeserants are foul creatures. This one has almost grown a new arm for himself already."

Davkaleon turned back to the difeserant. The new arm was almost ready. It was shorter than the other, but continued to increase in size. Aleurh didn't wait until the arm was fully grown—he hit the monster with his claws.

"If you are this slow, you won't have time to blink an eye before you get destroyed," said the stranger in purple. "By the way, did you deliberately forget about your partner?"

Davkaleon looked at Chapa. The little Adoleeseet was inside the circle, quite exhausted. Davkaleon pulled the rope. He didn't expect that the rope would be so heavy. Gathering all his strength, Davkaleon yanked again. The rope barely moved. Davkaleon slipped his sword under the rope and its weight loosened. Davkaleon threw it away. The exhausted little Adoleeseet fell to the ground in the cave.

"Let the little one rest," the stranger offered. "Let's talk. By the way, your dragon copes well with difeserant's filth. Fire is probably the only thing that can destroy him. Of course, provided he is in this particular guise."

"Can he be in a different guise?" asked Davkaleon.

"Of course, he can. The word 'difeserant' means *different*. So, he can change on the fly."

"The same way as Adoleeseet can?"

То, что осталось от отсеченной конечности, больше не шевелилось. Незнакомец, между тем, на несколько мгновений затих. Давкалеон смахнул с него черный плащ и отшатнулся от уродливой морды монстра. Чудовище повернуло голову туда, где еще недавно была его рука. Давкалеон увидел, как из плеча показался отросток и начал увеличиваться в размерах. В следующую минуту отросток принял форму руки.

- О боги, что это? – проговорил Давкалеон, ни к кому не обращаясь.

- Дифесерант – услышал он в ответ незнакомый голос и повернул голову.

Позади него стоял человек в фиолетовом плаще. Кажется, Давкалеон его где-то уже видел.

- Ты не отвлекайся – сказал человек в фиолетовом – дифесеранты на редкость паскудные твари. Этот уже и руку себе почти отрастил.

Давкалеон повернулся к дифесеранту. Новая рука была почти готова. Она была короче другой, но продолжала увеличиваться в размерах. Алеурх не стал дожидаться, пока рука полностью отрастет и ударил монстра когтями.

- Если ты будешь таким медленным, ты и глазом не успеешь моргнуть, как тебя уничтожат – Проговорил незнакомец – Кстати, ты, почему о своем напарнике забыл?

Давкалеон перевел взгляд на Чапу. Адолисенок был в круге, он совсем обессилил. Давкалеон рванул веревку. Он не ожидал, что веревка будет настолько тяжелой. Собрав все свои силы, Давкалеон дернул еще раз. Веревка чуть-чуть сдвинулась. Давкалеон подсунул меч под круг, тяжесть веревки ослабла. Давкалеон отбросил ее прочь. Обессиленный адолисенок упал на пол пещеры.

- Пусть малыш отдохнет – предложил незнакомец – Давай поговорим. Кстати, твой дракон хорошо с дифесерантской мерзостью справляется. Огонь, пожалуй, единственное, чем его можно уничтожить. Естественно, если он в этом своем обличье.

- Он может быть в другом обличье? – спросил Давкалеон.

- Конечно, может. Слово 'дифесерант' означает *различный*. Так что он может меняться на ходу.

- Как адолисит?

"Similar, but not quite. Adoleeseets think and feel as Daeyats. Their actions are subject to the same logic as that of Daeyats. Difeserants, though, don't feel pain. They don't know the feelings in the same sense as Daeyats, and their logic is completely alien to both Daeyats and Adoleeseets. The only thing that saves us from these beasts is that they are still a little dumb. You see, this difeserant still hasn't realized that you have no teacher and never had one. Unfortunately, they develop rather quickly. In the past, they had always been much dumber, and it's been much easier with them.

"Where did they come from? They weren't here before," asked Davkaleon.

"They were, but they were very slow in the beginning, so nobody paid attention to them."

"Did they come from over the mountains? Why didn't the natives of Daeya threw them back to where they came from?"

"Nobody knows for sure where they came from. Rumors link them with the Black Castle," the stranger answered.

"But there is nothing in that castle except ruins," Davkaleon said, surprised.

"Do you think that it is possible to destroy the castle of the Twierks' magicians, turning it into ruins?" smiled the interlocutor. Having heard the word *Twierks*, Davkaleon looked around, expecting the instant appearance of the priests, but the stranger waved his hand. "The priests will not appear here. Near Llill, you can talk about Twierks as much as you want, and the priests won't hear you."

"So, it's true that the Black Castle belonged to the magicians of Twierks?" asked Davkaleon.

The Black Castle or rather, its ruins, were at the foot of the mountains in the Death Valley. High mountains surrounded Daeya on all sides, creating a natural barrier to its enemies. But recently something had happened. Death Valley had appeared and unknown monsters began to invade Daeya. The priests connected their appearance with the magicians of Twierks. They decided that magicians have chosen the Black Castle for their dirty tricks. A few years earlier, the priests demanded the destruction of the castle, and leveled the ruins to the ground. The army of Daeya carried out the order, but it was not very helpful— the number of monsters did not diminish after that. Instead, they increased.

- Похоже, но не совсем. Адолиситы думают и чувствуют, как дэйцы. Их действия подчиняются такой же логике, как у дэйцев. Дифесеранты не чувствуют боли, им не знакомы чувства в том смысле, в каком они свойственны дэйцам, и их логика совершенно чужда и для дэйцев, и для адолиситов. Единственное, что спасает от этих тварей, это то, что они пока еще туповаты. Видишь, до этого дифесеранта до сих пор не дошло, что никакого учителя у тебя нет, и никогда не было. К сожалению, они довольно быстро развиваются. В прошлом они были значительно тупее, и с ними было намного легче.

- Откуда они взялись? Их же раньше не было – спросил Давкалеон.

- Были, но они вначале были очень медлительны, так что никто не обращал на них внимания.

- Они из-за гор пришли? Почему дэйцы не вышвырнули их туда, откуда они появились?

- Никто не знает, откуда они взялись. Слухи связывают их с Черным Замком – ответил незнакомец.

- Но от него же ничего не осталось, одни развалины – удивился Давкалеон.

- Ты думаешь, замок магов Твиркса можно уничтожить, превратив его в развалины? – усмехнулся собеседник.

При слове *Твиркс* Давкалеон оглянулся, ожидая мгновенного появления жрецов, но незнакомец махнул рукой: "Жрецы здесь не появятся. Возле Ллилля ты можешь говорить о Твирксе столько, сколько хочешь, жрецы тебя не услышат".

- Значит, это правда, что Черный Замок принадлежал магам Твиркса? – спросил Давкалеон.

Черный Замок, точнее, его развалины находились у подножия гор в Долине Смерти. Высокие горы окружали Дэю со всех сторон, служа естественным барьером на пути врагов. Но в последнее время что-то произошло. Появилась Долина Смерти и монстры наводнили Дэю. Жрецы связывали их появление с магами Твиркса и полагали, что маги облюбовали Черный Замок для своих грязных трюков. Несколько лет назад жрецы потребовали, чтобы замок был разрушен, а его руины сравняли с землей. Дэйская армия выполнила приказ, но это не очень помогло, количество монстров не уменьшилось, а, увеличилось

"Why do the magicians of Twierks need these creatures?" asked Davkaleon.

"I am not sure that Twierks magicians are even connected with these creatures. The priests say that the magicians create different monsters, but no one knows if it's actually the true."

"Alright, enough about these freaks. Let's talk business. I have an offer for you. You are now hunted by dozens of difeserants, as well as a number of black magicians of all calibers. If you dare to go home now, you won't get there alive. By the way, there will be nothing left of your dead body as well. You'll be torn apart, bit by bit, and sold on the Twierks black market by the piece. The most valuable parts will be played at the Twierks tournaments. However, you won't get any benefit from this. Why do you need such a deal? I'm offering you a splendid option. I get you home safe and undamaged. Not even one hair will fall from your head. Your dragon and the little Adoleeseet won't be harmed. Instead, I want mere trifle from you. Agree to it and rejoice in your good luck."

"Let's talk more about your *mere trifle*. What do you need?"

"A little drop of your blood. And quite a bit of your little Adoleeseet's and dragon's blood."

"For what purpose?"

"To sell it, of course."

"Why would anyone want my blood?"

"Are you kidding?" laughed the stranger in the purple hood. "Blood of a Twierks magician's apprentice is valued very high on the Twierks black market."

"But you yourself said that I don't have a teacher. What kind of magician apprentice am I?"

"The fact that I know that *doesn't matter*. In any case, as long as the rest don't know it, I will have buyers."

"If you know it, others may know too. They saw me flee from the Temple."

"Nobody knows whether you were fleeing or executing a part of the initiation ceremony.

- Зачем магам Твиркса нужны эти твари? – спросил Давкалеон.

- Я не уверен, что маги Твиркса связаны с этими тварями. Жрецы утверждают, что маги разводят разных монстров, но никто не знает, так ли это на самом деле – ответил незнакомец.

- Ладно, хватит об этой пакости. Давай лучше поговорим о деле. У меня к тебе есть предложение. Тебя сейчас подстерегают десятки дифесерантов. Кроме них множество черных магов разного калибра. Если ты вздумаешь сейчас отправиться домой, ты туда живым не доберешься. Впрочем, от мертвого тебя тоже ничего не останется. Тебя растащат по кусочкам, по шматочкам и продадут на черном твиркском рынке по частям. Самые ценные части будут разыграны на знаменитых твиркских турнирах. Причем, ты с этого ничего не получишь. Зачем тебе такой расклад? Я тебе предлагаю шикарный вариант. Я тебя доставляю домой в целости и сохранности. Ни один волосок не упадет с твоей головы. Твой дракон и адолисенок тоже не пострадают. Взамен я хочу от тебя сущую ерунду. Соглашайся и радуйся своей удаче.

- Давай поговорим подробнее о *сущей ерунде*. Что тебе надо?

- Капельку твоей крови. И совсем немножко крови твоего адолисенка и дракона.

- Зачем?

- Для того чтобы продать, конечно.

- Зачем кому-то может понадобиться моя кровь?

- Шутишь?– Рассмеялся собеседник в фиолетовом плаще - Кровь ученика мага Твиркса котируется очень высоко на твиркском черном рынке.

- Ты же сам сказал, что учителя у меня нет. Какой же из меня ученик мага?

- То, что я это знаю, *не имеет никакого значения*. До тех пор, пока остальные этого не знают, у меня будут покупатели.

- Если ты это знаешь, то остальные могут знать тоже. Они видели, как я спасался бегством из храма.

- Спасался ли ты бегством или выполнял часть церемонии инициации, не знает никто.

All that is known is that you survived a meeting with the DRAGON of Adolees. Until now, no one has been able to do this. Except, of course, the Adoleeseets themselves. Those in the hall saw you flying out at lightning speed, seem to become an Adolees's dragon. However, the stories of those who were in the hall differ. Some say that you managed to completely turn into Adolgon, pass initiation, and make your first flight. Others argue that you managed to turn only partially, that's why the DRAGON was enraged and even threatened to kill you. But despite his threats, he left you alive, so you are still his apprentice. Whatever the truth, I assure you there will be more than enough buyers for your blood. That's why I'm going to risk my own life and get you home."

"You didn't answer my question. What will buyers of such a specific product do with my blood?"

"You are asking me what can be done with a blood of Twierks magician's apprentice? Well, the blood is used to get inside the depository, much as you did. If someone believes that you have passed the initiation, they can try to get into Twierks, Gods help him! He won't know that this isn't true."

"How much are you going to sell my blood for?"

"It will fetch a good price, of course."

"That won't do," answered Davkaleon. "I'll get home by myself. And I can trade my own blood by myself as well."

"You cannot. Selling merchandise is considered too low for Twierks magician's apprentices. Selling his own blood is even worse. If you do that, then the question about your connection to Twierks magicians will disappear, and you'll immediately depreciate your goods."

"I can hire someone to do it for me."

"I'll give you a cloak made of the skin of a fighting Adolgon," offered the stranger.

"Now I recognize you!" exclaimed Davkaleon. "It was *you* who sold me a pathetic fake last year! It was you I threatened to twist by the neck when it became clear that it was merely a baby skin instead of a fighting dragon's one."

"I never sell fakes!" The trader of magical goods was outraged.

Всё, что известно, это то, что ты выжил после встречи с ДРАКОНом Адолиса. До сих пор это не удавалось никому. Конечно, кроме самих адолиситов. В зале видели, что ты молниеносно пролетел. Кажется, превратившись в адолиситского дракона. Здесь, впрочем, рассказы тех, кто был в зале, расходятся. Кто-то говорит, что тебе удалось полностью превратиться в адолкона, ты прошел инициацию, и совершил свой первый полет. Другие утверждают, что тебе удалось превратиться только частично, поэтому ДРАКОН был в ярости и даже грозил тебя убить. Но, несмотря на свои угрозы, он оставил тебя в живых, значит, ты все еще его ученик. Как бы там ни было, уверяю тебя, покупателей твоей крови будет, хоть отбавляй. Именно поэтому я буду рисковать своей собственной жизнью и доставлю тебя домой.

- Ты не ответил мне на вопрос, что будут делать с моей кровью покупатели столь специфического продукта.

- Ты спрашиваешь меня, что можно делать с кровью ученика мага Твиркса? Например, попасть в хранилище, как это сделал ты. Если кто-то верит в то, что ты прошел инициацию, то может попытаться попасть в Твиркс. Боги ему в помощь. Рассказать, что это не так, он не сможет.

- За сколько ты собираешься продавать мою кровь?

- Естественно, очень дорого.

- Так не пойдет. – Ответил Давкалеон. – Домой я и сам доберусь. А торговать собственной кровью, я и сам могу.

- Не можешь. Ученик мага Твиркса не снизойдет до того, чтобы самому торговать. А продавать собственную кровь – ещё хуже. Если ты это сделаешь, то вопрос о твоей связи с магами Твиркса отпадет сам собой, и ты сразу обесценишь товар.

- Я могу нанять кого-то, кто будет это делать для меня – пожал плечами Давкалеон.

- Я подарю тебе плащ из кожи боевого адолкона – предложил собеседник.

- Теперь я узнал тебя! – Воскликнул Давкалеон – Это *ты* продал мне в прошлом году жалкую подделку! Это тебе я обещал свернуть шею, когда выяснил, что это шкура жалкого детеныша, а не боевого дракона.

- Я никогда не продаю подделки! – Возмутился торговец.

"You asked me for a cloak of Adolgon's skin, and I sold it to you. You haven't specified that you needed a cloak made of fighting Adolgon's skin."

"And you yourself didn't know," sneered Davkaleon. "However, when you quoted the price for this useless lizard's skin, you asked for the same exorbitant amount that is asked for a skin of a fighting Adolgon."

"Are you joking? I took only 1000 Daeyat sickles. A fighting Adolgon's skin would cost you a thousand times more."

Davkaleon looked at the merchant surprised.

"Yes," nodded the trader. "A fighting Adolgon's skin is worth a fortune. But let's talk business. You say that you can hire someone who will sell for you. Hire *me*. My name as a seller of magic items is well known. I have connections to those who will be interested in such a product. No one will have any doubts as to how I got this product. I have a ton[11] of similar items at my store. I'm offering you to split the profits in half. It's a lot of money. I have only one condition—I have to get the exclusive right to sell. Here's the contract," said the seller, offering out a prepared document from under the cloak.

Davkaleon began reading. "I, ChapiusKloyAlfreyDon, called Chapashka-Alfreydon—" But he wasn't able to finish.

"Who dares to call my name?!" roared the DRAGON, appearing out of nowhere.

The next moment, the document flew out of Davkaleon's hands and stopped in the air in front of the DRAGON's eyes.

"You still dare to call yourself by my name?" roared the DRAGON. Then he turned to the merchant. "And you have the audacity to trade my name?"

"No, of course—" But the merchant wasn't able to finish. DRAGON breathed his fire.

Davkaleon, Chapa and Aleurh jumped toward the exit.

"Remember, pathetic lizard, I'll let you grow up," said DRAGON to Chapa. "But don't hope that I will help or protect you. If you end up as difeserant's dinner, you'll just save me future trouble with you.

- Ты просил у меня плащ из кожи адолкона, я его тебе продал. Ты не уточнял, что тебе нужен плащ из кожи боевого адолкона.

- А сам ты не знал. – Насмешливо ответил Давкалеон. – Правда, когда ты называл цену за кожу этой бесполезной ящерицы, ты заломил баснословную цену, которую просят за кожу боевого адолкона.

- Ты шутишь? Я взял всего 1000 дэйских сиклей. Кожа боевого адолкона обошлась бы тебе в тысячу раз дороже.

Давкалеон с удивлением взглянул на торговца.

- Да – кивнул торговец – Кожа боевого адолкона стоит целое состояние. Но давай поговорим о деле. Ты говоришь, что можешь нанять кого-то, кто будет продавать для тебя. Найми *меня*. Мое имя продавца магического товара хорошо известно. У меня связи среди тех, кого заинтересует подобный товар. Ни у кого не возникнет подозрения, как я этот товар добыл. Подобных вещей в моей лавке хоть пруд пруди[11]. Я тебе предлагаю разделить прибыль пополам. Это очень большие деньги. Единственное условие – я должен получить эксклюзивное право на продажу. Вот договор – предложил продавец, доставая из-под накидки заранее заготовленный документ.

- Я, ЧапиусКлойАльфрейДон, именуемый Чапушкой-Альфрейдоном - начал читать Давкалеон, но не закончил.

- Кто смеет называть мое имя?! – взревел ДРАКОН, появляясь из ниоткуда.

В следующее мгновение документ вырвался из рук Давкалеона и остановился в воздухе перед глазами ДРАКОНа.

- Ты по-прежнему смеешь называть себя моим именем! – Взревел ДРАКОН - А ты имеешь наглость торговать моим именем! – ДРАКОН повернулся к торговцу магическим товаром.

- Нет, что ты - торговец не успел договорить. ДРАКОН выдохнул пламя.

Давкалеон, Чапа и Алеурх отскочили к выходу.

- Запомни, жалкая ящерица, я дам тебе подрасти. – Сказал ДРАКОН, обращаясь к Чапе. - Не надейся, что я буду как-то тебе помогать или защищать. Если ты попадешь на обед к дифесеранту, ты просто избавишь меня от будущих хлопот с тобой.

If, by some miracle, you live to reach the dragon's age, then you'll know the rumor that I kill cowards are true. I can't stand cowards, traitors and milksops among the Dragons of Adolees."

"*Dragons of Adolees?* Did you say Dragons with a capital letter? So, I'll become a fire breathing Dragon when I grow up?" Chapa rejoiced!

"Don't be too happy," said the DRAGON. "I swallowed the previous ChapiusKloyAlfreyDon." DRAGON turned to Davkaleon. "Daeyat, I won't touch you now for one reason. It's unbecoming for the DRAGON of Adolees to kill minors. Our next meeting will be your last. It's in your best interest that you postpone that meeting!"

Neither Davkaleon nor Chapa had time to answer. The DRAGON rose to his full height and disappeared, scratching Chapa with his wing.

Small, exhausted Chapa jumped like a small pup. "He charged me with energy. The Great DRAGON of Adolees shared his energy with me," the little Adoleeseet announced happily.

Davkaleon looked out of the cave. There were so many monsters outside! He recognized diferesants immediately, but many others he'd never seen before.

How many vermin exist in Daeya? thought Davkaleon.

"Look to your left." Aleurh hissed, nudging Davkaleon.

Davkaleon turned his head to where his dragon pointed out. A tiny Svarg carefully approached to them.

"I want to bring him home and to show everyone," said Davkaleon as he threw the knife.

The Svarg fall silent.

"Don't you feel sorry for him?" Asked Chapa. "He was so small."

"Don't I feel sorry?! Small? Ha! You have not seen how this critter grows instantly before jumping on you. Because of little ones like this, Kvinsit decided that I and Aleurh had overslept for guard duty, and my father imagined that school of needlework was the most suitable place for us. Can you imagine that? I sit at a spinning wheel while my dragon is cross-stitching?"

Если ты чудом доживешь до того момента, как достигнешь драконьего возраста, то знай, что слухи о том, что я убиваю трусов, правдивы. Трусов, предателей и хлюпиков я не терплю среди Драконов Адолиса.

- *Драконов Адолиса*? Ты сказал Драконов с большой буквы? Значит, я стану Огнедышащим Драконом, когда вырасту - обрадовался Чапа.

- Не слишком радуйся – ответил ДРАКОН – предыдущего ЧапиусКлойАльфрейДона я проглотил.

ДРАКОН повернулся к Давкалеону.

- Дэец, я не трону тебя сейчас по единственной причине. Негоже ДРАКОНу Адолиса убивать недорослей. Наша следующая встреча будет для тебя последней. В твоих интересах, чтобы она случилась, как можно позже.

Ни Давкалеон, ни Чапа не успели ответить. ДРАКОН поднялся во весь рост и исчез, зацепив Чапу крылом.

- Маленький, обессиленный Чапа, подскочил, как мячик.

- Он зарядил меня энергией. Великий ДРАКОН Адолиса поделился со мной энергией – радостно сообщил адолисенок.

Давкалеон выглянул из пещеры. Кого здесь только не было. Дифесерантов Давкалеон узнал сразу, но многих других он видел впервые.

- *Сколько всякой нечисти в Дэе развелось* – подумал Давкалеон.

- Глянь налево – прошипел Алеурх и слегка толкнул Давкалеона.

Давкалеон повернул голову туда, куда указал его дракон. К ним осторожно подбирался крошечный сварг.

- Я хочу принести его домой – заявил Давкалеон и швырнул нож. Сварг затих.

- Тебе не жалко? - спросил Чапа - Он же такой маленький.

- Жалко?! Маленький?! Ха! Ты не видел, как эта тварь мгновенно вырастает и накидывается на тебя. Из-за них Квинсит решил, что мы с Алеурхом проспали боевое дежурство, а отец вообразил, что школа рукоделия – самое, что ни на есть подходящее место для нас с Алеурхом. Представляешь, картинку? Я сижу за прялкой, а мой дракон вышивает крестиком.

"What's a spinning wheel? And what does cross-stitching mean?" asked Chapa.

"Don't stuff your head with silly ideas, waved Davkaleon. "Are you sure he recharged your energy?"

Chapa nodded vigorously.

"You explained to me that your bug is a small caricature of you. Can you become a big caricature?" asked Davkaleon.

Chapa turned into a huge insect.

"See? But this bug only looks huge. In reality, it's not as strong as it looks. There's a lot of air inside. Its skin is very thin, and it won't be able to fight."

"It's not a big deal that it won't be able to fight. I need you to scare these freaks."

"My bug is not terrifying at all," objected Chapa.

"Here's what we are going to do," answered Davkaleon. "Increase the size of your dragon."

Chapa transformed into a dragon. However, he didn't look fierce. He looked like a big, kind-hearted toy."

"Portray yourself as the DRAGON of Adolees," Davkaleon suggested.

"Oh, no! How can I?" The idea scared Chapa.

"You can. He transferred his energy to you. That means that he wants you to survive. Recollect what he looks like—we saw him twice today."

Chapa tried, though his teeth chattered with fear.

"Frown more," commanded Davkaleon. "Make a bigger jaw. And your teeth are too little. Now, make your eyes red."

Ten minutes passed before Davkaleon was satisfied.

"I'm full of thin air like a balloon," complained Chapa. "I'm not even sure I'll be able to fly—the wind will carry me away."

"You don't have to fly," explained Davkaleon. "You'll slip out of the cave in the form of an imperceptible insect, fly to that boulder and then turn into the DRAGON. It will seem as if you came out of nowhere. Then you'll roar."

Chapa shook his head.

- Что такое прялка? И что значит вышивать крестиком? - поинтересовался Чапа.

- Не забивай себе голову ерундой – отмахнулся Давкалеон – Ты уверен, что зарядился энергией?

Чапа усиленно закивал.

- Ты мне объяснял, что твоя букашка - это маленькая карикатура на тебя самого. А большую карикатуру ты изобразить сможешь? – поинтересовался Давкалеон.

Чапа превратился в букашку огромного размера.

- Я могу. – Проговорил Чапа. – Но эта букашка только с виду большая. На самом деле она совсем не такая сильная, как кажется. Внутри у нее много воздуха, кожа у нее очень тонкая, и драться она не сможет.

- Это ничего, что она не сможет драться. Мне надо, чтобы ты напугал эту мерзость.

- Моя букашка совсем не страшная – возразил Чапа.

- Вот этим мы и займемся. – Ответил Давкалеон. – Увеличь в размерах своего дракона.

Чапа трансформировался в дракона. Правда, свирепым он не выглядел. Он напоминал большую добродушную игрушку.

- Изобрази из себя ДРАКОНа Адолиса – предложил Давкалеон.

- Что ты! Как можно! – перепугался Чапа.

- Можно. Энергию он тебе передал, значит, хочет, чтобы ты выжил. Вспоминай, как он выглядит, благо сегодня ты с ним встречался дважды.

Чапа попробовал, хотя зубы у него стучали от страха.

- Нахмурься больше – командовал Давкалеон. – Пасть сделай больше. И зубы у тебя маловаты. Теперь сделай глаза красными.

Минут через десять Давкалеон был удовлетворен.

- Я состою почти из воздуха, как воздушный шарик – жаловался Чапа. – Я даже не уверен, что смогу лететь, меня ветром будет сносить.

- Тебе летать не придётся - объяснил Давкалеон. – Ты вылетишь из пещеры в виде незаметной букашки, подлетишь вон к тому валуну и превратишься в ДРАКОНа. Будет казаться, что ты появился из ниоткуда. Ты издашь рев.

При слове рев Чапа замотал головой.

"I won't be able to."

"You don't have to roar, just open your mouth. I will provide the necessary sound. And then, I'll shoot at that package of explosives over there and a pillar of fire will appear in front of you. It will look

like you did it. Then let the DRAGON disappear. You can turn into a bug and get back into my pocket, or turn into a little dragon. But

you'll need to fly fast. This performance will work only for a little while."

"I'll turn into a dragon. If necessary, I will fight," said Chapa firmly. He transformed into a little bug and quietly flew out of the cave toward the boulder. Davkaleon blew the horn. A terrible roar rumbled all around and DRAGON of Adolees appeared from behind the boulder. Monsters jumped away. A pillar of fire soared to the skies. The DRAGON disappeared. Aleurh and Davkaleon flew out of the cave. Chapa joined them in the form of a little dragon, and they were gone.

At first, no one even chased them. Who wants to be the DRAGON's dinner? The fugitives were halfway home when they heard the sounds of pursuit.

"Chapa, it's necessary to repeat the trick with the DRAGON," said Davkaleon. "We need to demonstrate how well you are able to swallow arrogant pigs."

"I won't be able to."

"I have an inflatable toy. Can you swallow it?"

"Probably."

"We'll get everything ready behind that mountain," Davkaleon said, pointing. Several difeserants and dragons flew after the fugitives. The price offered for their blood was too high to give up the chase. They were coming over the mountain when the terrible roar of Adolees DRAGON was heard. A pillar of fire erupted in the direction of pursuers. The DRAGON opened his terrible jaws and one of the dragons disappeared. Holding swords in both hands, Davkaleon rushed after the dragons on Aleurh. Chapa hit another dragon with metal claws. Aleurh shot fire into the difeserants. The pursuers flew away again.

"Turn into a bug. We're almost home," ordered Davkaleon.

- Я не смогу.

- Тебе не надо реветь. Ты только открой свою пасть. Нужный звук я обеспечу. Потом я выстрелю в тот сверток, и перед тобой появится столб огня. Будет казаться, что это сделал ты. Затем пусть ДРАКОН исчезнет. Ты можешь превратиться в букашку и забраться ко мне в карман, или превратиться в дракончика. Но имей в виду, лететь надо будет быстро. Это представление сработает ненадолго.

- Я превращусь в дракона. Если надо, буду драться – твердо ответил Чапа.

Он превратился в маленькую букашку и, незаметно вылетев из пещеры, направился к валуну. Давкалеон протрубил в рог. Страшный рев пророкотал на всю округу и из-за валуна появился ДРАКОН Адолиса. Монстры отскочили прочь. Столб огня взвился до небес. ДРАКОН исчез. Давкалеон на Алеурхе вылетел из пещеры. Чапа в образе дракончика к ним присоединился.

За ними в начале даже никто не гнался. Кому хочется попадать на обед к ДРАКОНу? Беглецы были на полпути домой, когда услышали шум погони.

- Чапа, надо повторить трюк с ДРАКОНом. – Сказал Давкалеон. – Надо продемонстрировать, как хорошо ты умеешь глотать нахальных свиней.

- Я не смогу – забеспокоился Чапа.

- У меня есть надувная игрушка. Ее проглотить сможешь?

- Наверное.

- За той горой все приготовим – указал Давкалеон.

Несколько дифесерантов и драконов летели за беглецами. Слишком высока была предложенная цена, чтобы отказаться от погони. Они, как раз, пролетели над горой, когда послышался страшный рев ДРАКОНа Адолиса. Столб огня вырвался в направлении преследующих. ДРАКОН открыл свою страшную пасть и один из драконов исчез. Держа мечи в обеих руках Давкалеон на Алеурхе бросился вслед отскочившим драконам. Чапа ударил другого дракона металлическими когтями. Алеурх выстрелил огнем в дифесеранта. Преследователи опять отлетели назад.

- Превращайся в букашку. Мы почти дома – скомандовал Давкалеон.

Chapter 15. Heather

"Let's go down to the dungeon," suggested Elfid when Davkaleon went to him to talk about the journey to the temple.

They descended the spiral staircase to a deep dungeon under the Dallilla tower. Elfid put his hand to the wall, and the passage opened. They went inside, and the passage closed.

"You say that one of the apprentice of the sorceresses arrived to the initiation from the passage that disappeared?" asked Elfid, listening to Davkaleon's story.

"I don't know whether she is an apprentice of the sorceresses. She called herself an apprentice of the priestesses of Isida. She was not there for the initiation, but only in order to save her pet. Your mother favors me. She is originally from Llill and worships Isida. Do you think she will be able to find the apprentice of the priestesses of Isida that I have met in the temple?"

"What do you know about this apprentice of the priestesses? What's her name? What does she look like?"

"She is graceful, not tall, with long light golden hair. She was wearing a half-mask, so I didn't see her face in detail, but I'm sure she's very beautiful."

"A half-mask?" interrupted Elfid. "The apprentices of the priestesses of Isida don't wear half-masks. They sometimes wear masks during rituals, but ritual masks hide the whole face. Can you describe what this half-mask looked like?"

"Dark blue, with golden ornaments and embroidered flowers."

"Sounds like a carnival mask, but it's not related either to the temple or to the service for Isida. What else do you know about her?"

"Her name is Heather," replied Davkaleon.

"Heather?" asked Elfid again. "It is not a Daeyan name. I never even heard of it."

"Are there so many apprentices of the priestesses of Isida that it is impossible to find her?" asked Davkaleon, surprised.

"The problem is not that there are many of them. The problem is that the temples of Isida can be found *everywhere*. There are just a few apprentices in each temple, but it is hard to find the *right* temple."

Глава 15. Хезер

- Давай спустимся в подземелье - предложил Эльфид, когда Давкалеон зашел рассказать о путешествии в храм.

Они спустились по винтовой лестнице в глубокое подземелье башни Даллиллы. Эльфид приложил ладонь к стене, в ней открылся проход. Они вошли внутрь, и проход закрылся.

- Ты говоришь, что одна из учениц колдуний прибыла на инициацию с прохода, который затем исчез? - уточнил Эльфид, слушая рассказ Давкалеона.

- Я не знаю, является ли она ученицей колдуний. Сама она называла себя ученицей жриц Айсайды. И прибыла она не на инициацию, а для того, чтобы спасти своего зверька. Твоя мать ко мне благоволит. Она родом из Ллилля и поклоняется Айсайде. Как ты думаешь, сможет она разыскать ученицу жриц Исиды, которую я встретил в храме?

- Что тебе известно об этой ученице жриц? Как её зовут? Как она выглядит?

- Она - изящная, невысокая, с длинными светло-золотистыми волосами. На ней была полумаска, так что, я не видел ее лицо во всех подробностях, но я уверен, что она очень красива.

- Полумаска? – прервал Эльфид - ученицы жриц Исиды не носят полумасок. Они иногда одевают маски во время ритуалов, но ритуальные маски скрывают все лицо. Ты можешь описать, как выглядела эта полумаска?

- Темно синяя, с золотыми украшениями, вышитая цветами.

- Похоже на карнавальную маску, но это не имеет отношения ни к храму, ни к службе Айсайде. Что еще ты знаешь о ней?

- Её зовут Хезер – ответил Давкалеон.

- Хезер? – переспросил Эльфид. – Это не дэйское имя. Я никогда не слышал такое.

- Неужели учениц жриц Айсайды так много, что невозможно её найти? – удивился Давкалеон.

- Дело не в том, сколько их, а в том, что храмы Айсайды встречаются *повсюду*. В каждом храме учениц немного, но попробуй, найди нужный храм.

"I know that she is from Llill. The priestess who arrived to take her back said that it was time to return to Llill."

"What else did the priestess say?"

"That she was too young to be there," said Davkaleon.

"But that makes no sense." Elfid seemed surprised. "It is impossible to accidentally enter the temple in the rock. She was too young to be there *so she could not be there.*"

"The name of the priestess was Mistletoe," added Davkaleon.

"That is something. It might help. There are very few priestesses with such a name. Is there anything else?"

"Yes, the little white animal is called a kitten, and the small black beast that attacked the kitten is called a cat. The cat of Gregbrag."

"I never heard of such ones. And you?" Asked Elfid.

Davkaleon shook his head. Elfid was silent for a moment, and then he asked: "Can you draw where the missing passage was located?"

"I am not much of an artist," confessed Davkaleon, passing to Elfid a sketch of the hall of Initiation with two entrances. The one entrance where he entered, and the second one, where the girl appeared.

"Did you notice any symbols or signs near the missing passage?"

"There were some, but they disappeared together with the passage. I don't remember all of them, but one of the drawings was similar to the golden rose. I recognized it, because the golden rose is the symbol of Daeya. The drawing was only similar—but not an exact match. The Rose of Daeya is always looking right at you. The rose in the temple was slightly tilted to the left, and it was surrounded by a coiled fiery dragon."

Elfid took a sketch of Davkaleon and added something to it.

"Is this it?" he asked, showing the drawing to Davkaleon.

"That's it!" said Davkaleon. "But the drawing in the temple was colored and the rose was golden."

"If your Heather is from Llill, then this Llill is situated not in Daeya," said Elfid.

"Why?"

"Because the passage, which disappeared, was leading to Twierks."

"Is that true? How can you open it?" started Davkaleon.

- Я знаю, что она из Ллилля. Прибывшая за ней жрица сказала, что им пора возвращаться в Ллилль.

- Что еще сказала жрица?

- Что ей еще рано здесь находиться – ответил Давкалеон.

- Но это не имеет никакого смысла – удивился Эльфид – В храм в скале невозможно попасть случайно. Если ей рано там быть, значит, *она там быть не могла*.

- Жрицу зовут Омелой – добавил Давкалеон.

- Это уже кое-что. Это может помочь. Не так уж много жриц с таким именем. Что-нибудь еще?

- Да, маленький белый зверек называется котенком, а напал на него небольшой черный зверь, именуемый котом Грэгбрэга.

- Я никогда не слышал о таких. А ты? – спросил Эльфид.

Давкалеон покачал головой. Эльфид на секунду замолчал, а потом попросил: "Ты можешь нарисовать, где был исчезнувший проход".

- Из меня неважный художник - признался Давкалеон, передавая Эльфиду набросок зала Инициаций с двумя входами. Одним, в который вошел он сам, и вторым, в который вбежала девочка.

- Ты не заметил, возле исчезнувшего прохода, были какие-нибудь рисунки или знаки?

- Были, но они исчезли вместе с проходом. Я не запомнил все, но один из рисунков был похож на золотую розу. Я его узнал, потому, что Золотая Роза - это символ Дэи. Рисунок был только похож, но от символа Дэи он отличался. Роза Дэи всегда смотрит прямо на тебя. На рисунке в храме она была слегка наклонена влево, и она была окружена свернувшимся огненным драконом.

Эльфид взял набросок Давкалеона и что-то на нем дорисовал.

- Такой? – спросил он, показывая рисунок Давкалеону.

- Точно – кивнул Давкалеон – только рисунок в храме был цветным, и роза была золотой.

- Если твоя Хезер из Ллилля, то этот Ллилль расположен не в Дэе – сказал Эльфид.

- Почему? - удивился Давкалеон.

- Потому, что проход, который исчез, вел в Твиркс.

- Да ты, что, правда? Как его открыть? – встрепенулся Давкалеон.

"That is beyond my powers." Elfid threw up his hands. "You won't read about this either in the runes or in the manuscripts. I believe that even an apprentice of a mage of Twierks is not able to open the passage without the help of a mage, but I can't be sure."

"If it is so, and no one teaches the student how to do it, then how does the magician of Twierks find out about this?" asked Davkaleon.

"Remember that when I told you about the depository, I said that according to the runes, the depository can accommodate many different storage facilities, and where you will find yourself depends on who you are. I believe that the magicians of Twierks and their students also have their own storages."

"*But this means that we can get there.*" Davkaleon's eyes caught fire.

"Do you have the desire to engage in self-education?" Elfid grinned.

Davkaleon grimaced. To pore over the runes? No, thank you, this is not for him.

"Let us do this another way. You will continue to educate yourself. You have been doing it perfectly, and I will fight various monsters. There are many of them in Daeya."

"Why do you need Twierks?" asked Elfid. "You're not a wizard and you never will be. This is a dangerous place. Do you want to go there because of the blond cutie, or are you attracted to danger?"

"Both! I love danger...and I liked the girl."

- Это выше моих сил – развел руками Эльфид – Об этом ни в рунах, ни в свитках ты не прочтешь. Я полагаю, что даже ученику мага Твиркса не по силам открыть проход без помощи мага, но в этом я не уверен.

- Если это так, и никто не учит ученика, как это делать, то, как тогда маг Твиркса об этом узнает? – спросил Давкалеон.

- Ты помнишь, когда я тебе рассказывал о хранилище, я говорил, что согласно рунам, хранилище вмещает много разных хранилищ, в какое именно из них ты попадешь, зависит от того, кем ты являешься. Я полагаю, что маги Твиркса и их ученики тоже имеют свои хранилища.

- *Но это значит, что в их хранилища можно попасть* – глаза Давкалеона загорелись.

- У тебя появилось желание заняться самообразованием? – усмехнулся Эльфид.

Давкалеон скривился. Корпеть над рунами – нет, увольте, это не для него.

- Давай лучше по-другому. Ты продолжишь самообразование, это у тебя блестяще получается, а я буду воевать со всякой пакостью. Ой, если б ты знал, сколько этой пакости в Дэе.

- Зачем тебе понадобился Твиркс? - спросил Эльфид - Ты же не маг и никогда им не будешь. Это опасное место. Ты хочешь туда из-за белокурой крошки, или тебя привлекают опасности?

- И то, и другое! Опасности я люблю, а девочка мне понравилась.

Chapter 16. Monsters of the Labyrinth

Chapa woke up when Davkaleon shook him by the shoulder.

"Wake up, sleepyhead. You've been sleeping for eternity! You should be wide awake. Breakfast is on the table. It weighs more than you yourself. I hope you're not going to complain that you were starving in Daeya!"

Stretching, Chapa got up and walked to the table. There was a large plate with food. There also were transparent boxes with fruit, flowers, and stones on the table. Appetizing berries lay on several plates. Chapa reached out for one, but Davkaleon grabbed his hand and put the plate away.

"These beauties are not for eating. I collected them in the maze while you set a record for sleeping. Have breakfast, and I'll show you what they can do."

Davkaleon watched with astonishment as Chapa absorbed his food without stopping.

"These beautiful berries you wanted to try are called *touch-me-not*. Look what happens if someone touches them."

Taking a long rod, Davkaleon touched a berry. At the same moment, a long spike popped from the berry and stared at the rod. After a few seconds, the berry realized that the rod was inedible and the spike dropped off.

"Now, look what happens if the berries find something edible." Davkaleon spitted a piece of steak on the rod and brought the morsel closer to the berry. A long spike immediately stuck into the bait and tried to pull steak closer. Davkaleon held the rod and did not let steak budge. The berry ejected another spike. Two spikes began to move left, right, up and down, trying to pull the food free from the rod. At last, they succeeded. The berry sent out a proboscis. Finding the steak, the proboscis swallowed it.

"For this demonstration," Davkaleon continued, "I found the smallest berries. You may face much larger specimens in the maze and in Death Valley." Davkaleon showed Chapa pictures where touch-me-not berries reached waist-high to adult Daeyat.

Глава 16. Монстры лабиринта

Чапа проснулся от того, что Давкалеон тряс его за плечо.

- Просыпайся, соня. Ты проспал вечность, пора выспаться. Завтрак на столе. Он весит больше, чем ты сам. Надеюсь, ты не будешь жаловаться, что тебя в Дэе голодом морили.

Сладко потянувшись, Чапа поднялся и подошел к столу. На нем стояла большая посудина с едой. Еще на столе стояли прозрачные коробки с фруктами, цветами и камешками. На нескольких тарелках лежали аппетитные ягоды. Чапа протянул руку к одной тарелке, но Давкалеон перехватил его руку и убрал тарелку подальше.

- Эти красавчики не для еды. Я их собрал в лабиринте, пока ты рекорды по сну устанавливал. Завтракай, и я тебе покажу, на что они способны.

Давкалеон с удивлением смотрел, как Чапа без остановки поглощает еду.

- Эти красивые ягодки, которые ты хотел попробовать, называются "недотроги". Смотри, что происходит, если кто-то до них дотронется.

Взяв длинный прут, Давкалеон дотронулся до ягоды. В то же мгновение из ягоды выскочил длинный шип и впился в прут. Через несколько секунд ягода поняла, что прут несъедобный и шип отпал.

- Смотри, что будет, если ягоде попадется что-то съедобное.

Давкалеон насадил на конец прута кусок стэйка и поднес поближе к ягоде. Длинный шип тут же впился в наживку и постарался притянуть стэйк поближе к ягоде. Давкалеон удерживал прут и не давал стэйку сдвинуться с места. Ягода выпустила еще один шип. Два шипа начали двигаться вправо, влево, вверх, вниз, пытаясь совладать со стэйком. В конце концов, им это удалось. Ягодка вытянула хобот. Дотянувшись до стэйка, хобот его заглотил.

- Для демонстрации я нашел самые маленькие ягоды. В лабиринте и в Долине Смерти тебе могут попасться намного большие экземпляры. Давкалеон показал картинки, где "недотрога" доставала взрослому дэйцу до пояса.

"If you doubt that the size of even very large berry is sufficient to cope with an adult Daeyat, I can show you."

Davkaleon spitted another piece of steak, significantly larger than the berry was. The berry shot out a few spikes. Embedded in the steak, spikes bent in different directions, tearing the steak into pieces. Barely a minute later, a separate piece of steak adorned each spike. Several proboscises stretched out from the berry, and steak was gone in moments.

"Now, I turn to the most important aspect—how to fight the thing. Personally, when I go into the maze, I put on impenetrable armor. The spikes of this touch-me-not are strong. But not strong enough to break through the metal. You learned how to grow metal parts. Try to cover yourself with the armor."

Over the next couple of hours, Chapa practiced covering his bug transformation with the metal armor.

"If you can do that, you will solve problems with hundreds of similar plants," Davkaleon encouraged. "They are all shown in the pictures."

Finally, Chapa succeeded. Davkaleon suggested Chapa to fly up to the touch-me-not.

"What will I do if it pierces me?" Chapa wondered.

"I will cut off its spike and proboscis, and Dallilla will cure you in a wink. She is a witch."

Closing its eyes, the armored bug moved close to a touch-me-not. After trying several times to penetrate the armor, the touch-me-not lost all interest in Chapa.

"Now, you need to learn how to robe your dragon in the armor," Davkaleon demanded.

Soon, the metal dragon flew through the room.

Chapa and Davkaleon were so preoccupied that they did not notice the door open.

"Oh, gods! Who's that?" Paradion stood in the doorway.

"My new training toy," Davkaleon replied without batting an eyelid.

Chapa froze. Paradion did not take his eyes off him.

"Looks quite real, but metal. Where did you get it?"

- Если ты думаешь, что размеры даже очень большой ягоды недостаточны, чтобы справиться с взрослым дэйцем, я могу тебе показать, что она может.

Давкалеон насадил на прут кусок стэйка, значительно больше, чем сама ягода. Ягода выстрелила несколькими шипами. Вонзившись в стэйк, шипы начали наклоняться в разные стороны, разрывая стэйк. Не прошло и минуты, как отдельный кусочек стэйка красовался на каждом шипе. Несколько хоботов протянулись от ягоды, и со стэйком было покончено.

- Теперь я перехожу к самому главному, как с этим бороться. Лично я, когда отправляюсь в лабиринт, одеваю на себя непробиваемую броню. Шипы у этой "недотроги", конечно, крепкие. Но все же не настолько, чтобы пробить металл. Ты научился отращивать металлические части. Попробуй покрыть себя броней.

В следующие пару часов Чапа упорно пытался покрыть букашку металлическим панцирем.

- Если ты это сделаешь, то решишь все проблемы с сотней подобных растений – подбадривал Давкалеон – Вон они все показаны на картинках.

Наконец, у Чапы получилось, и Давкалеон предложил Чапе подлететь к "недотроге".

- Что, если она меня проткнет? – Испугался Чапа.

- Я ей отсеку и шип, и хобот, а Даллилла тебя в два счета вылечит. Она же ведьма.

Закрыв глаза, бронированная букашка двинулась к "недотроге". Попробовав несколько раз пробить броню, "недотрога" потеряла к Чапе всякий интерес.

- Теперь тебе надо научиться облачить в доспехи своего дракона – потребовал Давкалеон.

Вскоре металлический дракон залетал по комнате.

Чапа с Давкалеоном так увлеклись, что не заметили, как открылась дверь.

- О боги! Кто это? В дверях стоял Парадион.

- Моя новая тренировочная игрушка – ответил Давкалеон, не моргнув глазом.

Чапа замер. Парадион не сводил с него глаз.

- Выглядит, как настоящий, только металлический. Где ты его взял?

"I bought in the shop of magical accessories," Davkaleon lied.

"Have you heard what happened in Llill at their witch's holiday?" Paradion asked.

"No, I haven't. What?"

Paradion told a version of the story in which a huge Adolees's dragon appeared in the very center of Llill, accompanied by all sorts of nasty things attempting to attack nice Daeyat chaps. Brave Daeyat dragons repulsed the attack and stood up for Daeya. It was a rousing tale.

Sounds good. It could be worse, Davkaleon thought.

After talking a little more, Paradion said goodbye.

Davkaleon spread new set of pictures in front of Chapa. There were half-plants and half-animals called *cobwebby*. These creatures wrapped up their prey with very strong spider-webs, from which escape was impossible.

"Well," Davkaleon said after thinking a moment, "it's possible to escape. I did. But first of all, I had a sharp knife with me, and secondly, I immediately rushed to take a shower."

"Shower? Why?"

"The web consists of many knots, doused with heavily scented liquid. You'll grow metal claws and tear the web. However, the liquid will make you listless, and you will lose orientation. In addition, the liquid will attract *bloodsuckers* to you by its smell. These small creatures will stick to you from all sides and try to suck all the blood out of you. They have a symbiotic relationship. Cobwebby catches prey and bloodsuckers feed. When the victim tries to break away, cobwebby pours its fluid. The smell is a signal to the bloodsuckers."

Chapa looked horrified as Davkaleon continued. "The flowers are open and hundreds of small bloodsuckers run at the woozy victim. When only skin and bones are left, the bloodsuckers return to their flowers and share the blood generously with cobwebby."

"I'm not finished," Davkaleon said. "Cobwebby has another symbiotic partner, waiting for its turn. The moment when the bloodsuckers leave the victim, many *jaws* appear.

- Купил в лавке магических принадлежностей. – соврал Давкалеон.

- Ты слышал, что произошло в Ллилле на их ведьминском празднике? – спросил Парадион.

- Нет, а что?

Парадион рассказал версию, в которой огромный адолиситский дракон появился в самом центре Ллилля в сопровождении всякой мерзости, норовившей напасть на славных дэйцев. Храбрые дэйские драконы отбили атаку и защитили Дэю.

- *Звучит хорошо. Могло быть и хуже* – подумал Давкалеон.

Поговорив еще немного, Парадион распрощался.

Давкалеон разложил перед Чапой набор новых картинок и сказал, что изображенные на картинке полу-растения–полу-животные называются *паутинники*. Они окутывают свою жертву очень крепкой паутиной, из которой нельзя вырваться.

- Вырваться, конечно, можно. Я же вырвался. Но, во-первых я при себе имел острый кинжал, а во-вторых немедленно помчался принимать душ – объяснил Давкалеон.

- Зачем душ? – Не понял Чапа.

- Паутина состоит из множества узелков с дурманящей жидкостью. Ты отрастишь металлические когти и разорвешь паутину. Проблема в том, что вылившаяся жидкость тебя одурманит, и ты потеряешь ориентацию. Кроме того своим запахом она привлечет к тебе *кровососов*. Эти мелкие твари облепят тебя со всех сторон и попытаются высосать из тебя всю кровь. У них с паутинником симбиоз. Паутинник ловит жертву. Когда жертва пытается вырваться, на нее выливается пахучая дрянь. Появившийся запах дает сигнал кровососам. Цветки открываются, и сотни мелких кровососов накидываются на одурманенную жертву. Когда от жертвы остаются кожа и кости, кровососы возвращаются в свои цветки и выпускают кровь, которой щедро делится с паутинником.

- Это ещё не все – сказал Давкалеон - У паутинника есть еще один партнёр, который ждет своей очереди. В тот момент, когда 'кровососы' покидают жертву, появляются множество *челюстей*.

The creatures are called jaws because these creatures have extremely strong fangs and molars that can grind and chew skin and bones—all that remains of an unfortunate victim. However, the victim is already indifferent to anything the jaws might do, so don't worry."

"How do I deal with that?" Chapa asked.

"Hold your breath until tearing the web. Do not breathe, so you won't make yourself befuddled. Once you escape, get away, washing your eyes with water to see where you are flying."

"Where will I get the water?" asked Chapa.

"You have enough water. You said that you didn't have metal for growing weapons. I did not argue with that. But there shouldn't be any problems with water. When you wash the eyes, look for this kind of tree," Davkaleon showed a picture to Chapa. "It usually grows near cobwebby in case someone is able to get away. Under its crown, there is always a deep pool of water, where you can take a bath and wash off the smell. The problem is, it's full of piranhas with sharp razor teeth. After 60 seconds, there will be only a skeleton left from some poor someone who wants water. The tree, the pool and piranhas are symbiotic too. Without each other, they cannot survive. Together, they do naturally well. Here's how it works," Davkaleon continued. "Someone scoops up water from a pool, piranhas lunge at him and the tree lowers its branches to prevent escape. You can imprison yourself in a metal shell. The Piranhas cannot cope with it. Just do not forget that the eyes must also be protected. When you get tired of bathing, release your metal claws and clear a passage."

"Is there anything else?" Chapa asked. He looked very pale.

"We've finished with almost all the plants. This group, however, can run," Davkaleon said, handing over more pictures, "But you won't care, as long as you are in the armor. Now, these ones can fly and jump." Davkaleon showed a few more pictures. "Have you memorized all this? If so, turn into a bug and let us go into the labyrinth."

"You said that I'll hide in your pocket in the labyrinth," Chapa reminded him.

"Yes, I did. But you have no idea how terrible the inhabitants of this maze can be.

213

Их прозвали челюстями потому, что у этих тварей на редкость крепкие клыки и челюсти, способные перемолоть и прожевать и кожу, и кости, и все, что осталось от несчастной жертвы. Впрочем, жертве это уже безразлично, так что не беспокойся.

- Как с этим бороться? – Спросил Чапа.

- Задержи дыхание, пока разрываешь паутину. Не дыши, чтобы не дать себя одурманить. В тот момент, когда вырвешься, удирай, на ходу обмывая глаза водой, что бы видеть, куда летишь.

- Где я возьму воду? – Поинтересовался Чапа.

- Воды у тебя достаточно. Ты говорил, что у тебя нет металла, чтобы отрастить металлическое оружие. С этим я не спорил. Но с водой у тебя проблем не должно быть. Когда промоешь глаза, поищи вот такое дерево. – Давкалеон показал Чапе картинку. - Оно обычно растет поблизости от паутинника на случай, если кому-то удастся удрать. Под его кроной всегда есть глубокая лужа воды, в которой можно принять ванну и смыть запах. Проблема в том, что в луже водятся пираньи с острыми, как бритва, зубами. Через 60 секунд от бедняги, пожелавшего зачерпнуть воды, останется только скелет. Дерево, лужа и пираньи тоже образуют симбиоз. Друг без друга они не могут, а вместе отлично выживают. Выглядит это так - кто-то черпает из лужи воду, пираньи на него накидываются, а дерево опускает ветви, чтобы не дать убежать. Ты можешь заковать себя в металлический панцирь, с ним пираньи не справятся. Только не забудь, что глаза надо тоже защитить. Когда надоест принимать ванну, выпусти металлические когти и расчисти себе проход.

- Что-нибудь еще? – Спросил Чапа. Он выглядел сильно побледневшим.

- С растениями почти все. Вот эта группа, правда, умеет бегать – Давкалеон протянул картинки – но не все ли тебе равно, если ты в броне. Эти могут летать и прыгать – Давкалеон показал еще несколько картинок - Запомнил? Тогда превращайся в букашку, и пойдем в лабиринт.

- Ты говорил, что в лабиринте я спрячусь у тебя в кармане – напомнил Чапа.

- Говорил, но ты себе не представляешь, какие вредные обитатели в этом лабиринте.

If they smell you, they will get to my pocket. Do you remember how lazy poppy took a bundle of food from my pocket? In addition, the labyrinth is merely a training session before the Death Valley, which is a truly dangerous place."

Chapa sighed, turned into a bug, and got into Davkaleon's pocket. Approaching the labyrinth, Davkaleon commanded Chapa to get out. Chapa decided not to take risks, and he covered himself with the armor immediately. The little metal bug flew out of Davkaleon's pocket. Chapa tried to pass the lazy poppy as quickly as possible. Memories of their last meeting were not pleasant. Davkaleon grabbed Chapa and brought him closer to the lazy poppy.

"You need to not to shirk training," he explained to little Adoleeseet.

But not only had Chapa tried to shirk, the lazy poppy did not want to pay attention either.

"Why do you not try to swallow him?" Davkaleon was indignant.

"Do you think I am an idiot?" asked the poppy, looking at Chapa. "You won't let me eat him. In addition, he is metal."

"Covering yourself with the armor from the very beginning is not a bad idea. That alone will reduce the number of those who want to eat you," Davkaleon said.

A black shadow swooped and Chapa disappeared into a wide-open mouth. Davkaleon threw a dagger and a black raven fell down. Chapa pulled himself free on his own, but the little bug looked very strange. His nose was extended and turned into a sharp needle, which he used for piercing the throat of an attacking predator.

"Bravo!" Davkaleon said. "You did well. Now, look to the right. Do you see a bush? It is very gluttonous and able to jump high. It produces long spikes, which try to pierce its prey. Do not dodge him. Try to fight. And I'll stand beside you."

Chapa approached to the bush, which instantly sprang forward. Several long thorns scratched Chapa, but did not punch through the metal. The bush rushed Chapa again and again. In the end, it lost interest in the little metal bug, and Chapa sighed with relief.

Если они тебя учуют, они в карман ко мне залезут. Ты помнишь, как ленивый мак достал у меня из кармана сверток с едой? Кроме того, лабиринт это всего-навсего тренировка перед Долиной Смерти, которая намного опаснее.

Вздохнув, Чапа превратился в букашку и забрался к Давкалеону в карман. Подойдя к лабиринту, Давкалеон скомандовал Чапе выбираться. Чапа решил не рисковать и сразу покрыл себя броней. Металлическая букашка вылетела из кармана. Чапа постарался миновать ленивого мака, как можно быстрее. Воспоминания о прошлой встрече были не слишком приятными. Давкалеон схватил Чапу и поднес его к маку.

- Нечего увиливать от тренировки – объяснил он адолисенку.

Но увиливал не только Чапа. Ленивый мак тоже не желал обращать на адолисенка внимание.

- Ты почему не пытаешься его проглотить? – Возмутился Давкалеон.

- Я, что, по-твоему, идиот? Ты же мне не дашь его съесть. К тому же он металлический. – Ответил мак, разглядывая Чапу.

- То, что ты сразу покрыл себя броней, может быть и неплохо. Желающих съесть тебя сразу уменьшится – сказал Давкалеон, обращаясь к Чапе.

Черная тень налетела сверху, и Чапа исчез в широко раскрытой пасти. Давкалеон метнул кинжал, и черный ворон упал вниз. Чапа выбрался на волю самостоятельно, но букашка выглядела весьма странно. Ее нос удлинился, превратившись в острую иглу, которой он и проткнул горло напавшего хищника.

- Браво! – Сказал Давкалеон – Ты отлично справился. Теперь посмотри направо. Видишь куст? Он очень прожорлив и умеет высоко прыгать. Он выпускает длинные шипы, которыми старается проткнуть свою жертву. Не уворачивайся от него, попробуй сражаться. А я рядом постою.

Чапа приблизился к кусту, и тот мгновенно прыгнул вперед. Несколько длинных колючек скользнули по Чапе, но не пробили металл. Куст опять бросился на Чапу, но в конце концов, потерял интерес к металлической букашке, и Чапа облегченно вздохнул.

At this time, the huge bush with long powerful spikes, which were more like knives, hit Davkaleon. The bush did not seem to notice Chapa. Holding a dagger in one hand and a sword in the other, Davkaleon fought desperately. Glancing around and seeing no one, Chapa released long metal claws and cut a few spikes-knives with

"Well done! You've got a knack for this. A little more practice, and you'll be rushing into battle yourself," Davkaleon said.

They walked through the maze, and Chapa realized that he had become lost. Passages through which they passed changed and twisted direction.

I will not get out of here by myself, Chapa said, watching a passage rotate a full 90 degrees.

"Orientating here is not as difficult as you think," Davkaleon commented. "The entrance to the maze is in the east. You need to cross it to get to the west. If you do that during the day, then you can figure out the position of the sun and determine west. If it's night, you will see two or three moons in the sky: Lluna, Feta and possibly Lell. You can determine west from the moons as well."

"And how should they be arranged in order to go to the west?" Chapa asked.

"That depends on the calendar. Today, you need Feta to be at right side of Lluna. You will not see Lell now, because it hides behind Lluna. I'll show you how it should look when we go to Death Valley."

"What do I do when the passage changes direction?" Chapa asked.

"First of all, look at the sun or the moons. The passage might change in the direction that you want, like now. Keep in mind, plants will not move for entertainment only. It takes too much energy, and they are lazy. They may push you into a prepared trap. This is also good, because you came here to train."

While explaining all of this, Davkaleon looked around, careful. Suddenly, one of the most vigorous large shrubs trunks bent and bumped Davkaleon. Another bush pushed Davkaleon back to the first one. Striking with his sword, Davkaleon cut off several branches.

В это время огромный куст с длинными мощными шипами, больше похожими на ножи, обрушился на Давкалеона. Чапу куст, кажется, не заметил. Держа в одной руке кинжал, а в другой меч, Давкалеон отчаянно сражался. Оглянувшись кругом, и никого не увидев, Чапа выпустил длинные металлические когти и отсек ими несколько шипов-ножей. Куст отступил.

- Молодец! Ты входишь во вкус. Еще немножко и ты будешь сам рваться в бой – сказал Давкалеон.

Они прошли еще по лабиринту, и Чапа понял, что потерялся. Проход, по которому они шли, изменялся, извивался и менял направления.

- *Я отсюда сам не выберусь* – грустно сказал Чапа, наблюдая, как проход разворачивается на 90 градусов.

- Ориентироваться здесь не так сложно, как ты думаешь. – Ответил Давкалеон – Вход в лабиринт на востоке. Тебе надо пересечь его, чтобы выйти на западе. Если ты делаешь это днем, то по положению солнца можешь определить, где запад. Если это ночь, то на небе две или три луны: Ллуна, Фета и, возможно, Лелль. По их расположению, легко определить, где запад.

- А как они должны быть расположены, чтобы идти на запад? – Спросил Чапа.

- Это зависит от календаря. Сегодня тебе надо, чтобы Фета была справа от Ллуны. Ты не увидишь сейчас Лелль, она спрятана за Ллуной. Я тебе покажу, как это должно выглядеть, когда мы отправимся в Долину Смерти.

- Что делать, если проход меняет направление? – спросил Чапа.

- Прежде всего, посмотри на солнце или луны. Может, проход меняется в том направлении, что тебе надо, как сейчас. Имей в виду, ради одного развлечения растения не будут перемещаться. Это забирает слишком много энергии, а они ленивы. Скорее всего они подталкивают тебя в заготовленную ловушку. Это тоже хорошо, ты же сюда пришел тренироваться.

Объясняя все это, Давкалеон зорко смотрел по сторонам. Внезапно один из мощных стволов большого куста наклонился, и Давкалеон отскочил назад. Другой куст толкнул Давкалеона к первому. Ударив со всего размаха мечом, Давкалеон отсек несколько веток.

The second bush bent, intending to push again. Swinging, Davkaleon chopped it in two. Reluctantly, the bushes retreated. Chapa decided that large bushes were not interested in a small bug. He calmly watched Davkaleon's battle. But he relaxed in vain—the bush left Davkaleon and captured Chapa! The root of the bush rose, and the next moment, pushed the little Adoleeseet down. The root returned to its original place, squeezing Chapa. A blanket of darkness wrapped up the little Adoleeseet. Chapa tried to expend his metal claws, but there was no room for that in his little dungeon. Chapa did not know whether Davkaleon saw that he was trapped. Breathing became harder and harder as the root pressed in on him. With difficulty, Chapa rolled onto his back and pierced the root with a sharp needle. The root flinched, and Chapa extended the needle and thrust it in deeper. The root jumped, and Chapa broke free. He saw Davkaleon cut the bush that attacked little Adoleeseet with his sword.

"It is good that you were able to get out. This is a *strangler*. Usually, he is not interested in a small prey. But when it couldn't cope with me, it decided to have a small bug for dinner instead."

"Where now?" Chapa asked, seeing that they were among thickets of the predatory bushes.

The passage disappeared as they watched. Davkaleon looked up to find their way.

"If you suddenly find yourself alone, then you can fly up over the bushes to look around," Davkaleon explained. "As for me, I'll cut out a pass, because I cannot fly."

Swinging, Davkaleon began to make his way through the thickets. The predator did not like that, and it tried to attack. Davkaleon fought with two hands, and the bush reluctantly departed. Chapa and Davkaleon were again in the passage. This passage also tried to turn, but Davkaleon again struck bushes with the sword, paving the way in the right direction. One blow, then another blow, and an exit appeared.

"Congratulations on your first pass through the maze!" Davkaleon said.

Второй куст наклонился, намереваясь толкнуть опять. Размахнувшись, Давкалеон разрубил его пополам. Нехотя кусты отступили. Чапа решил, что большие кусты не интересуются маленькой букашкой и спокойно наблюдал за сражением Давкалеона. Он напрасно расслабился. Оставив Давкалеона, куст захватил Чапу.

Корень куста приподнялся, и в следующее мгновение куст толкнул адолисенка вниз. Корень вернулся на прежнее место, сдавив Чапу. Сплошная темнота окутала адолисенка. Чапа попробовал вытянуть металлические когти, но в тесной темнице у него не было для этого места. Чапа не знал, видел ли Давкалеон, что он попал в ловушку. Дышать становилось труднее, корень давил на него сверху. С трудом перевернувшись на спину, Чапа изо всех сил вонзил в корень острую иглу. Корень дрогнул, Чапа удлинил свою иглу и вонзил ее глубже. Корень подпрыгнул и Чапа вырвался наружу. Он увидел, как Давкалеон рубит своим мечом напавший на адолисенка куст.

- Хорошо, что ты сумел выбраться. Это *душитель*. Обычно он маленькой добычей не интересуется. Но, не совладав со мной, решил пообедать хотя бы маленькой букашкой.

- Куда теперь? – Спросил Чапа, видя, что они оказались среди зарослей хищного кустарника.

Проход исчез. Давкалеон взглянул вверх, чтобы сориентироваться.

- Если ты вдруг окажешься один, то можешь подняться вверх над кустами, чтобы осмотреться – Объяснил Давкалеон – Что касается меня, то поскольку я летать не умею, то прорублю себе проход.

Размахнувшись, Давкалеон начал прокладывать себе путь через кустарник. Хищнику это не понравилось, и он попробовал атаковать. Давкалеон орудовал двумя руками, и куст нехотя отступил. Чапа с Давкалеоном вновь оказались в проходе. Этот проход тоже попробовал повернуть, но Давкалеон опять ударил мечом по кустам, прокладывая путь в нужном направлении. Удар, еще удар, и впереди показался выход.

- Поздравляю с первым прохождением лабиринта! – проговорил Давкалеон.

Chapter 17. Elfid's Show

"I talked to Elfid, and everything is ready for the show. Ideally, you would get to the destination point in my pocket. But to count on that, I might as well believe that I'm a favorite student of your DRAGON who dreams of making me the next DRAGON of Adolees. It would be wiser not to count on your safe delivery in my pocket. And before we go into the Death Valley, I have to tell you about stones and crystals that we may encounter."

Davkaleon walked to the table and picked through a few boxes, selecting a black stone.

"This stone is called the *darkness*. Shoot it, and it turns into a cloud of black dust that covers everything around. Until the dust falls down or is blown away by the wind, everything will be plunged into darkness. If you need a few minutes of darkness, use this stone."

Next, Davkaleon picked up a box with a bright red stone.

"This stone is called *dragon's blood*. It's handsome, isn't it? Like the dragon, it likes fire. It's hard to say whether it attracts fire or fire attracts it, but they often appear together. If you see such stones, fly away quickly. Nearby, there are certain to be volcanoes, ready to erupt at any moment. Even if the fire does not appear, these stones are poison for anyone who is nearby. If you stay next to them long enough, they can kill you. If you see *dragon's blood*, hold your breath and fly away."

Then Davkaleon pointed to another box.

"This golden specimen consists of arsenic and sulfur. It's called the *stone of hell*. It shoots small fragments. The moment a fragment gets into you, it will poison you. If you see such stones, just cover yourself with the armor and get away."

He pointed at other boxes. "These are the stones near which you should not stay." The table held an entire collection of multi-colored stones.

"This is not all. You can see a lot of such 'gifts' in the pictures."

Глава 17. Шоу Эльфида

- Я говорил с Эльфидом, у него все готово для представления. В идеале ты доедешь до места назначения в моем кармане. Но если это произойдет, то я поверю, что я любимый ученик твоего ДРАКОНа, который спит и видит, как сделать меня следующим ДРАКОНом Адолиса. Поэтому на безопасную доставку в кармане лучше не рассчитывать. Перед тем, как мы отправимся в Долину Смерти, я должен рассказать тебе о камнях и кристаллах, которые могут нам повстречаться.

Давкалеон подошел к столу и взял несколько коробок. В одной из них лежал камень черного цвета.

- Этот камень называется *темень*. Если ты в него выстрелишь, он превратится в тучу черной пыли, которая окутает все кругом. Пока пыль не опустится вниз или не будет развеяна ветром, все погрузится в темноту. Если тебе надо на несколько минут сделать так, чтобы было темно, используй этот камушек.

Давкалеон взял коробку с камнем ярко красного цвета.

- Этот камень называется *кровь дракона*. Правда, красив? Как и дракон, он любит огонь. Трудно сказать, кто кого притягивает — он огонь или огонь его, но они часто появляются вместе. Если увидишь такие камни, улетай быстрее. Рядом с ними наверняка находятся вулканы, готовые в любой момент извергнуть огонь. Даже если огонь не появится, эти камни отравляют всех, кто находится рядом. Если задержишься возле них, они могут тебя убить. Если увидишь *кровавых драконов*, задержи дыхание и улетай от них.

Давкалеон указал на другую коробку.

- Этот золотистый экземпляр состоит из мышьяка и серы. Называют его *камнем ада*. Он стреляет мелкими осколками. Ели такой осколок в тебя попадет, он тебя отравит. Если увидишь такие камни, заточи себя в броню и удирай быстрее. Вот еще камни, возле которых не стоит задерживаться - Давкалеон указал на остальные коробки. На столе располагалась целая коллекцию разноцветных камней.

– Это далеко не все. Вон на картинках масса подобных подарков.

Chapa shook his head as if it was suddenly too full of information.

"Finally, I want to talk about the crystal called *morion*. It looks like a black crystal." Davkaleon showed pictures of beautiful black crystals. "I do not keep *morion* in my collection. To confuse left with

right is the last thing that I need. Or to begin to communicate with a dead ancestor."

"What do you mean?" Chapa didn't understand.

"The *morion* stone twists reality. More precisely, not reality itself, but the conception of it. You can see what is not here. Or what is far away. There can be a granite rock in front of you, and you will not see it. Or vice versa—you can see a rock which is not really there. You can escape from the monster, which is not real. While fleeing from it, it is easy to fall into the clutches of a real monster that you cannot see."

"So, what do I do?" Chapa asked.

"If you see *morion*, look away. You can climb up high. Be ready for any kind of danger lurking nearby."

"There are dark crystals on these pictures. Are these also *morion*?" Chapa asked.

"Not really. They are *cheaters*. They are different. The darker they are, the closer they are to *morion*. They are also dangerous, because they mix the real with the unreal. You can climb the rock. If a *cheater* hides somewhere, you will see the rock and the bluff, but the edge of the rock may appear closer. Or the height of the rock will seem smaller."

"How do you remember all of this?" Chapa asked.

"If you want to survive in Daeya, you have no other choice."

Chapa finished looking at the pictures.

"Hide in my pocket, and do everything we agreed," Davkaleon said.

* * * * *

Davkaleon planned to practice shooting with his brothers. There was nothing surprising in that. Shooting practice was quite natural for Daeyats boys.

Чапа встряхнул несколько раз головой, как будто она переполнилась от полученной информации.

- Напоследок я хочу рассказать о кристалле *морион*. Выглядит он, как черный хрусталь. Давкалеон показал картинки с красивыми черными кристаллами. - В своей коллекции я *морион* не держу. Не хватало мне ещё путать левое с правым. Или начать общаться с умершим предком.

- Как это? – Не понял Чапа.

- *Морион* искажает действительность. Точнее, не саму действительность, а представления о ней. Ты можешь увидеть то, чего нет. Или то, что находится далеко. Перед тобой может быть гранитная скала, а ты ее не увидишь. Или наоборот, ты можешь видеть скалу, которой нет. Ты можешь спасаться от чудовища, которого нет. Убегая, легко попасть в лапы монстра, которого ты не видишь.

- Что делать? – спросил Чапа.

- Если увидишь *морион*, отведи взгляд. Можешь подняться высоко-высоко. Будь готов к тому, что какая-то мерзость притаилась поблизости.

- На этих картинках темные кристаллы. Это тоже *морионы*? – спросил Чапа.

- Не совсем. Это *обманники*. Их много разных. Чем они темнее, тем ближе к "мориону". Они тоже опасны потому, что смешивают настоящее с ненастоящим. Ты можешь подняться на скалу. Если где-нибудь притаился *обманник*, ты увидишь скалу и обрыв, но край скалы может казаться ближе. Или высота скалы будет казаться меньшей.

- Как ты все запомнил? – Спросил Чапа.

- Если хочешь выжить в Дэе, у тебя нет другого выхода.

Чапа закончил разглядывать картинки.

– Прячься ко мне в карман и делай все, как мы договорились – сказал Давкалеон.

* * * * *

Давкалеон договорился с братьями потренироваться в стрельбе. Ничего удивительного в этом не было. Упражняться в стрельбе для дэйских мальчиков естественно.

Paradion, Kvorts and Malay were waiting for Davkaleon in the usual place. They had just placed the target and prepared the weapons when the little Adoleeseet appeared from nowhere.

"Adoleeseets!" one of the brothers shouted.

Davkaleon ran to Chapa and slung him over his shoulder.

"Throw him! I will shoot him!" Kvorts demanded.

"Let's take him to father," Davkaleon said. "He was not here. He came out of nowhere."

"This is the Adoleeseet we saw a few days ago. Maybe not an Adoleeseet, but a mirage of *morion*," Paradion suggested.

"It's not a mirage. Hold it for yourself," Davkaleon said, handing Chapa to Paradion. He gave Chapa over just long enough to convince his brother that the Adoleeseet was real.

"I do not see *morions*, Malay said, looking around.

"Maybe we do not see *morions* because they're thrown into some cave nearby. It seems to us that this is an Adoleeseet, but in fact he is a werewolf or something else," Kvorts said.

Kvorts had a strange imagination.

"Let me carry him, he is heavy," Davkaleon suggested, taking Chapa from Paradion's hands. Paradion was smaller than tall, muscular Davkaleon, and he was happy to get rid of Chapa.

Going to the home, the boys continued to discuss the unusual appearance of the enemy. Seeing the Adoleeseet, the guards raised the alarm, and the father came to the balcony. The procession had just reached the entrance of the labyrinth, when one of the guards asked Davkaleon to give the Adoleeseet to him. Davkaleon gave him Chapa, and at the same moment, the Adoleeseet disappeared. No one paid attention to the little bug. Very soon, the Adoleeseet reappeared. He was near the very entrance to the labyrinth. The Adoleeseet turned into an Adolees dragon Adolgon right in front of everyone's eyes and flew into the maze. Davkaleon dashed after Chapa, and the guards rushed after them both. Chapa turned into a little bug again and hid in Davkaleon's pocket. One tree tried to attack them. Davkaleon hit back with a sword, and snatched a heavy ax from his belt. The tree received some hefty blows and retreated. The passage began to turn.

Парадион, Кворц и Малай ждали Давкалеона на обычном месте. Они, как раз, расставили мишени и приготовили оружие, когда прямо из ниоткуда появился адолисенок.

- Адолиситы! – Закричал кто-то из братьев.

Давкалеон подбежал к Чапе и перекинул его через плечо.

- Брось его! Я его пристрелю! – Потребовал Кворц.

- Давай отнесем его к отцу – предложил Давкалеон. – Его здесь не было. Он появился из ниоткуда.

- Это тот самый адолисит, которого мы видели несколько дней назад. Может это вовсе не адолисит, а мираж *мориона* – предположил Парадион.

- Это не мираж. Попробуй сам – ответил Давкалеон, передавая Чапу Парадиону. Чапу он передал ненадолго, для того, чтобы брат убедился в реальности адолисита.

- Я не вижу *морионов* – сказал Малай, глядя вокруг.

- Может, мы не видим *морионов* потому что их подбросили в какую-нибудь пещеру поблизости. Нам кажется, что это адолисит, а это вурдалак или еще кто-то – сказал Кворц. У Кворца было богатое воображение.

- Давай я понесу, а то он тяжелый – предложил Давкалеон, беря Чапу у Парадиона. Парадион был меньше ростом по сравнению с рослым, мускулистым Давкалеоном и он был счастлив избавиться от Чапы.

Направляясь к дому, мальчики продолжали обсуждать необычное появление врага. Увидев адолисита, стража подняла тревогу, и отец вышел на балкон. Процессия, как раз поравнялась с входом в лабиринт, когда один из стражников потребовал, чтобы Давкалеон передал ему адолисита. Давкалеон отдал Чапу, и в тоже мгновение адолисит исчез. На маленькую букашку никто не обратил внимания. Очень скоро адолисит появился опять. Он был возле самого входа в лабиринт. На глазах у всех адолисит превратился в адолиситского дракона адолкона и влетел в лабиринт. Давкалеон рванулся за Чапой, стражники помчались следом. Чапа опять стал маленькой букашкой и спрятался в кармане Давкалеона. Какое-то дерево попробовало на них напасть. Давкалеон ударил мечом, и выхватил из-за пояса тяжелый топор. Получив несколько увесистых ударов, дерево отступило. Проход начал поворачиваться.

Swinging, Davkaleon began to hack his way through the predatory bushes. One bush tried to wrap up Davkaleon with branches, but a few hard punches cleared the way. Father's guards were running after Davkaleon, where so many of the predatory inhabitants of the maze preferred to lurk. None of them tried to attack, and Davkaleon quietly reached the exit. The bug turned into a dragon again. Standing at the window, Elfid watched as an Adolees's dragon flew out of the maze. Dozens of other dragons-Adolgons appeared out of nowhere and scattered in different directions. They disappeared as suddenly as they appeared. Meanwhile, an imperceptible little insect flew into Davkaleon's pocket.

"Aleurh!" Davkaleon called his friend mentally. Aleurh was waiting for the call. He wore a harness with a lot of compartments filled with weapons, explosives and other surprises. Aleurh flew to Davkaleon, picked up his friend and rushed away with Davkaleon and Chapa.

The guards jumped on their dragons and rushed after imaginary Adolgons. After several hours of fruitless searching, the guards returned to the estate. The rumor that Adoleeseets could transform into dragons had been spread for quite a while. But this was the first time Daeyats had seen such a thing with their own eyes! Worse, it became apparent that Adoleeseets could become *invisible*. If they could become invisible, the former head of the guards Kvinsit wouldn't have been able to prevent the previous Adoleeseet appearance near the estate. And if he couldn't do that, why was he arrested? Davkaleon's father ordered for Kvinsit's release.

Davkaleon had not returned home, and within hours, Davkaleon's mother Arara raised the alarm. Everyone saw Davkaleon jump on Aleurh to chase after Adolees's dragons. Since then, many hours had passed, but neither Aleurh nor Davkaleon had returned home. Normally, Arara would not have raised an alarm. In any case, she would not have raised it so quickly. One could only dream of life without danger in Daeya—especially, if you choose a military career and hoped to become the commander-in-chief of Daeya's army. But now, rumors of Adoleeseet's transformations into dragons had been confirmed. And, they could become invisible.

Размахнувшись, Давкалеон начал прокладывать себе путь через хищный кустарник. Один куст попытался окутать Давкалеона ветвями, но несколько сильных ударов расчистили дорогу. Вслед за Давкалеоном бежали стражники отца, и хищные обитатели лабиринта предпочли притаиться. Больше никто из них не пытался напасть, и Давкалеон спокойно добежал до выхода. Букашка опять превратилась в дракона. Стоя у окна Эльфид наблюдал, как адолиситский дракон вылетел из лабиринта. Десятки других драконов — адолконов появились из ниоткуда и разлетелись в разные стороны. Они исчезли так же внезапно, как появились. Незаметная букашка влетела в карман Давкалеона.

- Алеурх! - Мысленно позвал Давкалеон своего друга. Алеурх ждал призыва. На нем была сбруя с множеством отделений, заполненных оружием, взрывчаткой и другими 'сюрпризами'. Алеурх подлетел к Давкалеону, подобрал друзей и вместе с Давкалеоном и Чапой помчался прочь.

Стражники, вскочив на своих драконов, помчались вслед за воображаемыми адолконами. Через несколько часов бесплодных поисков дэйцы вернулись в поместье. Слухи о том, что адолиситы могут превращаться в драконов, ходили давно. Но дэйцы в первый раз увидели это собственными глазами. И еще, стало очевидно, что адолиситы могут становиться *невидимыми*. Раз они могли становиться невидимыми, то бывший начальник стражи Квинсит не мог предотвратить их появление возле поместья. А если не мог, то за что его арестовали? Отец Давкалеона приказал выпустить Квинсита.

Через несколько часов мать Давкалеона Арара подняла тревогу. Давкалеон не вернулся домой. Все видели, как Давкалеон вскочил на Алеурха и помчался за адолиситскими драконами. Прошло много часов, но ни Алеурх, ни Давкалеон не вернулись. В другое время Арара не поднимала бы тревогу. Во всяком случае, она не поднимала бы её так быстро. О безопасной жизни в Дэе можно только мечтать, особенно если выбираешь военную карьеру, и надеешься стать главнокомандующим армии Дэи. Но сегодня слухи о превращениях адолиситов в драконов подтвердились. И они могут становиться невидимыми.

Today, everyone saw a few dozen Adolgons. *None* of them was caught. What if they'd attacked her boy?

Все сегодня видели несколько десятков адолконов. Ни один из них не был пойман. Что, если они нападут на ее ребенка?

Chapter 18. Death Valley

Aleurh, Davkaleon, and Chapa flew toward the caves, where the Adoleeseets were seen. The Death Valley stretched below them—a place where there were more than enough monsters, mirages, illusions and black magicians of all kinds. One could rarely survive the Death Valley alone. Davkaleon had been here before. He'd even crossed several times, but he did so with a squad of guards under the command of Kvinsit. Today, he was alone with Aleurh and Chapa. At first, nothing happened. Either the monsters had decided to become vegetarians or some terrible beast ate all of them for lunch. Not that Davkaleon greatly missed them, but the silence was alarming.

"Aleurh, don't you find this strange?"

"I suppose," Aleurh said. His answers were always brief.

"Try to change direction a little bit," suggested Davkaleon.

At first, nothing happened. But soon reddish hills appeared below them. The farther Aleurh flew, the higher and redder those hills became.

"The stones on these mountains are *dragon's blood!* Fly away from them," said Davkaleon.

Turning to the side, Aleurh returned to the previous path. Once again, they flew in complete silence, and nobody bothered them.

"Try to change direction again, only this time the opposite way."

Aleurh changed the way. Very soon, they saw a string of mountains with bright red stones.

"Again, *dragon's blood.* Try to rise above," advised Davkaleon.

Aleurh soared. After a few minutes, they saw a pillar of fire in front them, then another and another. A string of volcanoes spewed fire continuously. Aleurh turned away, and they returned to their previous path. They saw tall dark mountains in the distance. Aleurh flew closer. Dark crystals sparkled in the sun. Hundreds of suns and hundreds of moons reflected in them. Their radiance blinded the eyes. Mountains swirled around Aleurh. Smoky crystals mixed with black *morions* danced a crazy dance.

Глава 18. Долина Смерти

Алеурх с Давкалеоном и Чапой летел в сторону пещер, где были замечены адолиситы. Внизу простиралась Долина Смерти, место, где всевозможных монстров, миражей и черных колдунов всех мастей было больше, чем достаточно. Редко кому удавалось преодолеть Долину Смерти в одиночку. Давкалеон здесь бывал, он даже несколько раз ее пересекал, но он делал это с отрядом под командованием Квинсита. Сегодня он был только с Алеурхом и с Чапой. На первых порах ничего не происходило. То ли монстры решили стать вегетарианцами, то ли страшное чудище всеми ими пообедало. Не то, чтобы Давкалеон сильно за ними скучал, но тишина настораживала.

- Алеурх, тебе это не кажется странным?
- Кажется – Алеурх всегда отвечал кратко.
- Попробуй чуть-чуть изменить направление – предложил Давкалеон.

На первых порах ничего не произошло. Но вскоре внизу появились красноватые пригорки. Чем дальше летел Алеурх, тем выше и краснее становились горы.

- Эти камни на горах – *кровь дракона*, улетай от них – сказал Давкалеон.

Отвернув в сторону, Алеурх полетел в прежнем направлении. Они опять летели в полной тишине, и их никто не беспокоил.

- Попробуй изменить направление в другую сторону.

Алеурх изменил. Очень скоро они увидели вереницу гор с камнями ярко красного цвета.

- Опять *кровь дракона*. Попробуй подняться выше – посоветовал Давкалеон.

Алеурх взмыл вверх. Через несколько минут впереди появился столб огня, еще один, и еще. Вереница вулканов непрерывно извергала огонь. Алеурх повернул, и они вернулись к прежнему направлению. Вдали показались высокие темные горы. Алеурх подлетел ближе. Темные кристаллы сверкали на солнце. В них отражались сотни солнц и сотни лун. Их сияние слепило глаза. Горы закружились вокруг Алеурха. Дымчатые кристаллы с черными *морионами* танцевали сумасшедший танец.

Davkaleon raised his head, hoping to determine direction by the three moons, but Feta, Lell and Lluna swirled in a mad dance. Aleurh rose higher and higher. But the higher he rose, the higher the mountains rose, and the more the dark crystals of *morions* glistened. The next minute, stones were flying toward them.

"*Stones of hell!* Exactly what we need here," said Davkaleon looking at flying golden stones.

"Davkaleon, fly this way," Arara called her son.

Aleurh froze for a second, staring at Arara.

"Don't fly there, my mother couldn't have appeared here," said Davkaleon.

"She could have. I was the one to bring her here," shouted Kvinsit, appearing next to Arara.

"Do not believe this," said Davkaleon. "Kvinsit wouldn't have brought my mother here. Maybe my father - "

Davkaleon hadn't finished before his father appeared next to Arara and waved a hand. Aleurh lunged in the opposite direction. In front of him appeared a mountain covered with golden *stones of hell*. There was a cave inside the mountain. Aleurh tried to go around the mountain but dozens of golden mountains immediately arose around them and splinters of exploding *stones of hell* flew toward the fugitives.

"We are being herded into the cave," purred Aleurh.

"I see that. Try to turn back," offered Davkaleon.

Aleurh turned back. He hovered near the entrance to the cave. Black *morions* and smoky *cheaters* gleamed around. Mountains of *stones of hell* were firing golden splinters at them. Flames could be seen in the distance, rising from volcanoes.

"I see no other way than this cave," said Aleurh as he flew inside. They entered the cave through a narrow passage. One turn, then another. A forked path appeared in front. Black *morion* flashed in one of the passages.

"My son, don't fly here! Difeserants are here!" Aleurh's mother Pandra shouted, appearing in another passage. Aleurh froze. He stared at Pandra. Was it her or not? No, it wasn't her. But in another passage gleamed *morion*.

"There's deception everywhere. Fly in any passage," Davkaleon shouted.

Давкалеон поднял голову, надеясь определить направление по трём лунам, но Фета Лелль и Ллуна кружились в бешеном хороводе. Алеурх поднимался все выше и выше. Но чем выше он поднимался, тем выше поднимались горы и тем сильнее сияли кристаллы черных *морионов*. В следующую минуту в них полетели камни.

- *Камни ада*, только их тут не хватало – проговорил Давкалеон, глядя на летящие золотистые камни.

- Давкалеон, лети сюда – позвала сына Арара.

Алеурх на секунду замер, вглядываясь в Арару.

- Не лети туда, моя мать не могла здесь оказаться – проговорил Давкалеон.

- Могла. Это я ее сюда привел – прокричал Квинсит, показываясь рядом с Арарой.

- Не верь – сказал Давкалеон – Квинсит бы не стал приводить сюда мою мать. Может быть отца ...

Давкалеон не договорил, рядом с Арарой появился отец и помахал рукой. Алеурх рванулся в противоположную сторону. Перед ним возникла гора, покрытая золотистыми *камнями ада*. Внутри горы виднелась пещера. Алеурх попробовал обогнуть гору, вокруг тут же возникли десятки золотистых гор, осколки *камней ада* полетели в беглецов.

- Нас заманивают в пещеру – прокурлыкал Алеурх.

- Я вижу. Попробуй повернуть назад – предложил Давкалеон.

Алеурх развернулся. Он парил возле входа в пещеру. Кругом блестели черные *морионы* и дымчатые *обманники*. Горы *камней ада* выстреливали в них золотистыми осколками. Вдали виднелось пламя, поднимавшееся из жерла вулканов.

- Я не вижу другого пути кроме этой пещеры – сказал Алеурх и влетел внутрь. Они летели по узкому проходу вглубь пещеры. Поворот, еще поворот. Впереди показалась развилка. В одном из проходов блеснул черный *морион*.

- Сынок, сюда не лети! Здесь дифесеранты! – Прокричала мать Алеурха Пандра, появившись в другом проходе. Алеурх на мгновение замер. Он внимательно смотрел на Пандру. Она или не она? Нет, это не она. Но в другом проходе блестел *морион*.

- Везде обман, лети в любой проход – предложил Давкалеон.

Aleurh flew into the passage where black crystal gleamed.

"You have selected the correct way, I'll help you," Pandra said gently, flying behind Aleurh.

Davkaleon turned around. The closer Pandra approached, the less she looked like Aleurh's mother.

"You have to turn around," said Davkaleon. "Better to fight one dragon than to wait for dozens of others."

"I'll turn around as soon as the passage is wider," said Aleurh.

But the passage wasn't becoming wider. On the contrary, it was becoming narrower.

"Aleurh, turn around by jumping," demanded Davkaleon.

Aleurh soared and, folding his wings, turned to face his pursuer. Davkaleon threw a spear at the enemy's throat, but it bounced off the thing's strong skin. The huge dragon opened its mouth, ready to breathe fire. Aleurh soared, the dragon raised his head, and Davkaleon shot it in the eye. Roaring with pain, the dragon breathed fire. Aleurh jumped away turned around, trying to cover up Davkaleon. Chapa flew out of the pocket, where it was so safe, and turned into a little dragon, launched his long metal claws into the dragon's throat. Jumping off Aleurh, Davkaleon hit dragon's stomach with a spear. Rising up, Aleurh shot the fire from above and jumped on top of the dragon, trying to pin it to the ground. Davkaleon was shooting continuously. The last shot was deadly, and the dragon fell. The dragon guise disappeared. A hideous gray monster lay on the floor of the cave with membranous wings and a huge fanged beak.

"Who is that?" asked Chapa, looking at the monster.

"*Monok*" answered Davkaleon. "He knows how to extract different images from your brain and take their form. He is also able to build and maintain a false landscape. Judging by the fact that the cave hasn't disappeared, he's not alone here."

"The cave might be real," purred Aleurh.

"It might," agreed Davkaleon. "Let's go back to the fork."

They returned and Aleurh flew into the passage, where *monok* had appeared in Pandra's image. The passage brought them out of the cave.

Алеурх влетел в проход, где сверкал черный кристалл.

- Ты правильно выбрал путь, я тебе помогу — прокурлыкала Пандра, летя следом за Алеурхом.

Давкалеон обернулся. Чем ближе Пандра приближалась, тем она становилась меньше похожей на мать Алеурха.

- Тебе надо развернуться. — Сказал Давкалеон, обращаясь к Алеурху — Лучше драться с одним драконом, чем ждать пока появятся десятки других.

- Я поверну, когда проход станет шире — ответил Алеурх

Но проход шире не становился. Наоборот, он сужался.

- Алеурх, разворачивайся в прыжке — потребовал Давкалеон.

Алеурх взмыл вверх, и, сложив крылья, повернулся к преследователю. Давкалеон швырнул копье в горло противника, оно отскочило от крепкой кожи. Огромный дракон открыл пасть, готовясь ударить пламенем. Алеурх взлетел вверх, дракон поднял голову и Давкалеон выстрелил в глаз. Взревев от боли, дракон ударил пламенем. Алеурх отскочил и развернулся, стараясь прикрыть Давкалеона. Чапа вылетел из кармана, где было так безопасно, и, превратившись в дракончика, вонзил длинные металлические когти в горло дракона. Спрыгнув с Алеурха, Давкалеон ударил копьем в живот дракона. Алеурх, поднявшись вверх, ударил пламенем и прыгнул на дракона, пытаясь прижать его к земле. Давкалеон непрерывно стрелял. Последний выстрел оказался смертельным, и дракон упал. Личина дракона исчезла. На полу пещеры лежал отвратительный серый монстр с перепончатыми крыльями и огромным клыкастым клювом.

- Кто это? – Спросил Чапа, разглядывая монстра.

- *Монок* – Ответил Давкалеон – Он умеет извлекать из твоего мозга разные образы и принимать их форму. Декорации он тоже умеет отлично сооружать и поддерживать. Судя по тому, что пещера не исчезла, он здесь не один.

- Пещера может быть настоящей – прокурлыкал Алеурх.

- Может - согласился Давкалеон - Давай вернемся к развилке.

Они вернулись, и Алеурх полетел в проход, где ранее был *монок* в образе Пандры. Проход привел их к выходу.

Peeping outside, Aleurh stepped back and looked questioningly at Davkaleon. The entrance—or exit—to their cave was high up in the mountains. To the right and to the left, to the top and to the bottom were many entrances to other caves. The valley stretched at the bottom. It seemed that all the monsters of Daeya had gathered there.

"I have a bad feeling that they are waiting for us," purred Aleurh.

"And why do I agree with you?" sighed Davkaleon.

Chapa looked out of the cave and froze, listening to something. He even closed his eyes and frowned with the effort. But it looked like it didn't help as Chapa turned into a dragon.

"They are waiting for ChapaShka-Alfreydon," said Chapa a few minutes later.

"You can pick up thoughts from such a distance?" Davkaleon sounded doubtful.

"When there are a lot of them, I hear them. I wouldn't be able to if there were just a few of them. Besides, Adoleeseets who turn into dragons are able to capture thoughts better. Before, I was just reading about this, and now I felt it."

"Aleurh, do you hear anything?" asked Davkaleon.

"I hear a continuous buzz," answered Aleurh.

"Try to catch repetitive sounds in this buzz," suggested Chapa.

"I think I can discern the name *Alfreydon*, but it sounds very blurry."

"This is how it should be, because they don't think about it at exactly the same time," said Chapa.

"At this distance I can't discern anything," said Davkaleon. "But if you both say they are waiting for Alfreydon, try to understand what they want from him."

"I think I hear the word *blood*," purred Aleurh.

"So do I," agreed Chapa.

"Magician blood, Alfreydon's blood, Twierks. They want Alfreydon's blood to sell it in Twierks!" Chapa exclaimed.

Davkaleon smiled. "Let's suggest that they fight among themselves. The winner will be entitled to an exclusive contract to sell my blood in Twierks. From this entire crowd, only one will survive and we will deal with him alone."

"I don't like your plan!" Aleurh was brief, as always.

"Why?" Davkaleon was surprised.

Выглянув наружу, Алеурх сделал шаг назад и вопросительно глянул на Давкалеона. Вход или выход в их пещеру находился высоко в горах. Справа и слева, вверху и внизу было множество входов в другие пещеры. Внизу простиралась долина. Казалось, в ней собрались все монстры Дэи.

- Кажется, они поджидают нас – прокурлыкал Алеурх.

- И почему я с тобой согласен? – Вздохнул Давкалеон.

Чапа выглянул из пещеры и замер, к чему-то прислушиваясь. Он даже закрыл глаза и наморщил лоб от усилий. Похоже, это не помогло, и Чапа превратился в дракончика.

- Они поджидают ЧапуШку-Альфрейдона - сообщил Чапа через несколько минут.

- Ты можешь улавливать мысли на таком расстоянии? – Усомнился Давкалеон.

- Когда их много, я их слышу. Я бы не смог, если бы их было мало. Кроме того, адолиситы, превратившись в драконов, умеют улавливать мысли лучше. Раньше я об этом только читал, а теперь сам почувствовал.

- Алеурх, ты слышишь что-нибудь? – Спросил Давкалеон.

- Я слышу сплошной гул – ответил Алеурх.

- Попробуй в этом гуле уловить повторяющиеся звуки – предложил Чапа.

- Кажется, я могу различить имя *Альфрейдон*, но звучит очень размыто – прокурлыкал Алеурх.

- Так и должно быть. Они же не думают о нем одновременно – ответил Чапа.

- Так далеко я ничего не могу разобрать, но если вы оба говорите, что они ждут Альфрейдона, то попробуйте разобрать, что они от него хотят – предложил Давкалеон.

- Кажется, я слышу слово *кровь* – прокурлыкал Алеурх.

- Я тоже. – Согласился Чапа.

- Кровь мага, кровь Альфрейдона, Твиркс. Они хотят продать кровь Альфрейдона в Твирксе! – Сообщил Чапа.

- Давайте предложим им сразиться между собой. Победитель получит эксклюзивный контракт на продажу моей крови в Твирксе. Из всей этой толпы выживет один, с ним и будем иметь дело – усмехнулся Давкалеон.

- Мне твой план не нравится! – Алеурх был краток, как всегда.

- Почему? – Удивился Давкалеон.

"We'll solve the problem of having to fight the crowd of monsters. Out of all of them there will be one or two left."

"Before they fight, they'll make you sign a contract," answered Aleurh.

"So what?" shrugged Davkaleon.

"You don't know what they will do with your blood in Twierks," said Aleurh.

"I've heard so many times that there can be a dozen of loop-holes in any contract, so I'm not afraid."

"It's unbecoming for a future Chief of Daeya's Army to seek loop-holes." Aleurh was stubborn.

"If I don't find a way out, I won't live to be the Chief." Davkaleon tried to appeal to the dragon's logic, but Aleurh was relentless.

"Use your brains and you'll live," answered Aleurh.

"Why are you so intractable?" sighed Davkaleon.

"It's unfitting for the future main fighting dragon of Daeya to be tractable. Don't argue. Think of what to do."

"Maybe we should wait for the night, and try to sneak in the darkness?" squeaked Chapa.

"And what does the darkness have to do with the night?" Davkaleon didn't understand.

"What do you mean 'what'? Night is always dark," answered Chapa.

"Where did you get this idea? Is it dark at night in Adolees?"

Chapa nodded, perplexed. Only now he realized that during all the time he spent in Daeya, it had been light outside. The sun was shining during the day. During the night there were two, sometimes three moons on the horizon, providing plenty of light.

Davkaleon looked out of the cave again and then looked up. Lluna was directly above them, Feta was a little bit to the right, Lell to the left. Davkaleon determined the direction. Putting his hand to the eyes, he seemed to have determined the location of the mountains and boulders where Chapa had seen his friend Stsilius.

"If we fly fast, it'll take 15 or 20 minutes," explained Davkaleon. "I have a *darkness* stone. It can hide us for a few minutes. Even if we use the stone, they will all rush after us as soon as it brightens up a bit. We need to delay them as long as possible. That's why we'll give them a show."

- Мы решим проблему с необходимостью драться с толпой монстров. Из всех из них останется один или два.

- Прежде, чем драться, они заставят тебя подписать контракт - ответил Алеурх.

- Ну и что? – пожал плечами Давкалеон.

- Ты не знаешь, что будут делать в Твирксе с твоей кровью – сказал Алеурх.

- Я столько раз слышал, что в любом контракте можно найти десяток отговорок, что меня это не пугает.

- Будущему главнокомандующему дэйской армии не к лицу искать отговорки - Алеурх был упрям.

- Если я не найду выход, то не доживу до того времени, как стану главнокомандующим – Давкалеон попробовал обратиться к логике своего дракона, но Алеурх был неумолим.

- Напряжешь мозги и доживешь – отрезал Алеурх.

- Ну почему ты такой несговорчивый? – Вздохнул Давкалеон.

- Будущему главному боевому дракону Дэи негоже быть сговорчивым. Не спорь, а думай, что делать.

- Может нам дождаться ночи, и попробовать прокрасться в темноте? – робко спросил Чапа.

- А какое отношение темнота имеет к ночи? – Не понял Давкалеон.

- Ну как же? Ночью же всегда темно – ответил Чапа.

- С чего ты взял? У вас в Адолисе, что, ночью темно?

Чапа в растерянности кивнул. Он только теперь сообразил, что все время, что он провел в Дэе, здесь было светло. Днем светило солнце. Ночью на небосклоне было две, а иногда три луны, и было достаточно светло.

Давкалеон еще раз выглянул из пещеры и взглянул вверх. Ллуна прямо над ними, Фета была чуть правее, Лелль – чуть левее, Давкалеон определился с направлением. Приложив руку к глазам, он, кажется, даже рассмотрел горы и валуны, где Чапа видел своего друга Сцилиуса.

- Если лететь быстро, то это займет минут 15-20. – Объяснил Давкалеон – У меня есть *темень*. Он скроет нас на несколько минут. Если мы используем *темень*, они кинутся за нами едва посветлеет. Нам надо задержать их, как можно дольше. Поэтому мы устроим им шоу.

"Chapa, you were great in turning into both, an insect, and the DRAGON of Adolees. Now, try to portray me."

"What are you up to?" asked Aleurh.

"I want to shoot the *darkness* and organize a few dozen explosions. Then show them Alfreydon in two places at the same time. Repeat once or twice, so they don't immediately rush to catch up us, and then run away. When we are near the boulders, Chapa will finally show them the DRAGON, and we'll dive into the cave. Of course, we could be going from the frying pan into the fire[10], but nothing can be done about that."

"This plan is better than signing a contract," said Aleurh.

While Chapa trained to portray Alfreydon, Davkaleon arranged weapons, explosives and other surprises.

"Do I look like I'm supposed to?" asked Chapa when Davkaleon had finished preparations.

"What on earth?! I have a much more beautiful nose!" Davkaleon said.

"Who will see your nose at such a distance?" Aleurh said.

"And I'm more presentable," said Davkaleon, looking at Chapa.

"Is this a beauty contest?" asked Aleurh.

"Okay, it'll do," Davkaleon agreed reluctantly. Looking over, it seemed as if Aleurh was smiling.

"Chapa, when I shoot the *darkness* stone, take this package and fly over to that cave." Davkaleon gave instructions for a few minutes, then threw the *darkness* in the air and fired at the stone. A roar rumbled over the valley and solid darkness covered everything around. Grabbing the package, Chapa flew to another cave. Davkaleon threw explosives. The fire looked terrifying on a solid black background. Davkaleon, Chapa and Aleurh continued to throw explosives. Darkness began to dissipate. After shooting a few more times, Davkaleon stepped on the horn-amplifier and shouted, "Who is waiting for Alfreydon here?" Aleurh rumbled the same thing. Chapa, in Davkaleon's image, also stepped on the horn-amplifier, and shouted, "Who is waiting for Alfreydon here?" Monsters, seeing the first Alfreydon, rushed to him. When the second Alfreydon appeared, they froze for a moment.

Чапа, у тебя хорошо получалось изображать и букашку, и ДРАКОНА Адолиса. Попробуй теперь изобразить меня.

- Что ты задумал? – Спросил Алеурх.

- Хочу выстрелить в *темень* и организовать несколько десятков взрывов. Потом показать им Альфрейдона в двух местах одновременно. Повторить это раза два, чтобы они не кидались сразу догонять нас, а потом удрать. Когда мы будем возле валунов, Чапа напоследок угостит их появлением ДРАКОНа, и мы нырнем в пещеру. Мы, конечно, можем попасть из огня да в полымя[10], но тут ничего не поделаешь.

- Этот план лучше, чем контракт – одобрил Алеурх.

Пока Чапа тренировался изображать Альфрейдона, Давкалеон раскладывал оружие, взрывчатку и другие сюрпризы.

- Похоже? – Спросил Чапа, едва Давкалеон закончил с приготовлениями.

- Ты что?! У меня нос намного красивее! – Возмутился Давкалеон.

- Кто на таком расстоянии будет видеть твой нос?! – Вмешался Алеурх.

- И я представительнее – добавил Давкалеон.

- У нас тут, что, конкурс красоты? – Спросил Алеурх.

- Ладно, сойдет – нехотя согласился Давкалеон.

Алеурх, кажется, улыбнулся.

- Чапа, когда я выстрелю в *темень*, возьмешь этот пакет и перелетишь в ту пещеру. Давкалеон в течение нескольких минут давал указания, потом подбросил *темень* в воздух и выстрелил в камень. Грохот пророкотал над долиной, и сплошная тьма окутала все вокруг. Схватив пакет, Чапа полетел в другую пещеру. Давкалеон швырнул взрывчатку. На черном фоне огонь выглядел устрашающе. Давкалеон, Чапа и Алеурх продолжали швырять взрывчатку. Темнота начала рассеиваться. Выстрелив еще несколько раз, Давкалеон наступил на рог-усилитель и громко закричал: "Кто здесь ждет Альфрейдона?" Алеурх пророкотал то же самое. Чапа в образе Давкалеона тоже наступил на рог-усилитель и закричал: "Кто здесь ждет Альфрейдона?" Монстры, увидевшие первого Альфрейдона, устремились к нему. При появлении второго Альфрейдона они на мгновение замерли.

Davkaleon threw another *darkness* and fired at it. Darkness covered the valley. Davkaleon, Aleurh and Chapa, after waiting a few minutes, began to shoot. Explosions were heard everywhere.

"How much for Alfreydon's blood?" The voice came from the right.

"How much for magician's blood?" was heard to the left.

Aleurh laughed wildly and darkness covered the valley again. Chapa returned. Davkaleon threw another *darkness*, jumped on Aleurh, and they rushed away. For a few minutes they flew in complete darkness. It seemed that the monsters hadn't yet figured out that their prey had gone. Davkaleon used his last *darkness*, and the murky dark hid them for a few more minutes. Later on, they heard the noise of the chase. Monsters examined all the caves, where they'd seen two Alfreydons, and upon not finding them, rushed in pursuit. Aleurh was flying fast, but monsters didn't want to lose their prey. Perhaps the price of DRAGON apprentice's blood was high.

"Get ready," said Davkaleon to Chapa, taking out the horn.

The pursuers saw a huge Adolees DRAGON appear out of nowhere. Roaring terrifyingly, the DRAGON shot fire. Monsters jumped away and cowered. The DRAGON disappeared as suddenly as it had appeared. This delayed the pursuers only for a minute, but boulders could already be seen ahead, along with the fugitives. A shot rang out from behind the boulder. Aleurh jumped to the side, but the gunman was not aiming at him. There was a second shot. Turning around, Davkaleon saw one monster tumble and fall down, then a second one. Brown blood poured out of their wounds.

"These are difeserants!" cried Davkaleon.

Aleurh landed near the boulders. There was no time for Chapa to get distracted by friendly embrace of Adoleeseets. Difeserants and other monsters were already flying to the boulders. A few adult Adoleeseets were shooting at them. Chapa got chills across his back when he saw those gunmen dressed in police uniforms. Chapa was sure that those were the same policemen who had pursued him on the day of the Cup Game. Davkaleon and Aleurh joined the shooting. Chapa seized explosives, but didn't have time to throw them. An Adoleeseet came out of the cave and approached Chapa. Grabbing Chapa's throat, the Adoleeseet hissed, "Finally, I got you."

Давкалеон швырнул другой *темень* и выстрелил в него. Темнота накрыла долину. Давкалеон, Алеурх и Чапа, подождав несколько минут, начали стрелять. Взрывы раздавались везде.

- Почем кровь Альфрейдона? – раздалось справа.

- Почем кровь мага? – раздалось слева.

Алеурх дико захохотал, и темнота опять окутала долину. Чапа вернулся назад. Взрывы следовали один за другим. Давкалеон бросил еще один *темень*, вскочил на Алеурха, и все помчались прочь. Несколько минут они летели в полной темноте. Кажется, монстры не разобрали, что добыча удрала. Давкалеон бросил последний *темень*, и темнота скрыла их еще на несколько минут. Позже они услышали шум погони. Монстры обследовали все пещеры, где видели двух Альфрейдонов, и, не найдя их, бросились в погоню. Алеурх летел быстро, но монстры не желали упускать добычу. Наверное, цена крови ученика ДРАКОНа была высока.

- Приготовься, – сказал Давкалеон Чапе, доставая рог.

Преследователи увидели, как неизвестно откуда появился огромный ДРАКОН Адолиса. Издав страшный рык, ДРАКОН выстрелил пламенем. Монстры отскочили и замерли. ДРАКОН исчез так же внезапно, как появился. Это задержало преследователей всего на минуту, но впереди уже виднелись валуны, за которыми скрывались адолиситы. Из-за валуна раздался выстрел. Алеурх отскочил в сторону, но стрелявший целился не в него. Раздался второй выстрел. Обернувшись, Давкалеон увидел, как закувыркался и полетел вниз один монстр, потом второй. С их ран текла коричневая кровь.

- Это дифесеранты! – Закричал Давкалеон.

Алеурх приземлился возле валунов. Чапе некогда было отвлекаться на дружеские объятия. Дифесеранты и прочие монстры уже подлетели к валунам. В них стреляли несколько взрослых адолиситов. У Чапы по спине пробежал холодок, когда он увидел, что стрелявшие одеты в форму полицейских. Чапа был уверен, что это те самые полицейские, которые преследовали его в день Розыгрыша Кубка. Давкалеон и Алеурх присоединились к стреляющим. Чапа схватил взрывчатку, но бросить ее не успел. Из пещеры вышел адолисит и подошел к Чапе. Схватив Чапу за горло, адолисит прошипел: "Наконец-то, я тебя дождался."

Chapa recognized his employer as the assailant. Chapa turned into a little dragon and tried to escape from the Clumsybug's hands. This time, Clumsybug was ready. But he wasn't prepared for the fact that Chapa had learned to release long metal claws and use them well. Chapa dug his claws into the attacker's hands. Brown liquid flowed from the wounds! Chapa was struck dumb—his lanky employer was difeserant! Releasing Chapa for a moment, difeserant grabbed him again. Chapa struck back with his claws. A few monsters rushed to the assailant's side. A terrible explosion shook all around, and huge boulders scattered like feathers. Directly above Chapa, a lodge appeared in the air. Mighty DRAGON was sitting on it. Raising up, the DRAGON breathed fire in the direction of the crowd of monsters. The attackers' desire to get the blood of the DRAGON's apprentice instantly evaporated, and they scattered. Only Chapa continued to fight. It seemed that his assailant didn't pay attention to the DRAGON. Davkaleon rushed to Chapa, but the DRAGON raised his mighty paw and roared, "Today, at the request of my general, I accept his granddaughter Dveena to the Guild of Fire-breathing Dragons. Those accepted into the Guild are obliged to prove their willingness to serve Adolees by fighting. Dveena, go ahead!"

Between Chapa, monsters that surrounded him and the DRAGON's Lodge, a fiery tunnel appeared. Dveena, in the form of a Dragon, appeared out of it and breathed fire at the monsters. They jumped away, but the Clumsybug still didn't retreat. One of those who jumped away rushed to the assailant's aid and plunged scary fangs into Chapa. Dveena breathed fire at him. The monster jumped back, but blood poured out of Chapa's wound. Dveena prepared to strike Chapa's assailant with fire, but the DRAGON's voice stopped her. "Don't kill this one. I have a lot of questions for him."

The DRAGON stretched out a huge paw and, seizing the difeserant, threw him into the fire tunnel. Then he looked at Chapa. "You can get up," ordered the DRAGON.

Chapa looked back. "Where is Scilius?" he wanted to know. Chapa had not had time to ponder on Scilius until now, but having got rid of his former employer Clumsybug, he began to worry. Scilius was nowhere to be seen.

В нападавшем Чапа узнал своего работодателя. Чапа превратился в дракончика и попытался вырваться из рук верзилы. В этот раз верзила к этому был готов. Но он не был готов к тому, что Чапа научился выпускать длинные металлические когти и отлично ими орудовать. Чапа впился своими когтями в руки верзилы, из ран полилась коричневая жидкость. Чапа оторопел, верзила был дифесерантом. Отпустив на мгновение Чапу, дифесерант опять его схватил. Чапа ударил в ответ когтями. На помощь верзиле выпрыгнули несколько монстров. Страшный взрыв потряс все кругом, огромные валуны разлетелись, как перышки. Прямо над Чапой в воздухе появилось драконье ложе. На нем восседал могучий ДРАКОН. Приподнявшись, ДРАКОН выдохнул огнем в сторону толпы монстров. Желание добыть кровь ученика ДРАКОНа у нападавших моментально испарилось. Там, где была толпа, не осталось никого. Только Чапа продолжал сражаться. Кажется, напавшие на него, не обращали внимания на ДРАКОНа. Давкалеон рванулся к Чапе, но ДРАКОН поднял могучую лапу и пророкотал: "Сегодня по просьбе моего генерала я принимаю его внучку Двину в гильдию Огнедышащих Драконов. Принимаемые в гильдию обязаны доказать боем свою готовность служить Адолису. Двина, вперед."

Между Чапой, окружившими его монстрами и ложем ДРАКОНа возник огненный туннель. Из него появилась Двина в образе Дракона, и выдохнула на монстров огнем. Они отскочили, но верзила по-прежнему не отступал. На помощь верзиле рванулся один из отскочивших и вонзил в Чапу страшные клыки. Двина дохнула на него огнем. Монстр отскочил, но из Чапиной раны полилась кровь. Двина приготовилась ударить огнем верзилу, но ее остановил голос ДРАКОНа. "Этого убивать не надо. У меня к нему много вопросов."

ДРАКОН протянул огромную лапу и, схватив дифесеранта, подбросил его вверх в огненный туннель. Затем он взглянул на Чапу и приказал: "Можешь подниматься".

Чапа оглянулся. "А где Сцилиус?" – поинтересовался он.

До сих пор у Чапы не было времени на размышления о Сцилиусе, но, избавившись от бывшего работодателя, он забеспокоился. Сцилиуса нигде не было видно.

"Who is Scilius? And why should he be here?" asked a policeman in turn.

Chapa began to worry even more. Is Scilius alive? Maybe he perished, and the police do not want to tell him about it. Maybe the monsters stole Scilius, but left the boy alive. Chapa read somewhere that it happened sometimes. Then he thought, it is too early to return home. I should try to find Scilius.

"Chapa, why do you ask about Scilius?" asked Dveena. "As far as I know, he's all right. He repeatedly called and asked, if you were found."

Chapa was dumbfounded. How could that be? He clearly saw Scilius when he was looking into the Elfid's tube.

A staircase appeared in a fire tunnel. Chapa turned to Davkaleon, ready to thank him, but the DRAGON's order sounded in his head. "Be quiet. Don't tell anyone about Daeyats. Everybody must think he's one of those who was chasing after you."

"I promised to give his brother a transmitter for his help," Chapa said mentally, and looked at the DRAGON, begging.

"Oh you, brainless lizard!" The DRAGON was outraged. "This *one* time, I will fulfill your promise. If you ever dare to promise something you can't deliver, I'll kill you, even if you don't reach the dragon's age."

Chapa felt staggered by a blow. A mysterious force threw him up. Chapa raised his head. The great DRAGON was sitting back on his floating Lodge. Blood dripped from DRAGON's wing onto Chapa's wound, hot like fire. Chapa felt unbearable heat spreading throughout his body. Then, he was standing on the last step of the staircase. A huge hall could be seen above. Davkaleon, Aleurh and Daeya had disappeared.

- Кто такой Сцилиус? И почему он должен быть здесь? — в свою очередь спросил полицейский.

Чапа забеспокоился еще сильнее. Жив ли Сцилиус? Может, он погиб, и полицейский не хочет ему об этом говорить? А может, монстры украли Сцилиуса, но мальчик все еще жив? Чапа где-то читал, что такое иногда случалось. Тогда рано возвращаться домой, надо постараться найти Сцилиуса.

- Чапа, почему ты спрашиваешь о Сцилиусе? – спросила Двина – Насколько я знаю, с ним все в порядке. Он несколько раз звонил и спрашивал, нашелся ли ты.

Чапа оторопел. Как же так? Он же ясно видел Сцилиуса, когда смотрел в трубу Эльфида.

В огненном туннеле появилась лестница. Чапа повернулся к Давкалеону, готовясь поблагодарить, но в голове прозвучал приказ ДРАКОНа: "Тихо. О дэйце никому не рассказывай. Для всех он один из тех, кто за тобой гнался."

- Я обещал подарить его брату передатчик за то, что он поможет мне — мысленно проговорил Чапа и умоляюще посмотрел на ДРАКОНа.

- Ах ты, безмозглая ящерица! – Возмутился ДРАКОН - В *этот* раз я выполню твое обещание. Если ты когда-нибудь посмеешь обещать то, что не можешь выполнить, я тебя убью, даже если ты не достигнешь драконьего возраста.

Чапа почувствовал удар, от которого зашатался. Неведомая сила подбросила его вверх. Чапа поднял голову. Великий ДРАКОН восседал на своем ложе. С крыла ДРАКОНа на рану Чапы капнула кровь. Она была горячей, как огонь. Чапа чувствовал, что нестерпимый жар разливается по всему телу. Он стоял на последней ступеньке лестницы. Вверху виднелся огромный зал. Давкалеон, Алеурх и Дэя исчезли.

Chapter 19. In Adolees

"Is something known about this misunderstanding? You know, your brother?" The voice addressed Beelda as she entered the class.

"Whom do you call a 'misunderstanding'?!" Beelda raged.

"You yourself called him that," the classmate shrugged.

"Firstly, I did not call him so. Secondly, no matter what I call him, it's our family business, and it does not concern *you*. Thirdly, you are 'misunderstanding' yourself!"

"So, is there something new or not?" another classmate asked.

Beelda shook her head sadly. For several days, Chapa had disappeared. Beelda did not expect she would miss her brother so much. Beelda did not remember that she'd once called Chapa *the family disgrace* and vehemently denied it. On the day of the Cup of Adolees, all of the news programs showed how a little dragon had flown into the center of the game. Guards rushed after him, and the little dragon darted over the stadium. A hurricane swept over the stadium, snatching several spectators from the seats, throwing them into the vortex. A black mist covered the stadium. When the mist dissipated, there was neither the dragon nor guards of the order. The game was stopped.

Later, it turned out that several spectators were gone, too. Chapa was among them. The investigation began, but nothing was really ascertained, and it was all very strange. But what could be easier in Adolees than solving a mystery? Any Adoleeseet is able to communicate mentally since birth. Scanreaders for reading thoughts were installed in all the places where Adoleeseets used to get together. Of course, scanreaders were everywhere in the stadium. On the day of the Cup Game, there were even more scanreaders than usual. The stadium management ordered more scanreaders. Moreover, they ordered the latest, the most expensive, and the most advertised models. Of course! The Cup was the ultimate event. Preparation had been underway for a year, sparing neither money nor technology. Did scanreaders help? No! None of scanreaders showed anything suspicious. Adoleeseets were furious. What did they pay taxes for? How much did the new scanreaders cost?

Глава 19. В Адолисе

- Что-нибудь известно об этом недоразумении, твоем братце? – спросил Бильду кто-то, едва она вошла в класс.

- Кого ты называешь 'недоразумением'?! – взвилась Бильда.

- Ты сама его так называла – пожал плечами одноклассник.

- Во-первых, я его так не называла. Во-вторых, как-бы я его не называла, это наше внутреннее семейное дело, и тебя оно не касается. В третьих, ты сам недоразумение!

- Так есть что-то новое или нет? – спросил другой одноклассник.

Бильда грустно покачала головой. Вот уже несколько дней, как Чапа исчез. Бильда сама не ожидала, что будет так сильно скучать по брату. То, что она когда-то называла Чапу семейным позорищем, Бильда не только не помнила, но яростно отрицала. В день Розыгрыша Кубка Адолиса по всем программам показали, как какой-то детеныш дракона оказался в самом центре игры. Стражи порядка бросились за ним, и дракончик заметался над стадионом. Ураган пронесся над трибунами, вырвал с трибун нескольких зрителей и закружил их в сильном вихре. Черная мгла окутала стадион. Когда мгла рассеялась ни дракончика, ни стражей порядка не было. Игру пришлось прервать.
Позже оказалось, что несколько зрителей тоже пропали. Среди них был Чапа. Началось следствие, которое ничего не выяснило, и это было очень странно. Казалось бы, что может быть проще в Адолисе, чем расследование тайн? Любой адолисит с рождения умеет общаться мысленно. Устройства чтения мыслей сканриды установлены во всех местах, где адолиситы имеют привычку собираться. Конечно, сканриды были везде на стадионе. В день Розыгрыша Кубка их было даже больше, чем обычно. Руководство стадиона заказало дополнительные сканриды. Причем, самой последней, самой дорогой, самой разрекламированной модели. Еще бы! Розыгрыш Кубка – величайшее событие. К нему готовятся целый год, на него не жалеют ни денег, ни техники. И что же? Ничего! Ни один сканрид не показал ничего подозрительного. Адолиситы были в ярости. За что они платят налоги? Сколько стоили эти новенькие сканриды?

The government realized that an investigation should be carried out with lightning speed. The best investigators and the most advanced techniques were used to fix blame. What they found not only did not give answers, but led to new questions. Security was present at *all* the specified places, from the moment of the stadium opening. All scanreaders, catching any thoughts, were switched on. In spite of this, in the midst of the game in front of a crowd of one hundred thousand Adoleeseets, someone intervened in the game, and several Adoleeseets disappeared. One of the missing was just a kid. Four were strong, well-trained armed guards. One was a player and a few more were fans. All the records of scanreaders were saved. They were carefully checked, and *nothing* suspicious found.

The odd thing was that it was not possible to find out where the little dragon had come from, and who he actually was. And where did he go to? Judging by the pictures, he was a baby dragon. Parents had to recognize him, but they didn't. If the Adoleeset was an orphan, relatives, guardians, educators, teachers, members of the board of trustees should recognize him. The photo of the dragon was continuously shown on all channels. But no Adoleeset from the whole Adolees recognized him. Chapa's sister Dveena recognized the dragon, of course. But no one asked her, and she didn't hasten to tell.

During the investigation, it was discovered that several Adoleeseets bet that the game would be interrupted. That seemed more than suspicious, because the final game of the Cup of Adolees had never been interrupted for any reason before. Those who bet on such a thing were immediately hounded down and interrogated. Everyone expected arrests and disclosure of fraud. But no arrests were made, and the detainees were released. It turned out that all of them had bet the same strange thing every year. They bet on the chance that game would be interrupted or would not take place, or would be re-scheduled. Some bet that players would be kidnapped or disappear. Their explanation was simple—a chance to win was small, but the payoff would be great.

251

Правительство поняло, что расследование должно быть проведено молниеносно. Лучшие следователи и лучшая техника были привлечены к расследованию. То, что они выяснили, не только не дало ответы, но вызвало новые вопросы. Охрана присутствовала на всех оговоренных местах с момента открытия стадиона. Все сканриды, улавливающие любые мысли, были включены. Несмотря на это в самый разгар игры на глазах стотысячной толпы кто-то вмешался в игру, и несколько адолиситов бесследно исчезли. Один из исчезнувших был ребёнком, четверо были крепкими, натренированными вооруженными охранниками, один был игроком, и еще несколько были болельщиками. Все записи сканридов сохранились. Их тщательно проверили и не нашли ничего подозрительного. Странным было то, что не удалось выяснить, откуда взялся, и кем на самом деле был, ворвавшийся в игру, маленький дракончик. Куда он делся, тоже было неизвестно. Судя по снимкам, это был детеныш дракона. Родители должны были его узнать, но не узнали. Если адолисенок был сиротой, его должны были узнать родственники, опекуны, воспитатели, учителя, члены попечительного совета. Фотографию дракончика почти непрерывно показывали по всем каналам. Но во всем Адолисе не нашлось ни одного адолисита, который бы его узнал. Чапина сестра Двина, конечно, узнала дракончика. Но ее никто не спрашивал, и она не спешила рассказывать.

Следствие выяснило, что несколько адолиситов ставили на то, что игра будет прервана. Поскольку финальная игра Кубка Адолиса никогда раньше ни по каким причинам не прерывалась, это показалось более чем подозрительным. Сделал такие ставки, тут же разыскали и допросили. Все ожидали арестов и раскрытия громкой аферы. Но никаких арестов не последовало, и задержанных отпустили. Оказалось, что все они делали такие ставки из года в год. Они ставили на то, что игра прервётся или не состоится, или будет перенесена. Кто-то поставил на то, что игроки будут похищены или исчезнут. Их объяснение было простым – шанс на выигрыш мало, зато выигрыш будет большим.

A few days later, they were arrested again. It turned out that all of them were connected with the producer of scanreaders that were ordered by stadium management. But the arrest did not last long, and the detainees were released again. Why? Because all of them explained that their company conducted experiments on the effect of unforeseen circumstances on the final result. They decided to make such weird bets under the influence of these experiments.

There were many other versions of what had happened. Some of the employees of the scanreaders manufacturer thought that the latest models could not only encrypt, but also mask, and if necessary, remove or insert records. Their reflections were intercepted, and accidentally or not, hit the news. All recordings were passed through different decoders. One of them showed that a small portion of the recording might have been removed. However, other decoders did not confirm that finding. Eventually, the deleted record was restored, and someone heard the name ChapiusKloyAlfreyDon. The analyzer showed that the reliability of restored record was low, but ChapiusKloyAlfreyDon was the name of the Adolees's DRAGON, and all materials were immediately transferred to the Guild of Fire-breathing Dragons. The investigators, the police, and finally the government breathed freely. Now they were responsible for nothing. All claims could be referred to the Guild of Fire-breathing Dragons.

The Guild figured out that about a year earlier, the name ChapiusKloyAlfreyDon was given to that very Chapa, who, according to the statement of his parents, disappeared at the day of the Adolees Cup. The question about Chapa's companion at the stadium arose. It turned out that he was with his older sister Dveena. But Dveena hadn't seen Chapa's disappearance. Dveena could dance well, practiced all the year, and was selected to the cheerleading team. She was offered a ticket to the final game as a reward for her participation in cheerleading. She gave this ticket to her brother. Guild tried to find those who sat next to Chapa at the time of his disappearance.

Через несколько дней их опять арестовали. Оказалось, что все они связаны с компанией-изготовителем сканридов, которые были заказаны руководством стадиона. Но арест длился недолго, и задержанных опять отпустили. Почему? Все они рассказали, что компания проводила эксперименты для изучению влияния непредвиденных обстоятельств на конечный результат. Под влиянием этих экспериментов они решили делать столь странные ставки.

Потом появилось много других версий. Кто-то из сотрудников компании, производящей сканриды, размышлял, что последняя модель может не только шифровать, но и маскировать, а если нужно, то и убирать или вставлять записи. Эти размышления были перехвачены и случайно или не случайно попали в новости. Все записи были пропущены через различные дешифраторы. Один из них показал, что небольшая часть записи якобы была удалена. Правда, другие дешифраторы это не подтвердили. Удаленную запись постарались восстановить, и кому-то показалось, что он слышит имя ЧапиусКлойАльфрейДон. Хотя анализатор показывал, что надежность восстановленной записи невысока, но имя ЧапиусКлойАльфрейДон это имя ДРАКОНа Адолиса, и все материалы были тут же переданы в гильдию Огнедышащих Драконов. Следователи, полиция, а вслед за ними и правительство вздохнули свободно. Теперь они ни за что не отвечали. Все претензии, пожалуйста, к гильдии Огнедышащих.

В гильдии вспомнили, что около года назад имя ЧапиусКлойАльфрейДон было присвоено тому самому Чапе, который, согласно заявлению его родителей, исчез в день Розыгрыша Кубка Адолиса. Возник вопрос, с кем Чапа был на стадионе. Оказалось, что со старшей сестрой Двиной. Правда, сама Двина исчезновения Чапы не видела. Двина умела хорошо танцевать, весь год тренировалась, и была выбрана в команду поддержки игроков. В качестве награды за участие в группе поддержке ей был предложен билет на финальную игру. Этот билет она отдала брату. Попробовали найти тех, кто сидел рядом с Чапой в момент его исчезновения.

The announcement was made several times in the news—those who saw something were asked to respond. No one responded, and the investigation went in another direction. It turned out that Chapa's father worked in the same company that produced the scanreaders installed at the stadium. The Guild recalled the story of the Chapa's name and wasn't delighted with the memories. The Guild of Fire-breathing Dragons felt spite[11] against Chapa and his parents. DRAGON had not intervened yet, and the Guild decided to get even for the humiliation.

Chapa's parents felt that storm clouds were gathering over their family. Father brought home a few devices and decoders from work. At the time when the younger daughters were not at home, he called the family into the basement. From the basement, they descended into a deep granite cellar. You might wonder if it's a luxury to have a granite cellar. Not in Adolees. Granite is the most reliable material to protect your thoughts from scanning. No serious scientist or engineer in his right mind would think about his ideas in any other place except granite office. Granite cellar are even better—they don't attract anyone's gaze.

"Have you and Brndvig-Torez managed to find Chapa's employer?" father asked.

"How do you know about that?" Dveena was shocked at father's awareness. She thought that no one knew anything about the business in the stadium.

"Do you believe your parents are complete mugs[12]? So, did he find Chapa's employer?"

"No." Dveena sighed bitterly. "We looked everywhere. The place where we met with him is empty. All of his instruments have disappeared. There was a lot of furniture earlier. Now everything is broken and half-burnt."

"What's his name? How does Brndvig-Torez know him?"

Dveena explained that Brndvig-Torez responded to advertising in the *Bulletin of Adolees* newspaper, and knew nothing about his employer. After the events at the stadium, she and her boyfriend checked everything they could, but didn't find the employer. There was no Adoleeseet with the name Clumsybug.

"Imagine him in detail," Dveena's father suggested, taking out one of the devices he had brought.

В новостях несколько раз сделали объявление, просили откликнуться тех, кто что-нибудь видел. Никто не откликнулся, и следствие пошло другим путем. Выяснилось, что отец Чапы работал в той самой компании, которая производит сканриды, установленные на стадионе. В гильдии вспомнили историю с Чапиным именем. Воспоминания восторга не вызвали. Гильдия Огнедышащих Драконов имела зуб[11] на Чапу и на его родителей. ДРАКОН пока не вмешивался, и гильдия решила расквитаться за пережитое унижение.

Родители Чапы почувствовали, что над их семьей сгущаются тучи. Отец принес с работы несколько приборов и дешифраторов. Выбрав момент, когда младших дочерей не было дома, он позвал семью в подвал. С подвала они спустились в глубокий гранитный погреб. Вы скажите, что это роскошь иметь погреб из гранита? Только не в Адолисе. Гранит это самый надежный материал, защищающий ваши мысли от сканирования. Ни один серьезный инженер или ученый в здравом уме и при полном рассудке, не будет обдумывать свои идеи ни в каком другом месте кроме гранитного кабинета. Гранитный погреб ещё лучше, никому в глаза не бросается.

- Тебе с Брндвиг-Торезом удалось найти Чапиного работодателя? – Поинтересовался отец.

- Откуда ты знаешь? – Двина была шокирована осведомленностью отца. – Она-то считала, что никто ничего не знает о подоплеке происшедшего на стадионе.

- Думаешь, родители - полные лопухи[12]? Так удалось или нет?

- Нет. – Горько вздохнула Двина. – Мы искали везде. То место, где мы с ним встречались, стоит пустое. Все приборы исчезли. Раньше там была мебель. Сейчас всё разбито и наполовину сожжено.

- Как его зовут и откуда Брндвиг-Торез его знает?

Двина рассказала, что Брндвиг-Торез откликнулся на объявление в газете *Вестник Адолиса*, и ничего не знает о работодателе. После событий на стадионе она с бойфрендом проверили все, что могли, но найти работодателя не удалось. Адолисита по имени Верзила, не существовало.

- Представь его себе подробнее – предложил отец Двины, доставая одно из принесенных устройств.

The device screen was divided into two parts. There was an indistinct image on one side, and another side remained empty.

"Try harder," father asked.

As Dveena searched her memory, the image became clearer. But the second half of the screen still remained blank. Either Dveena didn't remember well enough, or such an Adoleeseet did not exist.

"Where was Chapa sitting?"

Dveena named a row and a seat. Father configured something in the device. The image of spectators appeared on the screen. Chapa was among them. Father twisted a knob and Chapa moved into the middle of the screen. There were numbers indicating the time at the bottom of the screen. Chapa was looking around. He was shining with pleasure. Seats to his right and left were empty. A few minutes passed. The numbers at the bottom of the screen moved on. Seats near Chapa were still empty. Suddenly, the numbers at the bottom jumped to 55 minutes. Chapa's place was empty, and the little dragon was rushing around the stadium. The police tried to catch him. The dragon was in the very center of the game, the audience jumped up from their seats. The black vortex appeared above the dragon, pulling him and several police officers. Strong winds raged over the stadium, black mist momentarily wrapped up everything and then retreated. Chapa wasn't seen anywhere.

Mom blinked away a tear.

"Is Chapa that little dragon?" father asked.

"He cannot transform into a dragon! He is still small," mother sobbed.

"He can." Dveena answered. "He turned into a dragon during our quarrel a few days before the game."

"Who else knows that Chapa is the dragon that stopped the game?"

"I suppose nobody." Dveena answered. "During our quarrel, he jumped out the window and turned into a dragon when he was outside. No one in the room saw that. When we flew with him to a meeting with Brndvig-Torez and his employer, nobody saw his transformation again."

Father connected a decoder and tried to restore the erased part. He did not succeed. After several attempts, *ChapiusKloyAlfreyDon* sounded somewhere.

Экран устройства был разделен на две части. На одной части появилось нечеткое изображение, вторая часть оставалась пустой.

- Представь лучше – попросил отец.

Двина напряглась, изображение стало четче. Но вторая часть экрана оставалась пустой. Либо Двина не достаточно хорошо помнила, либо такого адолисита не существовало.

- Где именно сидел Чапа?

Двина назвала ряд и место. Отец что-то настроил в приборе. На экране появились изображения зрителей, среди которых был Чапа. Отец что-то покрутил, и Чапа переместился в середину экрана. Внизу экрана появились цифры, указывающие время. Чапа смотрел вокруг. Он весь сиял от удовольствия. Места справа и слева были свободны. Прошли несколько минут. Цифры внизу изменились. Места рядом с Чапой пустовали. Внезапно цифры внизу прыгнули на 55 минут. Чапино место пустовало, а над стадионом метался маленький дракончик. Полицейские пытались его поймать. Дракончик оказался в самом центре игры, зрители вскочили со своих мест. Черная воронка появилась над дракончиком, втянула его и нескольких полицейских. Сильный ветер бушевал над стадионом, черная мгла мгновенно окутала все кругом, а затем отступила. Чапы нигде не было видно.

Мама смахнула слезу.

- Детеныш дракона это Чапа? – Спросил отец.

- Он не может превращаться в дракона, он еще маленький – всхлипнула мама.

- Может. – Ответила Двина. – Он превращался в дракона во время нашей ссоры за несколько дней до игры.

- Кто еще знает, что Чапа и есть дракончик, прервавший игру?

- Я думаю, что никто. – Ответила Двина. - Во время нашей ссоры он выпрыгнул в окно и превратился в дракончика, когда оказался снаружи. Никто в комнате этого не видел. Когда мы летели на встречу с Брндвиг-Торезом и его работодателем, его превращения тоже никто не видел.

Отец подключил дешифратор и попытался восстановить стертую часть. Это не получилось. После нескольких попыток где-то прозвучало *ЧапиусКлойАльфрейДон.*

Father moved the decoder closer to the black vortex, the name sounded again quite clearly. Father connected another decoder. The screen flashed with different frames. It was clear someone was manipulating the record. The record restoration was failed, but father got the code of the person that had made changes. The screen lit up the number 616. Connecting another decoder, father found out that the code 616 had been assigned to one of the committees of the Guild of Fire-breathing Dragons.

"What does it mean?" Mom asked.

"Someone from the Guild added the name ChapiusKloyAlfreyDon over deleted record," father replied.

"Why?"

"Someone knew that the dragon in the stadium was Chapa and remembered that his official name was ChapiusKloyAlfreyDon. He decided to draw the investigation away from the interference to the game. He knew that as soon as the name ChapiusKloyAlfreyDon sounded, the investigation would be sent to the Guild."

"This means that we shouldn't rely on the help of the Guild," said Mother, horrified.

"The Guild won't help us. Our only hope is the DRAGON," Father replied.

"Only fire-breathing Dragons can talk to the DRAGON." Mother sighed.

"Any Adoleeseet can talk to the DRAGON. But we are not likely to attract the attention of the DRAGON. To get his attention, DRAGON's name should be shouted three times at a meeting of the Dragons Guild. Any appeal to the DRAGON must come from respected fire-breathing Dragons. It would be better to set out our request on the DRAGON's Sanctorum next to his Lodge."

"How will we do that?"

"Have you really become a fire-breathing Dragon?" father asked Dveena.

Dveena nodded.

"Then I have a plan."

"Brilliant!" Dveena said without waiting to listen further. "We need to take Mlava and Beelda with us."

259

Отец переместил дешифратор ближе к черной воронке, имя прозвучало опять, на этот раз более отчетливо. Отец подсоединил другой дешифратор. На экране замелькали кадры. Видно было, как кто-то манипулирует с записью. Восстановить запись не удалось, но получить код того, кто делал изменения, получилось. На экране светилось число 616. Включив другой дешифратор, отец нашел, что код 616 был присвоен одному их комитетов гильдии Огнедышащих Драконов.

- Как это понимать? – Спросила мама.

- Кто-то из гильдии добавил имя ЧапиусКлойАльфрейДон поверх удаленной записи – ответил отец.

- Зачем?

- Кто-то знал, что дракончик на стадионе это Чапа и вспомнил, что его официальное имя ЧапиусКлойАльфрейДон. Он решил увести следствие от вмешательства в игру. Он понимал, что, как только имя ЧапиусКлойАльфрейДон прозвучит, расследование будет передано в гильдию.

- Это значит, что нам нечего рассчитывать на помощь гильдии - ужаснулась мама.

- Гильдия нам не поможет. Наша единственная надежда – обратиться к ДРАКОНу – ответил отец.

- К ДРАКОНу могут обращаться только огнедышащие Драконы – вздохнула мама.

- К ДРАКОНу может обращаться любой адолисит. Другое дело, что шансов привлечь внимание ДРАКОНа, у нас почти нет. Нам надо, чтобы имя ДРАКОНа прозвучало трижды на собрании Драконов Гильдии. Обращение к ДРАКОНу должно исходить от уважаемых огнедышащих Драконов. Желательно, чтобы изложенная просьба была положена на ДРАКОНий Санкторум рядом с его Ложем.

- Как это сделаем мы?

- Ты действительно стала огнедышащим Драконом? – Спросил отец у Двины.

Двина кивнула.

- Тогда у меня есть план.

- Блестяще! – Восхитилась Двина даже, не дослушав до конца.

- Нам надо взять с собой Млаву и Бильду.

Dveena did not finish. Her parents categorically said 'no'.

"Beelda is too small."

"Then Mlava at least."

But her parents did not agree. After discussing the details of the upcoming events, mom, dad and Dveena left the cellar.

A few minutes later, the silence was interrupted as a table drawer opened and Beelda got out. The girl straightened her numb limbs and walked out of the cellar.

Двина не договорила. Родители категорически сказали 'нет'.

- Бильда слишком маленькая.
- Тогда хотя бы Млаву.

Но родители не согласились. Обсудив детали предстоящего, мама, папа и Двина покинули погреб.

Через несколько минут тишина была нарушена, ящик стола приоткрылся, и оттуда выбралась Бильда. Девочка с удовольствием расправила затекшие конечности и вышла из погреба.

Chapter 20. My little daughters are Gentle Girls

"We need to buy weapons and explosives," said Beelda, calling Mlava into a granite cellar and telling her about the plans to rescue Chapa.

"Why haven't they told us?"

"Because they consider us to be young children." Indignation sounded in Beelda's voice.

"You really are a child. But I'm already 12 years old," objected Mlava.

"But I found out everything, told you, and yet you—" Beelda almost choked with anger.

The door in the ceiling opened, and Dveena came down into the cellar.

"I knew that I'd find you here. I saw Beelda taking my money."

"We have to buy weapons," objected Beelda, thinking that Dveena was reproaching her.

"You'll have to buy protective suits. They say that everyone shoots fire at the meetings in the guild of the Fire-breathing ones, even during peaceful discussions. According to what our dad suggests, there will be a full-scale war[13]," said Dveena.

"We need to distract the Dragons so you have time to put an appeal to the DRAGON on his Sanctorum. Let Beelda pose as Chapa, the little dragon." Mlava was beginning to develop a plan.

"And will Beelda be able to do that?" asked Dveena.

"I will! I'll practice and I'll be able to! I've portrayed Chapa many times before. And Chapa as a little dragon is all over the news, all the time. I remember how he looked." Beelda was happy that her sisters weren't trying to do without her.

"Our parents won't agree to let Beelda help us," said Dveena.

"I will be very useful!" Beelda almost burst into tears.

"You will," agreed Dveena.

"Let's do it this way," Mlava and I will wait for you, not too far from the meeting, so that our parents won't have time to send us home." Beelda was naturally sneaky.

Глава 20. Мои доченьки - девочки нежные

- Нам нужно будет купить оружие и взрывчатку — сказала Бильда после того, как она позвала Млаву в гранитный погреб и рассказала о планах по спасению Чапы.

- Почему они не захотели рассказать нам?

- Потому что считают нас малолетними детьми — в голосе Бильды явно звучала обида.

- Ты, действительно, ребенок. Но мне уже целых 12 лет — возмутилась Млава.

- Как это понимать! Я все выяснила, тебе рассказала, а ты ... Бильда чуть не задохнулась от гнева.

Дверь в потолке открылась, и в погреб спустилась Двина.

- Я знала, что найду вас тут. Я видела, как Бильда брала мои деньги.

- Нам надо купить оружие — возмутилась Бильда, решив, что Двина укоряет ее.

- Вам надо будет купить защитные костюмы. Говорят, что на своих собраниях в гильдии Огнедышащие даже во время мирного обсуждения огнем выстреливают. С тем, что папа предлагает, там настоящее светопреставление[13] начнется – сказала Двина.

- Нам надо отвлечь Драконов, чтобы у тебя было время положить обращение к ДРАКОНу на его санкторум. Пусть Бильда изобразит из себя Чапу в образе дракончика - начала развивать свой план Млава.

- А Бильда сможет? – засомневалась Двина.

- Смогу!!! Потренируюсь и смогу! Чапу я много раз изображала раньше. А Чапу в виде дракончика все время по новостям передают. Я его хорошо запомнила.– Обрадовалась Бильда тому, что сестры не пытаются обойтись без ее участия.

- Родители ни за что не согласятся на участие Бильды – сказала Двина.

- Я буду очень полезна! – Бильда чуть не расплакалась.

- Будешь – согласилась Двина.

- Давайте сделаем так - я и Млава будем ждать вас неподалеку от места собрания, чтобы у родителей не было времени отправить нас домой – предложила Бильда.

Mlava and Beelda lurked near the entrance to the building of the Guild of the Fire-breathing Dragons. The walls of the building were strong. They had withstood battles quite a few times. The size of the building was impressive. There were 500 fire-breathing Dragons in Adolees. How big should the building be to accommodate all of them? The great DRAGON himself frequently appeared in the building.

Soon, Dveena arrived with her parents. Along with them was the founder of the clan ChapiusKloy. A long time had passed since the famous general participated in the battles. A year earlier, he'd sent his greetings rather than arrive at the annual meeting of the guild. There was almost no one left alive among his army buddies. The Dragon weakened. A slow death, away from the glorious battles, crept up, and that was what fighting Dragons of Adolees were most afraid of. For the first time in years, the Dragon didn't watch the final of the Cup Game, didn't know what happened during the game, and didn't hear about the disappearance of his great-grandson. At first, he didn't even recognize his grandson—Chapa's father—who arrived to tell him about Chapa. The story brought the fighting Dragon back to life. General ChapiusKloy jumped out of his dragon's lodge and headed to the closet. There were still containers of *dragon's force* stored in there, a favorite Dragon's drink before an upcoming battle. The official recommendation of the Board of the Guild of the Fire-breathing Dragons said, '*Three good dragon's gulps before the fight. However, in high-risk cases, you can make it seven.*"

The Dragon ChapiusKloy remembered that before the Battle of Savarh he took 13 gulps. 13 was a good number—there were plenty of enemies at Savarh. It helped him then, and it would help him now. Here in this cup there were exactly 13 gulps. The Dragon poured the drink and drank it at once. General ChapiusKloy was ready for his last battle.

* * * * *

Seeing Mlava and Beelda, their parents were dumbfounded. But the three sisters presented their plan, and the general was filled with pride at the courage of his great-granddaughters.

Млава с Бильдой притаились недалеко от входа в здание Гильдии Огнедышащих Драконов. Стены здания были крепкие. Им не раз приходилось выдерживать происходящие внутри баталии. Размеры здания впечатляли. В Адолисе было около 500 огнедышащих Драконов. Каким должно быть здание, чтобы всех их вместить? Сам Великий ДРАКОН часто появлялся в здании.

Вскоре появились родители с Двиной. Вместе с ними был родоначальник рода ЧапиусКлоев. Уже давно славный генерал не принимал участия в битвах. В последний год он даже не прилетел на ежегодное собрания гильдии, только прислал свое приветствие. Из прежних боевых товарищей почти никого не осталось. Дракон слабел. Подкрадывалось то, чего больше всего боятся боевые Драконы Адолиса – тихое угасание вдали от славных битв. Впервые за все годы Дракон не смотрел финал Розыгрыша Кубка Адолиса, не знал, что произошло во время игры, не слышал об исчезновении правнука. В первый момент он даже не узнал своего внука и Чапиного отца, прилетевшего рассказать ему о Чапе. Рассказ привел боевого Дракона в чувство. Генерал ЧапиусКлой вскочил с драконьего ложа и направился к кладовой. Там до сих пор хранились емкости с 'драконьей силой', любимым напитком Драконов перед предстоящим боем. Официальная рекомендация совета гильдии Огнедышащих гласила *"Три хороших драконьих глотка перед боем. Правда, в особо опасных случаях можно сделать семь."*

Дракон ЧапиусКлой хорошо помнил, что перед битвой под Саваром, он сделал 13 глотков. Под Саваром противников был в несколько раз больше. 13 – хорошее число. Оно ему помогло тогда, поможет и теперь. Вот в этом кубке, как раз помещаются 13 глотков. Дракон перелил напиток и залпом выпил. Генерал ЧапиусКлой был готов к своему последнему бою.

* * * * *

Увидев Млаву с Бильдой, родители оторопели. Но три сестрички изложили свой план, и генерал проникся гордостью за правнучек.

266

Approaching the entrance to the building, General ChapiusKloy turned into a Dragon and uttered a battle-cry of the Dragons' gathering. Dragons fly quickly. There were enough of them soon in the Guild for a quorum. Even Dragon PlyVert, the oldest fighting Dragon of Adolees and army buddy of ChapiusKloy, replied the battle-cry of Dragon ChapiusKloy.

Having ascended to the podium, General ChapiusKloy thanked all those who responded to his battle-cry. He'd devoted 150 years of his life to the service in the army of Fire-breathing Dragons. Among his many awards, he'd earned the rare *Award of the Guild* for the battle of Savarh. The award gave its owner the right to apply to the Guild at any time with any request, and this request was sure to be fulfilled. The only condition was that the request should not harm Adolees. That was the right that General ChapiusKloy decided to use. He asked the Guild to take his granddaughter Dveena to the Guild of Fire-breathing Dragons right now, without waiting for the annual ceremony. It was the dream of his whole life to attend the ceremony of acceptance for his descendants into the Guild, he explained, but he would not live until the annual ceremony. The Dragons of the Guild smiled and shook their heads. Why not honor the request of the old honorary Dragon? And it was a pleasure to take the young Dragoness into the Guild. Having received approval from the Guild, General ChapiusKloy proclaimed, "Great DRAGON of Adolees ChapiusKloyAlfreyDon, I thank you for giving me the honor to serve you and Adolees. I beg you to accept my granddaughter Dveena to the Guild of Fire-breathing Dragons of Adolees."

The Lodge of the Great DRAGON of Adolees appeared in the ceremonial hall. The DRAGON's Sanctorum stood near the Lodge. Generally, in the hall where the ceremony takes place, there were only Fire-breathing Dragons. But during the ceremony of acceptance to the Guild, the relatives of those who were being taken to the Guild might be invited into the hall. Someone opened the door to let in Dveena, and her parents and sisters as well. The Master of ceremonies prepared all of the necessary things. He came to the Lodge of the Great DRAGON to announce the beginning of the ceremony. Did the DRAGON wish to go down from his DRAGON's dragonet and look at the youngest generation?

Подойдя к входу в здание, генерал ЧапиусКлой обернулся Драконом и издал клич сбора Драконов. Драконы летают быстро. Вскоре в здании гильдии их было достаточно для кворума. На клич Дракона ЧапиусКлоя откликнулся даже Дракон ПлайВерт, старейший боевой Дракон Адолиса и боевой друг ЧапиусКлоя.

Взойдя на трибуну, генерал ЧапиусКлой поблагодарил всех, кто отозвался на его призыв. 150 лет своей жизни он посвятил службе в войсках Огнедышащих Драконов. Среди многих наград у него есть редкая Награда Гильдии за битву под Саваром. Эта награда дает ее владельцу право обратиться к гильдии в любое время с любой просьбой, и эта просьба обязательно будет выполнена. Единственное условие – просьба не должна вредить Адолису. Вот этим правом генерал ЧапиусКлой и решил воспользоваться. Он просил гильдию принять его внучку Двину в гильдию Огнедышащих Драконов прямо сегодня, не дожидаясь ежегодной церемонии. Присутствовать на церемонии принятия в гильдию его потомков было мечтой всей его жизни, но до ежегодной церемонии он не доживет - объяснил генерал. Драконы гильдии заулыбались и закивали головами. Почему не уважить просьбу старого заслуженного Дракона? А принять молоденькую Драконессу в гильдию даже приятно. Получив одобрение гильдии, генерал ЧапиусКлой громко произнес: "Великий ДРАКОН Адолиса ЧапиусКлойАльфрейДон, благодарю тебя за предоставленную мне честь служить тебе и Адолису. Прошу тебя принять мою правнучку Двину в гильдию Огнедышащих Драконов Адолиса."

В церемониальном зале находилось Ложе самого Великого ДРАКОНа Адолиса. Рядом с Ложем стоял Драконий Санкторум. Обычно в зале, где проходит церемония, присутствуют только огнедышащие Драконы. Но во время церемонии принятия в гильдию, родственники тех, кого принимают в гильдию, могут быть приглашены в зал. Кто-то широко открыл дверь, чтобы впустить Двину, её родителей и сестёр. Ответственный за проведение церемоний церемониймейстер разложил все необходимое. Он подошел к Ложу Великого ДРАКОНа, чтобы огласить начало церемонии. Вдруг ДРАКОН пожелает спуститься из своего драконата и посмотреть на молодое пополнение?

This happened sometimes, though not often. The Master of ceremonies addressed to the DRAGON. "Great DRAGON of Adolees ChapiusKloyAlfreyDon, I beg you—"

He had no time to finish. Several Dragons burst into the hall.

"Don't you dare to announce the beginning of the ceremony!" Tmshenk, one of the intruders, snarled.

"What do you mean 'don't you dare'?" roared the Master of ceremonies in response. 'Don't you dare' seemed like a personal insult and attack on his rights. In fact, nobody in Dragons' midst liked either Dragon Tmshenk or his companions, who were attempting to usurp control under the pretext of security. Given the fact that Dragon Tmshenk did not participate in any significant battle, fighting Dragons treated him in a haughty manner. It was even rumored in the Guild that in order to increase his support, Tmshenk organized a reception for ordinary dragons who could breathe with fire by using tricks, rather than talent. But these rumors were surely spread by his enemies...

The Dragons in the hall leaped to their feet. A moment earlier, they were in a very cheerful mood. Now, their eyes were bloodshot, metal claws extended on their dragons' paws, ready to fight. The number of newcomers was significantly less than the number of Dragons in the hall. Tmshenk hastened to reassure the Master of ceremonies.

"We do not want to encroach on the rights of the respected Master of ceremonies, but this ceremony cannot be performed now."

"What do you mean cannot?" General ChapiusKloy growled. "Since when does a worthless staff clerk dare to deprive the military General his deserved awards?!"

One peace-loving, Fire-breathing Dragon stood among the others. He tried to reconcile the parties, and began to explain to Tmshenk about the Award of the Guild that the honorable General ChapiusKloy received at the battle of Savarh. He did not finish his sentence.

"The request of General ChapiusKloy cannot be performed, because it may harm Adolees," said Tmshenk's assistant, who had arrived with him and now stood at his side.

Такое, хотя не часто, но иногда случалось. Церемониймейстер обратился к ДРАКОНу: "Великий ДРАКОН Адолиса ЧапиусКлойАльфрейДон, прошу тебя ...

Он не договорил. В зал ворвались несколько Драконов.

- Не смей оглашать начало церемонии! – Прорычал один из ворвавшихся, Дракон Тмшенк.

- Что значит 'не смей'?! – Взревел в ответ церемониймейстер. Указание 'не смей' церемониймейстер воспринял, как личное оскорбление и покушение на свои права. Дракона Тмшенка в Драконьей среде не любили, равно как и его ведомство, присвоившее себе право контролировать уважаемых Драконов под предлогом проверки безопасности. Учитывая то, что сам Дракон Тмшенк не принимал участия ни в одной серьезной битве, боевые Драконы относились к нему свысока. В гильдии даже ходили слухи, что, чтобы повысить количество своих сторонников, Тмшенк организовал прием в гильдию обычных драконов, способных дышать огнем только с помощью различных трюков. Но эти слухи наверняка распространяли его враги...

Находящиеся в зале Драконы вскочили с мест. Еще мгновение назад они пребывали в самом благодушном настроении. Сейчас их глаза налились кровью, на драконьих лапах удлинились металлические когти. Драконы были готовы к бою. Вновь прибывших было значительно меньше, чем Драконов в зале. Тмшенк поспешил успокоить церемониймейстера.

- Мы ни в коем случае не хотим покушаться на права уважаемого церемониймейстера, но эта церемония не может быть проведена сейчас.

- Что значит 'не может'?! – Прорычал генерал ЧапиусКлой . С каких пор ничтожный штабной писаришка смеет лишать боевого генерала заслуженной награды?!

Среди Драконов каким-то чудом оказался один миролюбивый Огнедышащий. Он попытался примирить стороны, и начал объяснять Тмшенку о награде Гильдии, которую получил уважаемый генерал ЧапиусКлой за битву под Саваром. Он не успел договорить, его перебили.

- Просьба генерала ЧапиусКлоя не может быть выполнена, потому что она может повредить Адолису – сказал прибывший вместе с Тмшенком помощник.

"How can my request harm Adolees?!"

"It will reveal the secrets of Fire-breathing Dragons to the representative of the family that is under investigation. Several versions of what happened at the stadium are being considered. According to one story, there was a plot being prepared against the life of the Great DRAGON of Adolees. The very one the General requests to accept to the Guild today was among the organizers!"

A barrage of fire rose over the hall, and Dragon ChapiusKloy jumped on the offender.

"Great DRAGON of Adolees ChapiusKloyAlfreyDon, lizards that cannot breathe out fire dare to sneak in your Guild of Fire-breathing Dragons and insult your loyal Dragon!" roared PlyVert, the oldest fighting Dragon of Adolees as he jumped on Tmshenk's assistant.

Black smoke covered the hall. Dveena rushed to the Lodge of DRAGON. The DRAGON's Sanctorum stood near the Lodge. Dveena made her appeal to DRAGON. Having exhaled a fire as the proof of her belonging to the Fire-breathing Dragons, she asked DRAGON for help to find her brother and be the Supreme Judge for her and her family.

Several Dragons rushed to Dveena. How dare this cocky girl disturb the Great DRAGON? Dveena's family threw an explosive at the attackers.

"ChapiusKloyAlfreyDon!" The voice of a child rang and a little dragon rushed under the ceiling.

Dragons were startled—this was the baby dragon who'd interrupted the Cup Game. Of course, it was not he. Beelda had trained hard for her impersonation. The baby dragon distracted the attention of Dragons for a moment, and Dveena finished her appeal to DRAGON.

One Dragon grabbed Beelda. Mlava threw an explosive at him. Another Dragon attacked Mlava. Father jumped on his back. He was not Fire-breathing, but he'd prepared well for this moment. Still another grabbed Dveena. Mom jumped at him and the attacker backed away. Having uttered a triumphant cry, Dveena breathed fire and clawed the Dragon who held Beelda. Furious Dragons grabbed Dveena, Mlava and Beelda.

- Это как же моя просьба может повредить Адолису?! — генерал недобро сощурился.

- Она откроет секреты Огнедышащих Драконов представительнице семейства, находящегося под следствием. Рассматривается несколько версий происшедшего на стадионе. По одной из них готовилось покушение на Великого ДРАКОНа Адолиса. Та, кого генерал просит принять сегодня в гильдию, была среди организаторов – объяснил Тмшенк.

Шквал огня взвился над залом, и Дракон ЧапиусКлой прыгнул на обидчика.

- Великий ДРАКОН Адолиса ЧапиусКлойАльфрейДон, не способные извергать огонь ящерицы посмели пролезть в твою гильдию Огнедышащих Драконов, и теперь оскорбляют твоих преданных Драконов - взревел старейший боевой Дракон Адолиса ПлайВерт и прыгнул на помощника Тмшенка.

Черный дым покрыл зал. Двина рванулась к Ложу ДРАКОНа. Рядом с Ложем стоял ДРАКОНий Санкторум. Двина обратилась к ДРАКОНу. Выдохнув огнем в доказательство своей принадлежности к Огнедышащим, она попросила ДРАКОНа помочь найти ее брата и быть высшим судьей для нее и ее семьи.

Несколько Драконов рванулись к Двине. Как посмела дерзкая девчонка беспокоить Великого ДРАКОНа! Семейство Двины швырнуло в нападавших взрывчатку.

- ЧапиусКлойАльфрейДон! – Зазвенел детский голосок и маленький дракончик заметался под потолком.

Драконы остолбенели - это был тот самый детеныш дракона, который прервал Розыгрыш Кубка. Конечно, это был не он, Бильда упорно тренировалась. Дракончик на мгновение отвлек внимание Драконов, и Двина закончила свое обращение к ДРАКОНу.

Какой-то Дракон схватил Бильду. Млава швырнула в него взрывчатку. Другой Дракон напал на Млаву. Отец прыгнул ему на спину. Он не был Огнедышащим, но он подготовился хорошо. Кто-то схватил Двину. Мама прыгнула на него, и нападавший отскочил. Издав победный клич, Двина ударила огнем и вцепилась когтями в Дракона, держащего Бильду. Рассвирепевшие Драконы схватили Двину, Млаву и Бильду.

"Don't you dare hurt my girls! My daughters are gentle girls!" cried Mother.

One angry Dragon was ready to deliver a crushing blow to those gentle girls, but then they all heard the ferocious roar of DRAGON in the hall.

"Silence! Since when do Dragons of Adolees fight with children?"

DRAGON sat on his Lodge and looked with disgust at what was happening in the hall. DRAGON laid one of his huge wings on the Sanctorum, where Dveena made her appeal for help to find her brother.

"Great DRAGON of Adolees, we have a suspicion that they were preparing an attack on you," said one of those who'd arrived with Tmshenk and tried to stop the ceremony.

"Children?! Attacking me?! How much *dragon force* did you drink to spew this nonsense?"

"The Great DRAGON of Adolees, we—"

"Quiet! Do you think I am unable to find out what happened without your explanation?"

The intruding dragons froze. Chapa's father held out the record from the stadium scanreaders, but DRAGON pushed it away indignantly. DRAGON swung his huge paw. A transparent ball appeared in front of him. The ball grew in size, and everyone saw Chapa sitting in the stadium. The little Adoleeseet looked around with pleasure. A big man sat down next to him. A moment later, the big man squeezed Chapa's throat. Chapa huddled in his place. The Clumsybug leaned over him and hissed, "I'll kill you." Chapa turned into a little dragon and flew up. The little dragon fluttered over the stadium. Policemen tried to catch him. Chapa was in the center of the game. Spectators jumped to their feet. A black vortex appeared above the little dragon, pulled him and a few policemen. One of the players flew after them. A strong wind blew over the stadium. It plucked several spectators from the seats and threw them into the vortex. Black haze covered all around for a moment and retreated. The little dragon had disappeared. Several police officers, one player and a few spectators had disappeared along with him. Clumsybug had disappeared too. The great DRAGON of Adolees waved his paw again. The picture appeared in front of him.

- Не смейте обижать моих девочек! Мои доченьки — девочки нежные. - Закричала мама.

Кто-то готов был нанести сокрушительный удар нежным девочкам, но в зале раздался свирепый рык ДРАКОНа.

- Тишина! С каких пор Драконы Адолиса воюют с детьми?!

ДРАКОН восседал на своем Ложе и с отвращением смотрел на происходящее. Одно из своих громадных крыльев ДРАКОН возложил на Санкторум с Двининым призывом к помощи в розыске брата.

- Великий ДРАКОН Адолиса, у нас есть подозрение, что они готовили на Вас нападение — объяснил один из тех, кто прибыл с Тмшенком и пытался остановить церемонию.

- Дети?! Нападение на меня?! Ты сколько выпил *драконьей силы*, что несешь такую чушь?!

- Великий ДРАКОН Адолиса, мы...

- Тихо!!! По-твоему я без твоих объяснений не в состоянии выяснить, что произошло?

Ворвавшиеся в зал драконы замерли. Отец Чапы попытался положить перед ДРАКОНом запись со сканридов стадиона, но ДРАКОН с негодованием отшвырнул ее прочь. ДРАКОН взмахнул огромной лапой. Перед ним появился прозрачный шар. Шар увеличился в размерах, все увидели, сидящего на стадионе, Чапу. Адолисенок с удовольствием смотрел кругом. Рядом с ним сел какой-то верзила. В следующее мгновение верзила сжал горло Чапы. Чапа забился на своем месте. Верзила наклонился к нему и прошипел: «Убью». Чапа превратился в детеныша дракона и взлетел вверх. Маленький дракончик метался над стадионом. Полицейские пытались его поймать. Чапа оказался в самом центре игры, зрители вскочили со своих мест. Черная воронка появилась над дракончиком, втянула его и нескольких полицейских. Один из игроков полетел следом. Сильный ветер бушевал над стадионом. Он сорвал нескольких зрителей с трибун и швырнул в воронку. Черная мгла на мгновение окутала все кругом и отступила. Дракончик исчез. Вместе с ним пропали несколько полицейских, один игрок и несколько зрителей. Верзила, обещавший убить адолисенка, тоже исчез. Великий ДРАКОН Адолиса опять взмахнул лапой. Перед ним появилась следующая картина.

One of the Dragons was manipulating the recordings of events at the stadium. Dragon Tmshenk, who had accused the descendants of General ChapiusKloy, was adding the name ChapiusKloyAlfreyDon! An indignant roar swept through the hall.

"Where is he?!" demanded the DRAGON.

Dragons parted. Clutching each other in a final embrace, General ChapiusKloy and his opponent Tmshenk lay in the middle of the hall, dead.

The enraged DRAGON slapped a paw on the Sanctorum with all his strength. Apparently, he forgot that he had laid his own wing on Sanctorum, for blood immediately appeared on his wing.

"My faithful General asked to take his granddaughter into the Guild of the Fire-breathing Dragons. In memory of him I will do it personally," said DRAGON, and made the sign for Dveena to come to him.

DRAGON waved his wing; the circle appeared in front of his Lodge. Dragon's blood dripped into the circle.

"Come in," said DRAGON to Dveena.

Dveena stepped into the circle. At that moment, fire flashed around her. She saw only the eyes of DRAGON. It seemed to Dveena she was flying with DRAGON to the abyss. Dveena could not understand where she was. Fire raged around her, like the fiery crater of the volcano. She was inside. The volcano turned into a long, fiery tunnel. At the bottom of the tunnel, some shades were seen. The longer Dveena flew, the more she realized that there was a battle happening at the bottom.

The fiery tunnel and flying Dveena could be seen in the hall. The faces of the fighters at the bottom of the tunnel were clearly seen as well. Releasing his metal claws, Chapa fought with Clumsybug, who threatened to kill him at the stadium. A few monsters jumped out of the cave to help Clumsybug.

"Those who are accepted to the Guild must fight to prove their willingness to serve Adolees. Dveena, ahead!" roared DRAGON.

"Chapa!" cried Dveena, departing from the tunnel, and exhaling fire on monsters. Monsters jumped back, but Clumsybug did not retreat from Chapa. One of the monsters lunged to help Clumsybug and plunged his terrible fangs into Chapa. Dveena breathed fire on him.

Один из Драконов манипулировал с записью событий на стадионе. Дракон Тмшенк, обвинивший потомков генерала ЧапиусКлой, добавлял имя ЧапиусКлойАльфрейДон! По залу прокатился возмущенный гул.

- Где он?! - Взревел ДРАКОН.

Драконы расступились. Сжимая друг друга в смертельных объятиях, в середине зала лежали генерал ЧапиусКлой и его обидчик Тмшенк.

Разъяренный ДРАКОН со всего размаху ударил огромной лапой по Санкторуму. Видимо, он забыл, что возложил на Санкторум своё крыло. На крыле ДРАКОНа показалась кровь.

- Мой верный генерал просил принять его внучку в гильдию Огнедышащих Драконов. В память о нем я сделаю это лично – сказал ДРАКОН и сделал знак Двине подойти.

ДРАКОН взмахнул крылом, перед ложем возник круг. Кровь ДРАКОНа капнула в круг.

- Войди – приказал ДРАКОН Двине.

Двина шагнула в круг, в тот же миг вокруг нее взметнулся огонь. Она видела только глаза ДРАКОНа. Двине показалось, что она летит вместе с ДРАКОНом в пропасть. Двина не могла понять, где она. Кругом бушевал огонь. Больше всего это походило на жерло огненного вулкана. Она была внутри. Вулкан превратился в длинный огненный туннель. Внизу туннеля виднелись какие-то тени. Чем дольше летела Двина, тем яснее она понимала, что внизу идет сражение.

Находящиеся в зале видели огненный туннель и летящую в нем Двину. Внизу туннеля шел бой.

В зале ясно видны были лица сражавшихся. Выпустив металлические когти, Чапа дрался с верзилой, грозившем убить его на стадионе. На помощь верзиле из пещеры выпрыгнули несколько монстров.

- Принимаемые в гильдию обязаны доказать боем готовность служить Адолису. Вперед, Двина! - Приказал ДРАКОН.

- Чапа – закричала Двина, вылетая из тоннеля, и выдохнула на монстров огнем. Монстры отскочили, но верзила по-прежнему не отступал от Чапы. На помощь верзиле рванулся один из отскочивших, и вонзил в Чапу страшные клыки. Двина дохнула на него огнем.

"Chapa!" cried Dveena, departing from the tunnel, and exhaling fire on monsters. Monsters jumped back, but Clumsybug did not retreat from Chapa. One of the monsters lunged to help Clumsybug and plunged his terrible fangs into Chapa. Dveena breathed fire on him. The monster jumped back, but blood gushed from Chapa's wound. Dveena was ready to breathe fire on Clumsybug, but she was stopped by the voice of DRAGON.

"Don't kill this one. I have a lot of questions for him."

At the same moment, DRAGON stretched his huge paw and grabbed Clumsybug, threw him up to the fiery tunnel. Having flown through the tunnel, Clumsybug fell down to the floor of the hall of the Guild.

"You can get up," ordered the DRAGON the others and staircase appeared in a fire tunnel.

Chapa, Dveena, and the rest after them appeared in the hall. Mom rushed to Chapa, but Beelda was ahead of her.

"ChapaShka!" rejoiced Beelda, embracing her brother.

Chapa blinked in astonishment. Even the appearance of DRAGON of Adolees in Daeya didn't surprise him as much as his sister's tenderness did!

* * * * *

An investigation was conducted immediately. It was found that the one who gave the notice in *The Bulletin of Adolees*, the so-called employer, was not an Adoleeseet. He was difeserant. The majority of missing spectators were not Adoleeseets either. The policemen, who found themselves in Daeya hid in a cave, waiting for help.

Clumsybug admitted that they were hired by an Adoleeseet to play into hands of one of the teams during the game, pulling energy. None of the Adoleeseets could compare with difeserants in the ability to steal energy. DRAGON ordered him to visualize mentally the Adoleeseet who had hired him. It was Dragon Tmshenk, the same villain who'd blamed the descendants of General ChapiusKloy and added the name ChapiusKloyAlfreyDon to the recordings!

Stopping the Game, however, was not planned. Nor was the disappearance of Chapa and others. However, there were doubts about it.

- Чапа – закричала Двина, вылетая из тоннеля, и выдохнула на монстров огнем. Монстры отскочили, но верзила по-прежнему не отступал от Чапы. На помощь верзиле рванулся один из отскочивших, и вонзил в Чапу страшные клыки. Двина дохнула на него огнем. Монстр отскочил, но из Чапиной раны полилась кровь. Двина приготовилась ударить огнем верзилу, но ее остановил голос ДРАКОНа.

- Этого не убивай. У меня к нему много вопросов.

В туже секунду ДРАКОН протянул огромную лапу и, схватив верзилу, подбросил его вверх в огненный туннель. Пролетев по туннелю, верзила упал в зале гильдии.

- Можете подниматься – сообщил ДРАКОН остальным, и в туннеле появилась лестница.

Чапа, Двина, а вслед за ними остальные поднялись в зал. Мама бросилась к Чапе, но Бильда ее опередила.

- ЧапуШка – обрадовалась Бильда, и с радостью обняла брата.

Чапа растерянно заморгал. Даже появление ДРАКОНа Адолиса в Дэе не так сильно его удивило, как нежность сестры.

* * * * *

Следствие было проведено тут же. Выяснилось, что давший объявление в "Вестнике Адолиса", так называемый работодатель, адолиситом не был. Он был дифесерантом. Большинство пропавших зрителей тоже не были адолиситами. Оказавшись в Дэе, полицейские в ожидании помощи укрылись в пещере.

Верзила дифесерант признался, что их нанял какой-то адолисит для того, чтобы во время игры подыгрывать одной из команд, вытягивая энергию из игроков другой команды. В умении воровать энергию с дифесерантами не мог сравниться ни один адолисит. ДРАКОН потребовал от дифесеранта, чтобы он мысленно представил нанявшего его адолисита. Им оказался Дракон Тмшенк, тот самый, который обвинял потомков генерала ЧапиусКлоя и добавил имя ЧапиусКлойАльфрейДон к записи.

Остановка игры, скорее всего, не была запланирована, так же, как и исчезновение Чапы и остальных. Правда, на этот счет остались сомнения.

Clumsybug, the difeserant, was in Daeya when he received an order from Tmshenk to get rid of Chapa. Why anybody would be interested in killing a little Adoleeseet remained a mystery. The difeserant was interrogated and his memory was scanned by DRAGON himself. Alas, the difeserant knew nothing. Tmshenk, who issued the order, was not alive. His assistant was dead as well.

The motive of the crime was interference with the Game to manipulate with the win. The crime was declared solved, and the case was closed.

Chapa's father was one of the few who did not believe in the official verdict. He remembered the order of Tmshenk to kill Chapa. He often visited the granite cellar with the most recent models of decoders, looking for clues.

Верзила дифесерант был в Дэе, когда получил заказ от Тмшенка избавиться от Чапы. Чем мог кому-то помешать маленький адолисенок, осталось загадкой. Сам ДРАКОН допросил и просканировал дифесеранта. Увы, дифесерант ничего больше не знал. Делавшего заказ Тмшенка, не было в живых. Его помощник тоже был мертв.

Мотивом преступления было объявлено вмешательство в игру с целью манипулирования выигрышем. Преступление посчитали раскрытым, и дело закрыли.

Чапин отец был одним из немногих, кто не верил в официальный вердикт. Он помнил о заказе Тмшенка убить Чапу. Он часто уединялся в гранитном погребе с самыми последними моделями дешифраторов, пытаясь найти разгадку.

Chapter 21. In Daeya

Davkaleon saw a staircase, leading up through the fire tunnel, appearing in the air. Chapa turned his head to Davkaleon and froze. He was only looking at Davkaleon and Aleurh. It seemed that Chapa's eyes were filled with tears, or perhaps it just seemed so to Davkaleon. The next moment, something or someone threw Chapa up. Next, the rest of Adoleeseets followed into the fire tunnel. Everything, including the fiery tunnel, the staircase, and the lodge with the Adolees DRAGON disappeared. Davkaleon and Aleurh were left alone. Beside them lay several dead difeserants. But were they indeed dead?

"Your little Adoleeseet could have at least thanked us," said Aleurh with displeasure.

"He wanted to. The DRAGON didn't allow him," answered Davkaleon.

"How many explosive packages do you have left?"

"A few," Davkaleon sighed.

"Do you have any *darkness stones* left?"

"No."

"Have you forgotten that we needed to return when you were planning your one-way military campaign? I have nothing to say! Daeya's Army will have a great commander in chief!" Aleurh was outraged with Davkaleon's planning.

"What advice will the future Main fighting dragon of Daeya offer me now?" Davkaleon tried sucking up to Aleurh.

Aleurh softened. He almost smiled.

"We have to fly back immediately," said Aleurh. "Difeserants saw the emergence of the DRAGON, and they believe that DRAGON took you. Difeserants eliminated their competitors and dispatched all the other monsters in pursuit of your blood. The difeserants are now already gone, and the monsters aren't here yet."

"I agree," said Davkaleon. "We need to grab one of difeserants with us. That one in the cave will be quite suitable."

"He's still moving a little. Better take a dead one, otherwise this one will come back to life on the road," advised Aleurh.

"A living one is better. I'll always have time to make him dead."

Глава 21. В Дэе

Давкалеон увидел, как в воздухе появилась лестница, ведущая сквозь огненный туннель вверх. Чапа повернул голову к Давкалеону и замер. Он только смотрел на Давкалеона и Алеурха. Кажется, Чапины глаза наполнились слезами. Но, может, это Давкалеону показалось. В следующее мгновение что-то или кто-то подбросил Чапу вверх. Следующими в огненный туннель вошли остальные адолиситы. И огненный туннель, и лестница, и ложе с ДРАКОНом Адолиса исчезли. Давкалеон с Алеурхом остались одни. Рядом с ними валялись несколько мертвых дифесерантов. Впрочем, мертвых ли?

- Твой адолисенок мог хотя бы поблагодарить – недовольно сказал Алеурх.

- Он хотел. Ему ДРАКОН не дал – ответил Давкалеон.

- Сколько взрывчатки у тебя осталось? – Поинтересовался Алеурх.

- Немного – вздохнул Давкалеон.

- *Темень* есть?

- Нет.

- Ты, что же, забыл о том, что нам надо возвращаться, когда планировал военный поход в одну сторону? Нечего сказать! Хорош главнокомандующий будет у дэйской армии! Планирование Давкалеона возмутило Алеурха.

- Что мне предложит будущий главный боевой дракон Дэи? – Подлизался Давкалеон.

Алеурх смягчился. Он почти улыбнулся.

- Нам надо лететь назад немедленно. – Сказал Алеурх – Дифесеранты видели появление ДРАКОНа, и считают, что ДРАКОН тебя забрал. В погоне за твоей кровью дифесеранты устранили конкурентов и разогнали всех остальных монстров. Сейчас дифесерантов уже нет, а монстров еще нет.

- Согласен. – Сказал Давкалеон – Нам надо захватить одного дифесеранта с собой. Вон тот у пещеры вполне подойдет.

- Он слегка шевелится. Лучше возьми мертвого, а то оживет по дороге – посоветовал Алеурх.

- Живой лучше. Мертвым я его всегда успею сделать.

Davkaleon tied the difeserant up and attached to Aleurh's harness. They flew in complete silence. Probably Aleurh was right when he suggested that difeserants had dispersed all the other monsters. They had already passed half of the Death Valley when they saw the first monster lurking near the boulder.

"He will jump now," warned Aleurh.

"I see," said Davkaleon, shooting an arrow.

More and more monsters appeared. Davkaleon was able to deal with them, but a whole family of hungry monsters could be seen ahead, eagerly awaiting an approaching 'lunch'. Davkaleon threw an explosive package at them. The noise from the explosion attracted attention of other monsters. They emerged, as if from under the ground.

"Turn toward those mountains and fly into the cave," suggested Davkaleon.

Aleurh did so. A crowd of hungry monsters chased after them. Aleurh breathed fire on the pursuers at the entrance to the cave and rushed inside. To the right, to the left, and to the left again. The first fork in the road, the second one. Pursuers could not be heard. Aleurh stopped.

"I have enough fire left for only couple more blasts," said Aleurh.

Davkaleon wasn't able to reply. A monster, lurking nearby, jumped on him. Davkaleon fell to the floor of the cave. Opening his terrible jaws with fangs, the monster crushed down. Aleurh jumped on top, knocking the monster off Davkaleon. Raising a long, armored, spiked tail, the monster hit Aleurh with all his strength. Jumping to his feet, Davkaleon hit the monster with the sword, but the monster didn't draw back. Drawing his pistol, Davkaleon shot the monster. The bullet bounced off a thick skin. Aleurh and the monster rolled on the floor of the cave. The next moment, the walls of the cave were illuminated with a bright flash. Aleurh exhaled a stream of fire in the monster's muzzle. The monster howled and jumped. Aleurh jumped after him and bit his neck.

Following the battle, Davkaleon didn't notice as the tied up difeserant grew long fangs and bit the rope. The difeserant jumped on Davkaleon and plunged his teeth into him. Davkaleon hit him with a dagger. Aleurh bumped him from the top.

Давкалеон связал дифесеранта и привязал к сбруе Алеурха. Они летели в полной тишине. Наверное, Алеурх был прав, предполагая, что дифесеранты разогнали остальных чудовищ. Они уже пролетели половину Долины Смерти, когда увидели первого монстра, притаившегося возле валуна.

- Сейчас прыгнет – предупредил Алеурх.

- Вижу – ответил Давкалеон, выпуская стрелу.

Монстров становилось больше и больше. Пока что Давкалеон с ними справлялся, но впереди виднелось целое семейство голодных чудищ, жадно поджидающих приближающийся "обед". Давкалеон швырнул в них взрывчатку. Шум взрыва привлек внимание других монстров. Они появились, как из-под земли.

- Сверни к тем горам и влети в пещеру – предложил Давкалеон.

Алеурх так и сделал. Целая толпа голодных монстров гналась за ними. У входа в пещеру Алеурх выдохнул огнем на преследователей и влетел внутрь. Вправо, влево, опять влево. Одна развилка, вторая. Преследователей не было слышно. Алеурх остановился.

- У меня осталось огня всего на пару раз - сказал Алеурх.

Ответить Давкалеон не успел. Какое-то притаившееся чудовище прыгнуло на него. Давкалеон упал на пол пещеры. Открыв страшную клыкастую пасть, чудовище подмяло его под себя. Алеурх прыгнул сверху, сбив монстра с Давкалеона. Подняв длинный бронированный усеянный шипами хвост, монстр со всего размаха ударил Алеурха. Вскочив на ноги, Давкалеон ударил монстра мечом, но чудовище даже не пошатнулось. Выхватив пистолет, Давкалеон выстрелил. Пуля отскочила от толстой шкуры. Алеурх с монстром покатились по полу пещеры. В следующее мгновение пещера осветилась яркой вспышкой, Алеурх выдохнул струей огня в морду монстра. Чудовище взвыло и отскочило. Алеурх прыгнул вслед и впился в шею.

Следя за боем, Давкалеон не заметил, что связанный дифесерант отрастил длинные клыки и перегрыз путы. Дифесерант прыгнул на Давкалеона и впился в него зубами. Давкалеон ударил его кинжалом. Алеурх налетел сверху.

"Don't kill him. I want to deliver this beast to the estate," ordered Davkaleon.

The difeserant was tied up again. Swinging, Aleurh knocked out his newly-grown fangs.

All was quiet for a few moments. Davkaleon and Aleurh even wondered if the monsters had lost track of them. Checking the stockpiles of weapons, Davkaleon didn't notice that a tiny Svarg was getting close to him. The tiny figure turned into an adult Svarg suddenly, and Davkaleon barely had time to parry. He looked around. A few tiny Svargs silently moved to them. They were at a considerable distance, but they moved quickly.

"Aleurh, I want to take one of these abominations with me, and this time I want to get them alive." Davkaleon had brought home a tiny dead Svarg the last time he'd gone to the temple with Chapa. Alas, no one in the manor believed him.

"A cub of Svarg," shrugged his father.

"This time I will prove that we were right," said Davkaleon.

Aleurh nodded. He was also insulted that no one believed them. The question remained of how to deliver a tiny Svarg to the manor, if he was able to turn into an adult fighter instantly. No one would be surprised to see an adult Svarg. There were a lot of them in Daeya. A rope would hardly keep a Svarg from transforming.

"How will you deliver them?" asked Aleurh.

"In the metal box from under the gunpowder," answered Davkaleon. He emptied the remains of the gunpowder from one of the boxes to the floor of the cave, and, holding the sword, rushed towards a group of Svargs. He managed to catch a pair of tiny figures, but he immediately found himself surrounded. Aleurkh rushed to his aid.

Noise from the battle drew monsters, and the scuttling of monsters was heard in the cave.

"Sit down," growled Aleurh as he rushed away.

Another turn led them to the exit. They were to the left of the cave, where they flew in. A lot of monsters gathered near the other entrance.

"I will fly to those high mountains," said Aleurh.

- Не убивай его. Я хочу эту скотину доставить в поместье – попросил Давкалеон.

Дифесерант был опять связан. Размахнувшись, Алеурх выбил ему выросшие клыки.

На несколько минут все стихло. Давкалеон с Алеурхом даже решили, что монстры их потеряли. Проверяя запасы оставшегося оружия, Давкалеон не заметил, как нему подбирается крошечный сварг. Миниатюрная фигурка превратилась во взрослого сварга неожиданно, Давкалеон едва успел отразить удар. Он оглянулся кругом. К ним бесшумно двигались несколько миниатюрных сваргов. Пока что они были на довольно значительном расстоянии, но передвигались они быстро.

- Алеурх, я хочу захватить эту мерзость с собой, и в этот раз я хочу заполучить их живыми. В прошлый раз, когда он с Чапой возвращался из храма, Давкалеон принёс домой крошечного мёртвого сварга. Увы, в поместье никто ему не поверил.

- Детёныш сварга – пожал плечами отец.

- В этот раз я докажу, что мы были правы – сказал Давкалеон.

Алеурх кивнул. Его тоже оскорбляло, что им никто не верит. Открытым оставался вопрос, как доставить крошечного сварга в поместье, если он умеет мгновенно превращаться во взрослого бойца. А взрослым сваргом никого не удивишь. Этого добра в Дэе хватает. Веревки вряд ли удержат сварга от превращения.

- Как ты его доставишь?

- В металлической коробке из под пороха – ответил Давкалеон. Он высыпал остатки пороха из одной из коробок на пол пещеры и, не выпуская меч, рванулся навстречу сваргам. Ему удалось накрыть коробкой пару крошечных фигурок, но он тут же оказался в окружении врагов. Алеурх кинулся на сваргов.

Шум битвы привлек монстров, в пещере слышалось движение.

- Садись – прокричал Алеурх и помчался прочь.

Очередной поворот привел их к выходу. Они были слева от той пещеры, куда влетели. Возле ее входа собралось множество монстров.

- Я полечу к тем высоким горам – сказал Алеурх.

"They are to the west side of the estate," said Davkaleon, looking at the sky and determining direction.

"But they are high. If I'm at the top, there will be no obstacles between the estate and me, and I will try to contact my mother."

"It's far away. Do you think she will hear you?"

"We have no other choice," said Aleurh, who turned and rushed to the mountains.

It seemed as if all the monsters of Daeya rushed after them. Aleurh had never flown so fast before! Of course, the monsters of the Death Valley had never pursued him before, either. A few minutes later, Aleurh stood on the highest peak of the mountains. Gathering all his strength he shouted mentally, "Pandra, help!"

"Aleurh! I'm flying!" sounded the response.

Pandra cried out so loud that even Davkaleon caught her response!

"Throw an explosive package and let's fly!" shouted Aleurh.

Swinging, Davkaleon threw the last package at the pursuers. Several bloodied monsters turned around and flew down, but the rest didn't retreat. The estate could already be seen in the distance when one of the monsters hit Aleurh. Turning around, the dragon opened his mouth and rushed to the assailant. Several other monsters struck from the other side. Davkaleon slashed the attackers simultaneously with both hands. But there were more and more of them. The next moment, Pandra burst through a pack of monsters. The huge dragon, protecting her son, issued a terrible battle cry. A powerful flame hit many of the monsters. She hit those who attacked her son with huge paws. She bit through those fighting with Davkaleon with her terrible teeth. Monsters retreated, and Pandra breathed out fire again. The battle cry of dragons was heard from all sides. Davkaleon's father's guards burst into the crowd of monsters on fighting dragons. Davkaleon recognized his father and Kvinsit among them. The battle didn't last long. No monster of Daeya could withstand a battle with fighting dragons. A few minutes later, Davkaleon was hugging his father.

"This difeserant—don't let him out. I'll tell you all about it," said Davkaleon, handing over the difeserant to the guards.

Father transferred Davkaleon onto his dragon and Pandra picked Aleurh up.

- Они к западу от поместья – ответил Давкалеон, глядя на небо, и определяя направление.

- Они высокие. Если я буду на вершине, между поместьем и мной не будет преград, и я попробую связаться с матерью.

- Это далеко. Ты думаешь, она услышит?

- У нас нет другого выхода – ответил Алеурх и помчался к горам. Казалось, все монстры Дэи бросились за ними вслед. Так быстро Алеурх не летал еще никогда. Впрочем, и все чудовища Долины Смерти за ними прежде никогда не гнались. Через несколько минут Алеурх стоял на самом высоком пике гор. Собрав всю силу, он мысленно крикнул: "Пандра, на помощь!".

- Алеурх! Я лечу! – Раздалось в ответ.

Пандра кричала так, что даже Давкалеон услыхал.

- Швыряй взрывчатку и летим! – Крикнул Алеурх.

Размахнувшись, Давкалеон бросил последний пакет в преследователей. Несколько окровавленных монстров, перекувыркнувшись, полетели вниз, но остальные не отступали. Вдали уже показалось поместье, когда один из монстров ударил Алеурха. Развернувшись, дракон открыл пасть и кинулся на нападавшего. Несколько других монстров ударили с другой стороны. Давкалеон рубил нападавших одновременно двумя руками. Но их становилось больше и больше. В следующую минуту в стаю монстров ворвалась Пандра. Огромная дракониха, защищающая своего сына, издала страшный боевой клич. Мощное пламя ударило по чудовищам. Она ударила огромными лапами, напавших на ее сына. Страшными зубами она перекусила дравшихся с Давкалеоном. Монстры отступили, и Пандра выстрелила огнем еще раз. Со всех сторон раздался боевой клич драконов. Стражники отца Давкалеона на боевых драконах ворвались в толпу монстров. Среди них Давкалеон узнал отца и Квинсита. Битва длилась недолго. Ни один монстр Дэи не может выдержать боя с боевым драконом. Через несколько минут Давкалеон обнимал отца.

- Это дифесерант. Не упустите его. Я расскажу о нём – сказал Давкалеон, передавая дифесеранта стражникам. Отец пересадил Давкалеона на своего дракона, а Пандра подхватила Алеурха.

A dragon carrying Arara flew up to Davkaleon.

* * * * *

"That Adolgon that was in the estate is gone, but I caught an unusual monster," Davkaleon told everyone, demonstrating the abilities of a captured difeserant.

"And now—attention!" announced Davkaleon, clearly enjoying what was happening. "I'll show you why you often do not see a Svarg approaching to you. I don't know if adult Svargs are able to turn into tiny creatures, but they turn into large from tiny ones with lightning speed."

With these words Davkaleon shook out one Svarg to the ground from a metal box. In the first few minutes nothing happened. Tiny Svarg tried to flee, but he was surrounded on all sides, so it quickly returned to the middle of the circle. He was in no hurry to turn into a huge Svarg, knowing well that no one would spare an adult enemy.

"Watch carefully." Davkaleon suggested.

Having caught the Svarg, Davkaleon moved away with him at a decent distance. Here they were alone, and the Svarg had a chance to escape. However, he had to get rid of Davkaleon to accomplish this. Looking back, and making sure that there were no other people next to him, the Svarg straightened up instantly. In one hand he had a sting, which he immediately threw at Davkaleon. Metal chain armor protected well, but the sting of Svarg squirmed and clenched, trying to wade through metal. Tearing the sting from his chainmail, Davkaleon missed a moment when a sword appeared at the Svarg's paw. However, if a little Chapa learned to grow metal claws instantly, why couldn't a Svarg grow a sword? Davkaleon drew his sword. But the Svarg decided not to fight. The guards rushed to help Davkaleon, and the Svarg ran away at full speed. His audience was stunned.

"I have another one," said Davkaleon, giving a metal box with a prisoner.

Priest Gerklat proudly smiled.

"Until now, I was not sure that a military career was the best choice for you, thinking you were too trustful for military affairs.

К Давкалеону подлетел дракон с Арарой.

* * * * *

- Тот адолкон, что был в поместье, исчез, но я поймал необычного монстра – рассказывал Давкалеон, демонстрируя способности пойманного дифесеранта.

- А теперь - внимание! – объявил Давкалеон, явно наслаждаясь происходящим – Я покажу, почему вы часто не видите, подкрадывающегося к вам, сварга. Я не знаю, могут ли взрослые сварги превращаться в крошечные создания, но из крошечных в больших они превращаются молниеносно.

С этими словами Давкалеон вытряхнул из металлической коробки на землю одного сварга. В первые несколько минут ничего не происходило. Крохотный сварг пытался удрать, но он был окружен со всех сторон, так что его быстро возвращали в середину круга. Превращаться в большого сварга он тоже не спешил, хорошо понимая, что взрослого врага никто не пощадит.

- Смотрите внимательно – предложил Давкалеон. Поймав сварга, Давкалеон отошел с ним на приличное расстояние. Здесь они со сваргом были одни, и у сварга появлялся шанс удрать. Правда, для этого надо было избавиться от Давкалеона. Оглянувшись назад, и убедившись, что рядом нет других дэйцев, сварг мгновенно распрямился. В одной руке у него было жало, которое он тут же швырнул в Давкалеона. Металлическая кольчуга защищала хорошо, но жало сварга извивалось и сжималось, стараясь пробраться сквозь неё. Отдирая жало от кольчуги, Давкалеон пропустил, когда именно у сварга появился меч. Впрочем, если маленький адолисенок Чапа научился мгновенно выпускать металлические когти, то почему сварг не мог отрастить меч? Давкалеон выхватил меч. Но сварг передумал драться. На помощь Давкалеону спешили стражники, и сварг со всех ног помчался прочь. Зрители были изумлены.

- У меня есть еще один – сказал Давкалеон, отдавая металлическую коробку с пленником.

Жрец Герклат гордо улыбался.

- До сих пор я не был уверен, что военная карьера хороша для тебя, полагая, что ты слишком доверчив для военных дел.

I've changed my mind. I don't know anyone who'd be able to cross the Death Valley alone, and on top of that, catch a difeserant and Svargs," said father.

Leaving his father, Davkaleon saw Dallilla.

"Glory to Isida, I prayed and you're back," said Dallilla. "I've prepared a talisman of Isida for you. Now you're sure to get into your military school, and this talisman will always help you."

Davkaleon smiled.

Of course, I will go into military school, he thought, *but how is it connected with Isida? I did this myself!*

Dallilla handed him the medallion in the form of a five-pointed star. There were the same signs on the five rays that glowed in the mirror during the ceremony with a pentacle and candles. There was an unfamiliar sign in the middle of the star.

"This is your talisman. It will always protect you."

Elfid was there to congratulate him as well. "Come on, I'll show you what I found in my room," said Elfid.

They went to Elfid's room and Davkaleon saw a small black rectangular object with buttons.

"What is it?" Asked Davkaleon.

"It's greetings from Chapa. I've already spoken with him. Would you like to chat?"

"Of course!"

"Press this button over here. He's waiting for you."

A white square appeared on the surface of rectangle where Chapa was seen. The little Adoleeseet waved and smiled.

"You'll find the same transmitter in your room," he declared happily.

"How did you send them?" asked Davkaleon.

"I don't know. It wasn't me. I asked DRAGON."

* * * * *

A few days had passed. Paradion was preparing to enter the school of highest priests. He even refused such favorite pastimes as the game of war and flights on the dragons.

Я изменил своё мнение. Я не знаю никого, кто был бы способен в одиночку пересечь Долину Смерти и, кроме того, поймать дифесеранта и сваргов.

Поговорив с отцом, Давкалеон увидел Даллиллу.

- Слава Айсайде, я молилась, и ты вернулся. — Сказала Даллилла — Я приготовила для тебя талисман Айсайды. Теперь ты обязательно попадешь в свою военную школу, и талисман всегда будет помогать тебе.

Давкалеон улыбнулся.

- *Конечно, я попаду в военную школу – подумал он – но, как это связано с Айсайдой? Я добился этого сам!*

Даллилла вручила ему медальон в форме пятиконечной звезды. На пяти лучах были те же самые знаки, которые появились в зеркале во время ритуала с пентаклем и свечами. Посредине был незнакомый знак.

- Это твой талисман. Он всегда будет тебя защищать.

Эльфид так же его поздравил.

- Идем, я тебе покажу, что я обнаружил у себя в комнате.

Они вошли к Эльфиду, и Давкалеон увидел небольшой черный прямоугольный предмет с кнопками.

- Что это? – Поинтересовался Давкалеон.

- Это привет от Чапы. Я с ним уже говорил. Хочешь пообщаться?

- Конечно!

- Нажимай вот на эту кнопку. Он тебя ждет.

На поверхности прямоугольника появился белый квадрат, в котором виден был Чапа. Адолисенок помахал рукой и улыбнулся.

- Ты найдешь у себя такой же передатчик – радостно сообщил он.

- Как ты их прислал? – спросил Давкалеон.

- Я не знаю. Это не я. Я попросил ДРАКОНа.

* * * * *

Прошли несколько дней. Парадион готовился к поступлению в школу высших жрецов. Он даже отказался от таких любимых развлечений, как игра в войну и полеты на драконах.

As for Davkaleon, Kvorts and Malay, the trio enjoyed life, and didn't bother with any preparation. Why should they? They did not get any tasks from the school, and of course, it did not occur to them to ask for one. From morning till night, they were racing in the maze, diving into the lake, and teasing Paradion.

"Paradion, you know that the brain may melt in this weather because of training," said Davkaleon.

"Exactly!" Kvorts supported his brother, "Look, you may over-train and confuse the gods."

"Yeah. You will confuse the gods and won't enter the school. You'd better come down to us," said Malay.

In the end, the honorable priest Gerklat tired of complaints from Paradion's mother about the trio teasing her son, and he announced that the holidays were over and it was time for lessons from the teachers. Davkaleon, Malay and Kvorts disappeared from under the balcony of Paradion at the same moment. Until evening, they raced on their dragons. Because Paradion was not with them, and it was impossible to fight two against two, they had a little war with the dragons. They had to fly on the dragons from one end of the estate to another. If the dragon was able to throw off the rider, then the dragon was a winner, if the dragon was not able, the rider was a winner. And in order to avoid any doubt in a fair fight, they swapped their dragons. Davkaleon was flying and, at the same time, fighting with the dragon of Malay, Malay with the dragon of Kvorts and Kvorts with Aleurh.

"Your beast had bitten me," said Kvorts, when they began to figure out who defeated who.

"Well, if my, the gentlest and kindest Aleurh bit you, you would not be able to complain," Davkaleon defended his dragon. "You'd be a sandwich."

They went home very late in the evening. Davkaleon went to bed immediately, but he was not able to sleep for a long time.

Что касается Давкалеона, Кворца и Малая, то эта троица наслаждалась жизнью, и никакими подготовками голову себе не забивала. Зачем? Никаких заданий из школы они не получали, а напрашиваться самим им даже в голову не приходило. С утра до вечера они устраивали гонки в лабиринте, ныряли в озеро и дразнили Парадиона.

- Парадион, ты знаешь, что от учебы в такую чудную погоду мозги могут расплавиться! – заявил Давкалеон.

- Точно! – поддержал брата Кворц - Смотри, переучишься, всех богов перепутаешь.

- Ага. Богов перепутаешь – в школу не попадешь. Лучше спускайся к нам – добавил Малай.

В конце концов, уважаемому жрецу Герклату надоели жалобы матери Парадиона на, дразнящую ее сына, троицу и он объявил, что каникулы закончены, и пора отправляться на уроки к учителям. Давкалеон, Малай и Кворц тут же испарились из-под балкона Парадиона. До самого вечера они носились на своих драконах. Поскольку, Парадиона с ними не было, и устраивать сражение два на два было невозможно, они устроили небольшую войну с драконами. Им надо было пролететь на драконах из одного конца поместья в другой. Если дракону удавалось скинуть наездника, то выигрывал дракон, если не удавалось, то выигрывал наездник. А для того, чтобы не было никаких сомнений в честной борьбе, они поменялись драконами. Давкалеон летел и, заодно, сражался с драконом Малая, Малай – на драконе Кворца, а Кворц – на Алеурхе.

- Твоя скотина меня укусила – заявил Кворц, когда они стали выяснять, кто у кого выиграл.

- Да если бы мой нежнейший и добрейший Алеурх тебя укусил, ты бы мне уже не жаловался. Из тебя бы уже получился бы сэндвич – защитил Давкалеон своего дракона.

Разошлись все поздно вечером. Давкалеон тут же отправился спать, но проспать долго у него не получилось.

Chapter 22. Lord of Twierks

Davkaleon awoke because someone was tickling him. Having opened his eyes, he saw his little Adoleeseet's friend Chapa.

"Chapa, what are you doing here?" Davkaleon couldn't believe his eyes.

Chapa stood up, and Davkaleon noticed with some surprise that the baby-adoleeseet had grown up quite a bit. It hadn't been so long since their last meeting, but looking at the little Adoleeseet, you would think it had been years since then.

"The name Chapa doesn't suit you anymore, you've outgrown it. ChapiusKloyAlfreyDon is the perfect fit, even though it's quite long," Davkaleon noted, examining the Adoleeseet.

"Do not call me that name. Even in Daeya, it's not good to bother the DRAGON. Call me Chapius. It's okay if you call me Chapa, I got used to this name. "

"Do all Adoleeseets grow up so quickly, or just you?" Davkaleon asked.

"Well, it depends. Usually, Adoleeseets who are able to turn into dragons begin growing fast after the first transformation." Chapius asked, "Why didn't you answer my calls?"

"I couldn't answer your calls, because I didn't know about them. I was not left alone, even for a minute, so I turned off the device."

"The calls are recorded. You can listen to them later," the Adoleeseet explained, and showed him how to do that. There were really a lot of calls from Chapa, many of which were meant to arrange a meeting with Davkaleon. "Not having heard from you, I came here myself. I really need to journey with you to the temple one more time."

"Do you mean the temple in the rock?" Davkaleon was surprised. "Why?"

Chapa explained that after he'd returned home, he immediately became a hero. They even stopped calling him Chapa, except perhaps in his family. In fact, the little Adoleeseet was rarely called ChapiusKloyAlfreyDon. Most often, Chapa was called ChapiusAlfreyDon, sometimes he was called ChapiusKloy or simply Chapius.

Глава 22. Властелин Твиркса

Давкалеон проснулся от того, что кто-то его щекотал. Открыв глаза, он увидел маленького адолиситского друга Чапу.

- Чапа, что ты тут делаешь? – не поверил своим глазам Давкалеон.

Чапа распрямился, и Давкалеон с удивлением заметил, что адолисенок сильно подрос. Со времени их последней встречи прошло немного времени, но глядя на адолисенка, можно было подумать, что прошли несколько лет.

- Тебе имя Чапа уже не подходит, ты из него вырос. ЧапиусКлойАльфрейДон в самый раз, хотя и длинно – сообщил Давкалеон, рассматривая адолисенка.

- Не называй меня этим именем. Даже в Дэе не стоит беспокоить ДРАКОНа. Зови меня Чапиус. Если назовешь Чапой – тоже ничего, я к этому имени привык.

- Все адолиситы так быстро растут или только ты? – заинтересовался Давкалеон.

- По-разному. Обычно адолиситы, которые могут превращаться в драконов, начинают быстро расти после первого превращения – объяснил Чапиус и спросил – Почему ты не отвечал на мои звонки?

- Я не мог ответить на твои звонки, потому что я о них не знал. Я не оставался один ни на минуту, так что я выключил прибор.

- Звонки остаются в памяти. Ты можешь прослушать позже – объяснил адолисенок и показал, как это делать. Чапиных звонков, действительно, было много. Большинство сводились к тому, что Чапе надо договориться с Давкалеоном о встрече.

- Не дождавшись ответа, я пришел сам. Мне очень надо, чтобы мы с тобой совершили путешествие в храм еще раз.

- Ты имеешь в виду храм в скале? – удивился Давкалеон – Зачем?

Чапа рассказал, что после возвращения в Адолис он мгновенно оказался героем. Его даже перестали называть Чапой, разве что в семье. Адолисенка, правда, редко называли ЧапиусКлойАльфрейДон. Чаще всего Чапу называли ЧапиусАльфрейДон, иногда ЧапиусКлой или просто Чапиус.

But a few days ago, somebody called him ChapaShkaAlfreydon and Chapa became very alarmed.

"Do you remember, this is the name that young witch in the temple called you?" Chapa reached out to Davkaleon. "How could they find out about this name in Adolees?"

"Maybe it was an accident?" Davkaleon mused. "You are called so many names. Chapa, ChapaShka, Chapius, ChapiusKloy—and then there's your real name! So why can't somebody call you ChapaShkaAlfreydon?"

"No!" Chapa answered. "First of all, only my mother calls me ChapaShka, and even she doesn't do it often. Dad said this name sounded too childish. Second, Adoleeseets distinguish by ear what letter is pronounced, a capital or lowercase letter. AlfreyDon and Alfreydon sound the same only in Daeya's language. So, I could be called ChapaShkaAlfreydon in Adolees only by someone who either had been in the temple and heard how that young witch approached you, or by someone who had seen the records from the temple."

Chapa had come to Davkaleon for those records. He explained that the day after his return, he got an invitation to the most prestigious military school in Adolees. He lived and studied in this school, coming home only for the holidays. Students were often engaged in different, unusual studies. A day earlier, students were in the lecture where Adolees's scientists were speaking about new ways to maintain records. And in the same evening, the name ChapaShkaAlfreydon came up. Chapa had to get to the temple by any means necessary and destroy any available records.

"And what will happen if they recognize you?" Davkaleon asked. "In the temple, you were asked your name and you said it in the language of Adoleeseet's dragons. What's the problem?"

"You don't understand!" Chapa seemed really scared. "I insisted on being an apprentice of the DRAGON. I can't imagine what they will do with me for such things."

"And how fast do you need to get to the temple?" Davkaleon asked.

"The sooner, the better." Chapa answered.

"By the way, how did you find the way to me? Last time you said you had no idea how you'd ended up in Daeya."

297

Но несколько дней назад кто-то назвал его ЧапуШкаАльфрейдон, и Чапа всполошился.

- Помнишь, это то имя, которым тебя назвала юная ведьмочка в храме – обратился Чапа к Давкалеону - Как могли об этом имени узнать в Адолисе?

- Может, это случайность? – предположил Давкалеон – Тебя, как только не называют: и Чапой, и ЧапуШкой, и Чапиусом, и ЧапиусКлоем, в общем, как угодно, за исключением твоего настоящего имени. Так почему кому-то не назвать тебя ЧапуШка-Альфрейдон?

- Нет! – ответил Чапа – Во-первых, ЧапуШкой меня только мама называет, и то не часто. Отец говорит, что это имя звучит слишком по-детски. Во-вторых, адолиситы на слух различают, произносится заглавная или строчная буква. АльфрейДон и Альфрейдон только на дэйском языке звучат одинаково. Так что сказать ЧапуШкаАльфрейдон в Адолисе мог либо тот, кто был в храме и слышал, как к тебе обратилась юная ведьмочка, либо тот, кто смотрел записи с храма.

Вот ради записей с храма Чапа, оказывается, и пришел к Давкалеону. Он рассказал, что на следующий день после возвращения он получил приглашение в самую престижную военную школу Адолиса. В этой школе он учился и жил, а домой возвращался только на праздники. Учеников часто привлекали к разным необычным исследованиям. Днём раньше ученики были на лекции, где адолиситские учёные рассказывали о новых способах сохранения записей. И в этот самый вечер прозвучало имя ЧапуШкаАльфрейдон. Чапе надо во что бы то ни стало попасть в храм и уничтожить имеющиеся записи.

- А что случится, если тебя узнают? – поинтересовался Давкалеон – тебя попросили в храме назвать твое имя, ты назвал его на языке адолиситских драконов. В чем проблема?

- Что ты?! – перепугался Чапа – я же утверждал, что я ученик ДРАКОНа. За такое в Адолисе я даже не представляю, что мне сделают.

- И как быстро тебе надо в храм? – спросил Давкалеон.

- Чем быстрее, тем лучше – ответил Чапа.

- Кстати, как ты нашел дорогу ко мне? Ты же в прошлый раз говорил, что понятия не имеешь, как оказался в Дэе.

"After my story about Daeya, in Adolees they recreated my way from the stadium. I memorized it, so this time it wasn't difficult to get to Daeya. I got to the same place I did the first time. But this time, I made sure to turn into a small bug. Chapa told his story with pleasure.

"Won't they look for you in your school?" Davkaleon asked.

"No, there are holidays in Adolees. At school, they think I'm at home, and at home they think I'm at school," Chapa smiled.

"We have one problem," said Davkaleon. "Do you remember Elfid said that sorcerer's apprentices can get into the temple only during the rite of initiation? Last time we were able to enter the temple right during such ritual. How will we get there this time?"

"I spent a few evenings in the library, trying to find out as much as possible about such temples. I think I know who such temples allow to enter," answered Chapius.

"That sounds perfect. What do we have to do in order to get into the temple?"

"We have to try several different options, and I'm sure that one of them will work!" answered the Adoleeseet with joy.

"To *try?*" asked Davkaleon and shook his head with doubt. "As I remember, Elfid said that the temple will kill an uninvited guest."

"No! No! No! Elfid didn't say that. He said that the temple *may* kill an uninvited guest, but *kill* is not the same as *may kill*. Furthermore, you will wear the cloak from the skin of a fighting Adolgon, which can withstand even the strongest attack."

"Oh yes!" laughed Davkaleon. "And you will hide on my back under the cloak and let me try several options, one of which will work for sure?"

"I can hide under the cloak in front of you," offered Chapius with the most non-insistent voice.

"Okay, we will decide where to hide you when we reach the place. Tell me about several different things we have to try?"

"These temples will perform any command of their owner. The list of possible commands from the servants of the owner is pretty limited. The lower position of the servant, the shorter list of the appropriate commands. The position of apprentice is the lowest one, so the choices are sparse.

- После моего рассказа о Дэе, в Адолисе воссоздали мой путь со стадиона. Я его запомнил, так что попасть в этот раз в Дэю было несложно. Я оказался на том самом месте, что и в первый раз. В этот раз я тут же превратится в незаметную букашку – Чапа объяснил с удовольствием.

- Тебя не будут искать в школе? – спросил Давкалеон.

- Нет, в Адолисе праздники. В школе считают, что я дома, а дома думают, что я в школе – улыбнулся Чапа.

- Еще одна проблема – ты помнишь, Эльфид, говорил, что ученики магов могут попасть в храм только во время обряда инициации? В прошлый раз мы смогли войти в храм во время этого ритуала. Как мы войдем в этот раз? – спросил Давкалеон.

- Я провёл несколько вечеров в библиотеке, стараясь найти всё, что возможно о таких храмах. Мне кажется, что я знаю, кому храм позволяет войти внутрь – ответил Чапа.

- Звучит хорошо. Что надо сделать, чтобы войти в храм?

- Мы должны попробовать несколько вариантов, и я уверен, что один из них сработает! – радостно ответил адолисенок.

- *Попробовать?* – переспросил Давкалеон и с сомнением покачал головой – Мне помнится, Эльфид говорил, что храм убьет непрошенного гостя.

- Что ты! Эльфид этого не говорил. Он сказал, что храм *может* убить непрошенного гостя, а *убьёт* и *может убить* совсем не одно и то же. Кроме того, на тебе будет плащ их кожи боевого адолкона, который способен выдержать сильнейший удар – убеждал Чапа.

- Ну да! – Рассмеялся Давкалеон – Сам ты спрячешься под плащом у меня за спиной, и предоставишь мне удовольствие пробовать несколько разных вариантов, один из которых точно сработает.

- Я могу спрятаться под плащом у тебя спереди – предложил Чапиус своим самым ненастойчивым голосом.

- Ладно, там посмотрим, где тебе прятаться. Расскажи о несколько разных вариантах, которые надо попробовать.

- Эти храмы выполнят любую команду своего хозяина. Набор команд, которые храм выполнит по приказу служителей, ограничен. Чем ниже положение служителя, тем короче список команд. Самое низкое положение у ученика, и список его команд самый небольшой.

Well, in order to enter the temple, we have to convince it that we are acting on command of a person that has enough power. Do you remember the immediate change of the voice and total absence of sarcasm when I told my name in the Adolgon language? That happened, because the temple thought that it was dealing with a DRAGON's apprentice. Now, we have to convince the temple that we are acting on the order of the DRAGON and it will open its doors in front of us."

"How can we do that?" Davkaleon was interested.

"First of all, you have to state the name of the owner of the temple, then the name of the person who gave you an order, then your own name and finally you have to explain the action you are wanting from the temple. The temple will check that all of the information that you provided is correct. If everything is correct, and the person that you mentioned has the right to give such an order and you have the right to act on his behalf, the temple will complete your request."

"Sounds logical," agreed Davkaleon, "what do you want to try?"

"I know that I have to mention the DRAGON of Adolees as the person who gave me orders. I know that you used my name in the temple. *I think,* that I understand how to give an order to open the way to the temple. But I am not sure if I know the owner of the temple."

"So, you are telling me that you are going to offer several possible owners of that temple?" asked Davkaleon.

Chapius nodded.

"You know, if you make a mistake with order to open the way, the temple may decide that you misspoke and forget about that. But if you say the wrong owner's name, the temple won't give you a second attempt. Who do you want to mention as the owner of the temple?"

"Do you remember that during our first meeting, I told you about the creator of the very first DRAGON? I think that HE is the real owner of the temple," answered Chapa.

"No way!" protested Davkaleon. "Your so-called creator of the DRAGON has ties with Adolees, but the temple is located in Daeya. How can Daeya be connected to your DRAGON creator?"

"That's why the temple is hidden in the rock, because it's located in Daeya.

Для того, чтобы храм разрешил нам войти, нам надо убедить его, что мы действуем по команде того, кто имеет достаточно власти. Ты помнишь, как моментально изменился голос в храме и исчез сарказм после того, как я назвал свое имя на языке адолконов? Это случилось потому, что храм решил, что имеет дело с учеником ДРАКОНа. Нам надо убедить храм, что мы действуем по приказу ДРАКОНа, и он откроет перед нами дверь.

- И как мы это сделаем? – Заинтересовался Давкалеон.

- Прежде всего надо назвать имя хозяина храма, затем имя того, по чьему приказу ты действуешь, потом твое собственное имя, и напоследок, указать действие, которое ты ожидаешь от храма. Храм проверит все, что ты назвал, и если все правильно, и тот, на кого ты ссылаешься, имеет право на подобную команду, и ты имеешь право действовать от его имени, то храм эту команду выполняет.

- Звучит логично – согласился Давкалеон – Что ты собираешься пробовать?

- Я знаю, что должен называть ДРАКОНа Адолиса в качестве того, на чьи приказы ссылаюсь. Я знаю, что ты в храме назвался моим именем. Я *предполагаю*, что понял, как отдавать команду, чтобы открылся вход в храм. Но я не уверен, кто является владельцем храма.

- То есть, ты собираешься перебирать возможных владельцев этого храма? – Уточнил Давкалеон.

Чапиус кивнул.

- Знаешь, если ты допустишь ошибку в указании храму открыть вход, то храм решит, что ты оговорился, и это может сойти нам с рук. Но если ты ошибешься с именем хозяина, то второй попытки храм тебе не даст. Кого ты собираешься называть в качестве владельца храма?

- Ты помнишь, во время нашей первой встречи я рассказывал тебе о создателе первого ДРАКОНа? Я думаю, что именно ОН и является владельцем храма - ответил Чапа.

- Не может быть! – Не согласился Давкалеон –Твой так называемый создатель ДРАКОНа связан с Адолисом, а храм находится в Дэе. Какое отношения имеет Дэя к твоему драконьему создателю?

- Так потому храм и спрятан в скале, что он находится в Дэе.

If it was in Adolees, it would be located in plain sight in order to get respect and honor of all the Adoleeseets," answered Chapius.

"Do you want to say that the temple is spying right here in Daeya?" Davkaleon remonstrated.

"I don't think that the temple is spying in the military meaning of that word," answered Chapius. "The Adolees library has a lot of information about different countries and planets. It seems that such information is collected and saved in constructions similar to that temple in the rock. It's some kind of the knowledge depository. Do you remember how your brother said that according to the runes, a depository contains many other depositories? You will enter a depository, which is related to your personality. Of course, that depository could have been created by the creatures, which you call the gods of Daeya, but why would they hide it and why is the DRAGON of Adolees so honored and respected there?"

Davkaleon pondered this. The Adoleeseet was saying reasonable things, and Davkaleon wanted to know the real owner of the temple in the rock. He wanted to know if it was someone from the Daeya's pantheon of gods or the creator of the DRAGON of Adolees.

"All right then," he said. "Transform into a bug and get into my pocket. I am going to Elfid to ask for a favor. I need the Adolgon cloak and adamant weapon. Fortunately, I have the second adamant flask with the potion of wizards, so we will not waste time with that preparation. I have to thank Elfid for this gift."

A few hours later, Aleurh landed in a cave near Llill. Chapa gladly took his usual appearance. It was not easy for the little Adoleeseet to spend five hours, pretending to be a tiny bug.

"How much time do you need to rest?" asked Davkaleon, stretching his stiff legs.

"Not as much as I needed before, maybe half an hour. I became stronger." said Chapius, stretching out on the cave floor.

"That sounds perfect." Smiled Davkaleon.

In 30 minutes, Chapa said he was ready to visit the temple. Llill's rock could be seen far away in the ocean. Aleurh landed on the rock in just a few moments.

"Everybody will be surprised to see you here. Wait for us in the cave," Suggested Davkaleon to his dragon.

Был бы в Адолисе - стоял бы на виду, и пользовался бы почетом и уважением всех адолиситов – ответил Чапиус.

- Это что же выходит, что этот храм шпионит за дэйцами в самой Дэе? - Возмутился Давкалеон.

- Вряд ли храм шпионит в военном понимании этого слова - ответил Чапиус. В библиотеке Адолиса собрано много сведений о самых разных странах и планетах. Скорее всего, они собираются и сохраняются в конструкциях, подобных этому храму в скале. Это, как хранилище всех знаний. Помнишь, твой брат говорил, что согласно рунам, хранилище вмещает много разных хранилищ. То, в какое именно хранилище ты попадешь, зависит от того, кем ты являешься. Конечно, это хранилище могли создать и те, кого вы называете богами Дэи, но тогда зачем его прятать, и почему ДРАКОН Адолиса пользуется там большим уважением?

Давкалеон задумался. То, что говорил адолисенок, имело смысл, и Давкалеону захотелось узнать, кто является владельцем храма в скале – кто-то из пантеона дэйских богов или создатель адолиситского ДРАКОНа.

- Превращайся в букашку и забирайся ко мне в карман – скомандовал Давкалеон – Я направляюсь к Эльфиду просить об одолжении. Мне нужен плащ из кожи адолкона и адамантовое оружие. К счастью у меня есть второй адамантовый флакон с напитком магов, так что мы не будем тратить время на его изготовление. Спасибо Эльфиду за его подарок.

Через несколько часов Алеурх приземлился в пещере возле Ллилля. Чапа с удовольствием принял свой обычный вид. Провести пять часов, изображая крошечную букашку, нелегко для маленького адолисенка.

- Сколько тебе надо на отдых? – поинтересовался Давкалеон, разминая затекшие ноги.

- Не так много, как раньше, может быть полчаса. Я стал сильнее – ответил Чапиус, растягиваясь на полу пещеры.

- Прекрасно – улыбнулся Давкалеон.

Через 30 минут Чапа сказал, что готов к визиту в храм. Скала Ллилля была видна далеко в океане. Через несколько минут Алеурх подлетел к скале.

- Все удивятся, увидев тебя здесь. Ожидай нас в пещере – предложил Давкалеон своему дракону.

Cocooning himself into the cloak of the Adolgon skin, Davkaleon easily walked through the open path and stopped in front of a beautiful temple made of white marble. As with the previous time, the temple had no windows or doors. Davkaleon walked around it three times, stopped, pricked his left hand and added several drops of the wizard potion. Blood drops lit up near the walls and Davkaleon heard a voice. "Who sent you and why are you here, the apprentice of wizard of Twierks?"

Chapius barely pronounced the name of the temple's owner when a lightning appeared and the temple roared: "An ignoramus!"

"Excuse me, please! I misspoke, because I was scared," Chapius started to whine. "Please give me another attempt to address you," asked the little Adoleeseet.

The temple was silent and Chapius decided that silence could be considered as consent. The small Adoleeseet addressed his speech to the temple once more. The thunder thundered immediately and Davkaleon was thrown away together with Chapa.

"A witless worm!" The temple was furious, "how could you come here if you don't know how to address me?!"

Davkaleon stood up on his feet and came closer. Chapius made one more attempt, but failed once again. Neither Davkaleon, nor Chapa remembered what had happened after that. When Davkaleon regained consciousness, he found himself on a rock edge. He was simply sitting leaning against the rock and his head was humming. The small Adoleeseet was lying on his knees. Blood from the wound on Chapa's shoulder was pouring down on the wound on the side of Davkaleon's body. It was really strange, but Davkaleon felt that every drop of the little Adoleeseet's blood gave him more power. He looked around. The path to the temple was closed. Davkaleon ripped off his shirt sleeves and bandaged Chapa's and his own wounds. Giant waves were almost reaching the two friends, while spatter covered the rock, which was even nicer. Davkaleon felt that his head had calmed down, while Chapius opened his eyes.

"Where are we?" asked the little Adoleeseet, looking at giant raging waves.

"We are on the rock of Llill. It seems that the temple threw us here. We can be grateful that it didn't kill us."

"Let's go and I will try once again," asked Chapius.

Закутавшись в плащ из кожи адолкона, Давкалеон без труда прошел по открывшемуся проходу и остановился перед красивым храмом из белого мрамора. Как и в прошлый раз, в храме не было ни окон, ни дверей. Давкалеон трижды обошел храм, остановился и уколол левую руку, и добавил несколько капель зелья магов. Капли крови у стены вспыхнули и Давкалеон услышал голос: "Ученик мага Твиркса, кто и зачем послал тебя?"

Чапиус едва успел произнести имя властелина храма, как сверкнула молния, и храм пророкотал: "Невежа!"

- Извини, пожалуйста, это я с перепугу не то сказал — запричитал Чапиус – Разреши мне еще раз обратиться к тебе – попросил адолисенок.

Храм молчал и Чапиус решил, что молчание можно трактовать, как согласие. Адолисенок опять обратился к храму. Прогремел гром и Давкалеон вместе с Чапой был отброшен прочь.

- Презренное ничтожество! - бушевал храм - Как ты посмел являться сюда, если не знаешь, как ко мне обращаться?!

Давкалеон поднялся и подошел ближе. Чапиус сделал еще одну попытку, но опять не угадал. Что произошло потом ни Давкалеон, ни Чапиус не помнили. Когда Давкалеон очнулся, он обнаружил, что находится на выступе скалы. Он сидел, прислонившись к скале, голова гудела. У него на коленях лежал адолисенок. Из раны на плече Чапы кровь стекала на рану Давкалеона на боку. Странно, у Давкалеона появилось ощущение, что с каждой каплей крови адолисенка к нему вливаются силы. Он огляделся кругом. Проход к храму закрылся. Оторвав рукава от своей рубашки, он перевязал раны адолисенку и себе. Огромные волны почти достигали до друзей, брызги окутали скалу, но это было даже хорошо. Давкалеон почувствовал, что голова успокаивается, Чапиус открыл глаза.

- Где мы? - спросил адолисенок, глядя на гигантские бушующие волны.

- На скале Ллилля. Видимо, храм выбросил нас сюда. Спасибо, что хоть не убил нас.

- Идем, я попробую еще раз – попросил Чапиус.

"I am not sure that the path will appear for us now. It seems that the temple threw us once and forever," answered Davkaleon.

"Please, try one more time. Put your cloak on and I will give the right answer this time," asked the little Adoleeseet.

"Which name do you want to tell now?" asked Davkaleon.

"Your Daeya's god named Baan. I read about him in the library in Adolees. Once upon a time, he was a much-respected god of Daeya, but then he rebelled and decided to become the chief god of the Daeya's pantheon. The splintered Daeya's people who were following him started to build hidden temples. I think this temple in the cliff could be one of those hidden temples."

Davkaleon had heard the legend about the god Baan, but Chapius' suggestion wasn't inspiring him. According to the Daeya's runes, there were not many splinter groups in Daeya. They could hardly build such a magic temple. But Chapius was looking at Davkaleon plaintively, while Davkaleon himself wanted to discover the real owner of the secret temple in the rock.

"Okay, let's go and try, but I have doubts that this temple belongs to Baan."

Davkaleon put the cloak on, but the path didn't appear. It seemed that the temple had decided to ignore them. Davkaleon took his last possible action, drinking all the potion of wizards. A path appeared. The snow-white temple was located at the end of the path. And of course, it had no windows or doors. Davkaleon stopped in front of the temple, feeling that it would throw them away once again. And at that moment a brilliant idea appeared in his head. The last time they were here because of the rite of initiation for apprentices of a Twierks magician. So, who could be the owner of the temple? Davkaleon became even more certain when he remembered that it was strictly prohibited to say a word Twierks in Daeya.

"This time I will start and you will follow," whispered Davkaleon and then addressed the temple. "The Lord of the Twierks..."

They heard some kind of purring, which was slightly reminiscent of laughing.

"As I can see, a couple blasts of lighting made you cleverer. Even though nobody called me the Lord of the Twierks before, I still like it, because in fact, it is true. I do know who had sent you here and who you are, so tell me what do you want?

- Я не уверен, что проход откроется для нас в этот раз. Храм, похоже, выбросил нас навсегда - ответил Давкалеон.

- Пожалуйста, попробуй еще раз, одень свой плащ, я точно угадаю в этот раз – опять попросил адолисенок.

- Кого ты собираешься назвать? – спросил Давкалеон.

- Твоего дэйского бога Баана, я о нем прочел в адолиситской библиотеке. Одно время он был очень уважаемым дэйским божеством, а потом взбунтовался, захотел стать самым главным в дэйском пантеоне. Последовавшие за ним отколовшиеся дэйцы стали строить ему тайные храмы. Я думаю, что этот храм в скале может быть одним из этих тайных храмов.

Давкалеон слышал легенду о боге Баане, но версия Чапиуса его не вдохновляла. Согласно дэйским рунам, отколовшихся дэйцев было совсем немного. Вряд ли им было под силу построить такой волшебный храм. Но Чапиус жалобно смотрел на Давкалеона, а самому Давкалеону хотелось выяснить, кто является владельцем тайного храма в скале.

- Ладно, идем попробуем, но я сомневаюсь, что этот храм принадлежит Баану.

Давкалеон накинул плащ, но проход не появился. Похоже, храм решил их игнорировать. Давкалеон сделал последнее, что было в его силах – выпил весь напиток магов. Проход появился. В конце прохода стоял белоснежный храм, конечно, без окон и дверей. Давкалеон остановился перед храмом, предчувствуя, что храм их выкинет опять. И в этот момент его озарила догадка. В прошлый раз в храме была инициация учеников магов Твиркса, так кто должен быть хозяином этого храма? То, что в Дэе запрещено произносить слово Твиркс, только укрепило уверенность Давкалеона.

- В этот раз начну я, а ты продолжишь - шепнул Давкалеон и обратился к храму – Властелин Твиркса …

Раздалось довольное мурлыканье, отдаленно напоминающее смех.

- Я смотрю, пара молний пошла тебе на пользу, ты стал соображать лучше. Хотя Властелином Твиркса меня еще никто не называл, но мне это нравится, тем более что по существу это так и есть. Кто тебя послал и кто ты такой мне известно, переходи к делу, что тебе надо?

"I need you to open the entrance, I want get inside," answered Davkaleon.

"You can enter," said the temple and an entrance appeared in front of Davkaleon. He entered and looked around.

"Dear Lord of the Twierks," Chapius called out, "the great DRAGON ordered me to make copies of entries made during the initiation rite."

"You have to give such order, observing all the rules," answered the temple.

Chapius said something in the Adolgon language.

"Proceed to the hall and you will find everything you need in the lounge," said the voice of the temple.

Davkaleon sat on a comfortable chair and watched as Chapius stretched dragon paws from under the cloak, taking some strange actions. A small light rectangle appeared on the bigger black one, and an amazed Davkaleon saw scenes from their previous visit to the temple. Davkaleon saw how his past self came to the Telatr, and then headed to the hall of initiations. He saw the small white kitten he'd rescued, and saw the girl in the half-mask. He watched as he drank the flask and disappeared, reappearing immediately. Davkaleon wouldn't have noticed his short disappearance if he hadn't known that he'd been sent to the room with no doors or windows. After he reappeared in the hall of initiations, wizard apprentices and young witches appeared. They sat on the seats while Davkaleon was called to perform the rite of initiation. He started to go upstairs when everything became foggy. After a few minutes, Davkaleon and Chapa appeared from nowhere. They were chased as they ran to the exit and disappeared.

Chapa made several stranger motions and the images in the rectangle faded away.

"Let's go," said Chapa, "I am done."

"Wait a minute," said Davkaleon, approaching the wall where the girl with a fluffy kitten disappeared. Elfid claimed this passage led to the unknown Twierks.

This time there was not the slightest hint to the passage on the wall. Davkaleon did not notice any drawings either, no matter how he tried.

- Мне надо, чтобы ты открыл вход, я хочу попасть внутрь – ответил Давкалеон.

- Входи – ответил храм, и перед Давкалеоном появился вход.

Он вошел и огляделся вокруг.

- Уважаемый Властелин Твиркса – тут же включился Чапиус в разговор – великий ДРАКОН приказал снять копии с записи в день инициации.

- Такую команду ты должен отдать по всем правилам - ответил храм.

Чапиус что-то проговорил на языке адолконов.

- Пройди в зал, в ложе ты найдешь все, что требуется – раздался голос храма.

Давкалеон устроился на удобном сидении и наблюдал, как, вытянув драконьи лапы из-под плаща, Чапа совершал непонятные действия. На темном прямоугольнике появился меньший, светлый прямоугольник, и изумленный Давкалеон увидел сцены из предыдущего посещения храма. Давкалеон видел, как он подошел к телатру, потом направился в зал инициаций, заметил маленького белого котенка, которого он спас и узнал девочку в полумаске. Он видел, как он выпил содержимое флакона, исчез и тут же появился. Если бы Давкалеон не знал, что после выпитого флакона, он оказался в комнате без окон и дверей, он бы и не заметил, что исчезал на мгновение перед тем, как опять появиться. После его появления в зал инициации прибыли ученики магов и юные ведьмочки. Все расселись, и Давкалеон был вызван для прохождения обряда инициации. Он начал подниматься по лестнице вверх, и все кругом покрылось туманом. Через несколько минут из ниоткуда появились Давкалеон и Чапа. За ними гнались, они промчались к выходу и исчезли.

Чапа проделал что-то непонятное, и образы в прямоугольнике померкли.

- Идем – сказал Чапа – я закончил.

- Подожди минутку – ответил Давкалеон, подходя к стене, где исчезла девочка с пушистым котёнком. Эльфид утверждал, что проход вел в неведомый Твиркс.

В этот раз в стене не было ни малейшего намека на проход. Никаких знаков Давкалеон тоже, как ни старался, не заметил.

"You liked her," Chapa said, smiling from ear to ear.

"I'd like to know what had happened with the corridor." Davkaleon became angry. The sassy little Adoleeseet was mocking at him.

"Well, yes, you are only interested in the corridor," grinned Chapa. "I did a picture for you and was going to send it to your transmitter. Look at it."

Chapa's picture showed a girl in a half-mask, holding a white fluffy kitten. There was a corridor behind the girl with a few unfamiliar symbols on the wall.

"But if you are only interested in the corridor, I will delete the apprentice of the priestesses from the picture, so that she won't block the view of the corridor and symbols on the wall."

"Don't dare! Leave it as it is." Davkaleon shook his fist.

Chapa smiled. They returned into the hall where Chapa made a rousing speech, thanking the temple for its help. The temple even purred something nice as a goodbye. Davkaleon was going to the exit. The door started to open silently, and they heard the appeal to the temple from somewhere.

"Twierks! In the name of the HIM! I am Bronwick. Open the entrance."

That was the moment when Davkaleon and Chapius discovered the proper way to address the temple. The door opened right away and a stranger in a cloak stood there. His face couldn't be seen. The stranger entered the temple, while Davkaleon made a step to the door. The stranger said something in the Adolgon language. Chapa pushed Davkaleon under the cloak and whispered: "Hurry up!" Davkaleon was at the entrance when he heard the voice of the temple. "You don't have any right for such order."

"But HE himself ordered me!" the stranger protested.

"I can't see any connection between you and HIM," were the last words, which Davkaleon heard from the temple. Chapius was pushing him very hard, and Davkaleon felt that Chapa was very scared. Davkaleon ran along the path and appeared on the rock of Llill. Transforming into the dragon, Chapa grabbed Davkaleon and flew above the raging waves of the ocean.

- Она тебе понравилась – насмешливо заявил Чапа, улыбаясь от уха до уха.

- Меня интересует, куда делся коридор – разозлился Давкалеон. Нахальный адолисенок явно над ним насмехался.

- Ну да, тебя интересует только коридор – ухмыльнулся Чапа - Я тут для тебя картинку приготовил, хотел тебе на память в твой передатчик переслать, смотри.

Чапа показал девочку в полумаске, держащую беленького пушистого котёнка. Сзади виднелся коридор, на стене были несколько незнакомых символов.

- Но раз тебя интересует только коридор, я уберу эту ученицу жриц, чтобы она не мешала тебе наслаждаться видом коридора и рисунков на стене.

- Я тебе уберу! Оставляй, как есть – Давкалеон погрозил Чапиусу кулаком.

Чапа усмехнулся. Они вернулись в холл, и Чапа произнес пламенную речь в адрес храма, благодаря его за помощь. Храм даже промурлыкал что-то приятное на прощание. Давкалеон направился к двери. Дверь начала бесшумно открываться, и в это время откуда-то прозвучало обращение к храму.

- Твиркс! Именем Самого! Я Бронвик. Открой вход.

Вот так Давкалеон и Чапиус узнали, как правильно обращаться к храму. В следующее мгновение дверь открылась полностью, на пороге стоял незнакомец, закутанный в плащ. Лица его видно не было. Незнакомец вошел внутрь, Давкалеон сделал шаг к двери. Незнакомец произнес что-то на языке адолконов. Чапа под плащом толкнул Давкалеона и шепнул "быстрее". Давкалеон был уже в дверях, когда услышал, как храм произнес: "Ты не имеешь права на подобную команду".

- Но мне приказал ОН сам! – возмутился незнакомец.

- Я не вижу никакой связи между тобой и ИМ – это было последнее, что услышал Давкалеон в храме. Чапиус усиленно толкал его, и Давкалеон чувствовал, что адолисенок не на шутку перепуган. Давкалеон побежал по проходу, и оказался на скале Ллилля. Превратившись в дракона, Чапа подхватил Давкалеона и пронес его над бушующими волнами безбрежного океана.

He didn't have enough strength to bring Davkaleon to the numerous caves, surrounding Llill, and he landed in the first quiet side street of Llill. Chapa jumped into the cloak pocket, transforming into the small bug. Davkaleon went to the cave.

"Why were you so scared?" asked Davkaleon when Chapius took his usual form.

"That Bronwick gave the very same order to the temple that I did. He came to copy records from the day of initiation!"

"But why are you worried if you destroyed all the records in the temple?" asked Davkaleon.

"I destroyed records in the temple, but before that I took copies to keep them as memories."

"Why do you need that?" asked Davkaleon.

"Don't you want to know who visited the temple and who are the apprentices of wizards of Twierks?" Chapa asked, surprised with Davkaleon's question.

"Sounds interesting," agreed Davkaleon.

"I want to hide the records at your place in Daeya."

"At my place in Daeya? Why in Daeya," Davkaleon was surprised.

"Because nobody will be looking for a DRAGON's apprentice in Daeya," answered Chapius.

Правда, сил донести Давкалеона до многочисленных пещер, окружающих Ллилль, у адолисенка не хватило, и он приземлился в первом же тихом переулке Ллилля. Превратившись в маленькую букашку, он нырнул в карман плаща. Давкалеон направился в пещеру.

- Ты чего так перепугался? – поинтересовался Давкалеон, едва Чапиус принял свой естественный вид.

- Этот Бронвик отдал храму точно такую команду, как и я. Он пришел снять копии с записи в день инициации!

- Так ты же уничтожил все запись в храме, чего теперь волноваться? – безмятежно ответил Давкалеон.

- Я уничтожил записи в храме, но до этого я снял копии себе на память.

- Зачем тебе это надо? – спросил Давкалеон.

- А ты разве не хочешь знать, кто был в храме, и кто является учениками магов Твиркса? – удивился Чапа вопросу Давкалеона.

- Интересно – согласился Давкалеон.

- Я хочу спрятать записи у тебя в Дэе.

- У меня в Дэе? Почему в Дэе? – удивился Давкалеон.

- Потому что никто не будет искать ученика ДРАКОНа в Дэе – ответил Чапиус.

Epilogue

Ecktoral and his guest reclined in comfortable armchairs. Snacks and glasses with foaming drinks awaited them on the table. They had been staring at the transparent wall, behind which events had unfolded.

"Just don't tell me that those nasty difeserants are your invention," said Ecktoral's guest.

"Such an abomination?" Ecktoral was outraged. "How can you think that? It's a joint creation of our sworn friends or dear enemies...it's up to you what you want to call them."

As Ecktoral stared at the transparent wall, both Daeya and Adolees disappeared.

"Friendship between Adoleeseet and Daeyat is an unexpected twist. But your little Adoleeseet is the weakest Adoleeseet I have ever seen. He changed a little after his adventures in Daeya. But he is still a 'natural misfortune.' Do you really plan to use this miserable creature in Twierks?" asked Adamant.

"Don't insult my little protégé. He's not that miserable. As you can see, he survived in Daeya, made his way to the depository, and was able to use the knowledge he'd acquired."

"The fact that he survived in Daeya and made his way to the depository wasn't his doing at all," objected Ecktoral's companion.

"Who cares? Survival in Daeya wasn't a mission in itself. I wanted to see whether he could learn fast, and if he'd be able to protect himself and others. Was he reliable, and could I trust him to command Adolees's army?"

"What?! You intend to entrust the army of Adolees to him?! I suppose I'll bet on the rivals! At least I'll get my money back."

"Since when is getting money back the limit of your dreams in the big game?" Grinned Ecktoral.

"Since you chose the weakest little Adoleeseet in entire Adolees, placed various nannies in his way, happily rescuing him and sacrificing for him in all sorts of danger. Do you really think this to be an appropriate training?"

"Don't attack my little Adoleeseet. He's not that bad," Ecktoral replied peacefully, sipping a foaming drink from a glass.

Эпилог

Эктораль и его гость полулежали в удобных креслах. На столике пенились бокалы и стояли всевозможные закуски. Они смотрели на прозрачную стену, за которой разворачивались события.

- Только не скажи мне, что мерзкие дифесеранты – твое изобретение – проговорил гость Эктораля.

- Я и подобная мерзость?! – возмутился Эктораль – Как тебе такое пришло в голову? Это совместное творение наших заклятых друзей или дорогих врагов – это уж как тебе угодно их называть.

Эктораль пристально взглянул на прозрачную стену. И Дэя и Адолис исчезли.

- Дружба между адолиситом и дэйцем это неожиданный ход. Но твой адолисенок – самый слабый из всех адолиситов, которых мне доводилось видеть. После приключений в Дэе он слегка изменился. Но все равно это форменное несчастье. Неужели ты планируешь использовать это жалкое существо в Твирксе?

- Не обижай моего протеже. Не такой уж он и жалкий. Как видишь, он и в Дэе выжил, и в хранилище пробрался, и полученными знаниями сумел воспользоваться.

- То, что он выжил в Дэе и пробрался в хранилище не его заслуга. – Возразил собеседник Эктораля.

- Какая разница? Выживание в Дэе не было его задачей. Я хотел посмотреть, сможет ли он быстро учиться, будет ли он в силах защищать себя и других, можно ли на него положиться, и могу ли я доверить ему армию Адолиса.

- Что?! Ты намерен доверить ему армию Адолиса?! Я, пожалуй, поставлю на соперников. Хоть деньги верну.

- С каких пор возврат денег это предел твоих мечтаний в большой игре? – усмехнулся Эктораль.

- С тех пор, как ты из всего Адолиса выбрал самого слабого адолисенка, расставил на его пути всевозможных нянек, с радостью спасающих его от всяких опасностей. Ты считаешь, что это подходящая тренировка?

- Не нападай на адолисенка. Он не так уж плох – миролюбиво ответил Эктораль, потягивая из бокала пенящий напиток.

"If you told me that you could have found an even weaker little Adoleeseet, I wouldn't argue with you. You probably could have," shrugged Adamant.

Taking a glass with iridescent drink, Adamant asked whether Ecktoral had seen the training of their ally's protégés.

"I have, and they haven't impressed me a bit."

"Do you think your little Adoleeseet can withstand them?"

"Not if you mean a competition between a team of well-trained adults with a little Adoleeseet. Don't forget, he has many years before he grows up to be able to handle Twierks. If he survives, of course."

"Why did you get involved with a child? Why not wait until he was older?"

"Chapa isn't the first Adoleeseet whom I expected to make a bet on. Several others were older. They reached the dragon's age and became fire-breathing Dragons. They got noticed during the acceptance to the guild. All of them died under mysterious circumstances. I did my own investigations and concluded that it's necessary to prepare our protégé from an early age. The DRAGON of Adolees is of a very venerable age. He is, of course, still strong and will break all the bones of those, who dare to fight him. But, nevertheless, there are already those who dream of taking his place. They don't need competitors. That's why when I chose Chapa, I decided that, during the inspection of fire-breathing Dragons in the guild, Chapa should be little and weak. Why tip our hand ahead of time and draw attention to him? Even that didn't help. Chapa's potential capacity got noticed by some of the Dragons during the inspection in the guild. The name ChapiusKloyAlfreyDon added some additional concerns. So, there will be plenty[14] of those who want to remove the little Adoleeseet while he hasn't yet fully grown."

"Do you also want to use the Daeyat in Twierks?"

Ecktoral smiled. "I haven't decided yet. He is arrogant to the extreme. His self-confidence does not know any limit. But I liked his behavior. He and little Adoleeseet make a great team."

"Do you think they have a chance to survive in Twierks?"

- Если ты мне скажешь, что мог найти еще более слабого адолисита, я с тобой спорить не буду. Наверное, мог - пожал плечами Адамант.

Взяв бокал с радужным напитком, Адамант поинтересовался, видел ли Эктораль тренировки ставленников их соперников.

- Видел, и они не произвели на меня ни малейшего впечатления.

- Ты полагаешь, твой адолисенок выстоит против них?

- Нет, если ты имеешь в виду состязание натренированной взрослой команды с маленьким адолисенком. Не забывай, у него есть много лет до того, как он дорастет до Твиркса. Если, конечно, он до него доживет.

- Почему ты связался с ребёнком, а не подождал, пока он станет старше?

- Чапа не первый адолисит, на которого я предполагал сделать ставку. Несколько других были старше. Они достигли драконьего возраста и стали огнедышащими Драконами. Во время приема в гильдию их заметили. Все они погибли при загадочных обстоятельствах. Я провел свое собственное расследование и пришел к выводу, что своего ставленника надо готовить с раннего возраста. ДРАКОН Адолиса находится в весьма почтенном возрасте. Он, конечно, пока еще силен и переломает кости любому, вступившему с ним в схватку. Но, тем не менее, мечтающие занять его место, уже есть. Им конкуренты не нужны. Поэтому, когда я выбрал Чапу, я решил, что во время осмотра в гильдии огнедышащих Драконов, Чапа должен быть маленьким и слабеньким. Зачем раньше времени привлекать к нему внимание? Даже это не помогло. Во время осмотра в гильдии некоторые из Драконов заметили Чапины потенциальные способности. Имя ЧапиусКлойАльфрейДон добавило беспокойства. Так что желающих устранить адолисенка, пока он еще не окреп, будет, хоть отбавляй[14].

- Ты дэйца тоже хочешь использовать в Твирксе?

Эктораль улыбнулся.

- Я еще не решил. Он нахален до предела. Его самонадеянность не знает границ. Но его поведение мне понравилось. У них с адолисенком хороший дуэт.

- Ты думаешь, у них есть шанс выжить в Твирксе?

"Before they survive in Twierks, they have to stay alive until Twierks," grinned Ecktoral.

"As far as I understand, you're going to look after them and protect them until they reach Twierks."

"Protect them?! What am I, their nanny?" objected Ecktoral. "I have helped them several times, given their age. Now let them survive by themselves. If they don't survive, I'll find others. They better not count on any more help."

He took another sip from his drink and smiled grimly. "Otherwise, why do we need them in Twierks?"

TO BE CONTINUED...

- Прежде, чем выжить в Твирксе, им надо дожить до Твиркса – усмехнулся Экторать.

- Насколько я понимаю, ты намерен за ними присматривать и оберегать их пока они не окажутся в Твирксе.

- Оберегать их?! Я им, что, нянька? – Возмутился Экторать - Несколько раз я им помог, учитывая их возраст. Дальше пусть выживают сами. Если они не выживут, я найду других. На дальнейшую помощь им лучше не рассчитывать.

Он сделал ещё глоток и мрачно усмехнулся: "Иначе, зачем они нам нужны в Твирксе?"

ПРОДОЛЖЕНИЕ СЛЕДУЕТ...

Appendix

Adoleeseets with slow reactions were called *phony-boloney* [1]

There is no exact equivalent for "phony-boloney" in Russian language. Phony-boloney is used in "The Adventures of Little Adoleeseet" as false or forged, so I use Russian word "ненастоящий".

do a great song and dance about him [2]

In English and Russian languages, both expressions are untranslatable idioms.

Clumsybug [3]

Clumsybug has nothing to do with Russian word "верзила". In English there is no unconditional counterpart to this Russian word. "Верзила" means "clumsy and big." From this point of view, Clumsybig would be a more close translation. But in Russian the word "верзила", though not very abusive, is nevertheless not polite. The book persona with this name in "The Adventures of Little Adoleeseet" is highly negative, and the term "верзила" is eminently suitable for him. If to use Clumsybig in English the disparaging savor is lost. I almost stopped at "clumsy pig" Clumsypig, but I liked more Clumsybug which can mean both "clumsy beetle" and "clumsy error".

Dozen [4]

In English we use phrase "a few dozen". Russian instead use the term tens.

It only pretends to be a labyrinth. It is a maze or a trap [5]

English words labyrinth and maze are translated into Russian equally: "лабиринт".
In English a classical labyrinth has a single path. A maze usually refers to a complex branching puzzle with choices of path and direction.

Приложение

Адолиситов с медленной реакцией называли ненастоящими[1]

При дословном переводе с русского на английский следовало бы использовать слово unreal, но *phony-boloney* с моей (капризной, авторской) точки зрения звучит интереснее. *Phony-boloney* можно перевести как "фальшивая ерунда".

носитесь, как с писаной торбой [2]

И в английском и в русском языках оба выражения являются непереводимыми идиомами.

Верзила [3]

Clumsybug не имеет никакого отношения к слову верзила. В английском языке нет безусловного эквивалента этому слову. Верзила означает "большой и неуклюжий". С этой точки зрения Clumsybig был бы более точным переводом. Но в русском языке слово верзила, хотя и не является ругательным, тем не менее, не является особо вежливым. Книжный персонаж с этим именем в "Приключениях Маленького Адолисёнка" является *крайне* отрицательным, и слово верзила ему очень подходит. Если использовать в английском языке Clumsybig, то пренебрежительный оттенок теряется. Я почти остановилась на неуклюжей свинье Clumsy**pig**, но всё же "неуклюжая ошибка" Clumsy**bug** мне понравилась больше.

Десятки [4]

В русском языке принято говорить "несколько десятков", американцы говорят "несколько дюжин".

Лабиринтом он только прикидывается. Это не лабиринт, а зловещая ловушка[5]

Английские слова labyrinth и maze переводятся на русский язык одинаково - лабиринт. В английском языке labyrinth и maze не совсем одно и то же. В классическом лабиринте "labyrinth" имеется только один путь. Более сложные лабиринты обычно переводятся, как "maze".

tons of buds like this [6]
Russian expression "тьма тьмущая" cannot be translated literally. It means "many".

Have a heart [7]
Of course, a heart is not conscience and conscience is not a heart, but the Russian expression "Have a conscience" corresponds to English "Have a heart".

How about Sweetie or Baby [8]
Word for word translation is "Как насчет Сладости или Детки". But "Лапочка или Крошечка" sound better.

I have a ton [9]
Russian expression "хоть пруд пруди" have nothing to do with ponds. It means "many".

frying pan into the fire [10].

This expression means from bad to worse.
In English and Russian languages, both expressions are untranslatable idioms.

felt spite [11]

Russian expression "имела зуб" has nothing to do with teeth. This expression is used in a figurative sense. It means "feel anger."

Do you believe your parents are complete mugs [12]
In Russian "лопух" means a plant burdock. However, it is also slang means "a symbol of a fool and dupe".

тьма тьмущая [6]

Русское выражение "тьма тьмущая" нельзя перевести на английский язык дословно. Оно означает "великое или бесчисленное множество". Английское выражение "tons of buds" – тонны бутонов передаёт смысл правильно.

Имей совесть [7]

Конечно, сердце не является совестью и совесть не является сердцем, но русское выражение "Имей совесть" соответствует английскому "Имей сердце".

Может, еще Лапочкой или Крошечкой [8]

Ни Лапочку или Крошечку на английский язык дословно не переведёшь. Приходится обходиться "Сладостью и Деткой".

хоть пруд пруди [9]

Английское выражение "I have a ton" не означает, что у кого-нибудь есть тонна чего-то. В русском языке это аналогично выражению "очень много" или "хоть пруд пруди".

попасть из огня да в полымя [10]

Английское выражение "frying pan into the fire" ничего общего с раскаленной сковородой не имеет. Оно означает "было плохо, стало ещё хуже" и соответствует русскому "из огня да в полымя".

имела зуб [11]

"felt spite" переводится с английского, как "чувствовать злобу" и соответствует русскому "иметь зуб".

Думаешь, родители - полные лопухи [12]

Mugs в данном случае переводится не как кружки. В английском это слово - сленг, означающий дурачину - простофилю.

full-scale war [13]

Word for word translation is "полномасштабная война".
However "**светопреставление**" sounds better
In Russian "**светопреставление**" has two meanings:
a) Religious like English doomsday;
b) Jocose colloquial phrase meaning confusion and disorder.
I used it in the second signification.

there will be plenty [14]

Word-for-word translation is "будет много", but "хоть отбавляй"
sounds better. It means so much that it would be good to curtail.

светопреставление [13]
Английское выражение "full-scale war", конечно,
переводится, как полномасштабная война. Но русское
светопреставление звучит лучше.
Оно употребляется как шутливое разговорное выражение,
означающее хаос или неразбериха

хоть отбавляй [14]
В английском языке нет идентичного термина. Слово
"plenty" часто используется как "полным-полно; избыток;
более, чем достаточно".

www.ingramcontent.com/pod-product-compliance
Lightning Source LLC
Chambersburg PA
CBHW051330020726
47501CB00007B/2000